以我之诗心，鉴照古人之诗心，
又以你之诗心，鉴照我之诗心。
三心映鉴，真情斯见；
虽隔千秋，欣如晤面。
鸳鸯绣出从头看，已把金针度与君。

己卯大雪　周汝昌

千秋一寸心

周汝昌讲唐诗宋词

周汝昌——著

周丽苓——整理

作家出版社

周汝昌

中国红学家、古典文学研究家、诗人、书法家，是继胡适等诸先生之后新中国红学研究第一人，考证派主力和集大成者，其红学代表作《红楼梦新证》是红学史上一部具有开创和划时代意义的重要著作，奠定了现当代红学研究的坚实基础。另在诗词、书法等领域所下功夫甚深，贡献突出，曾编订撰写了多部专著。

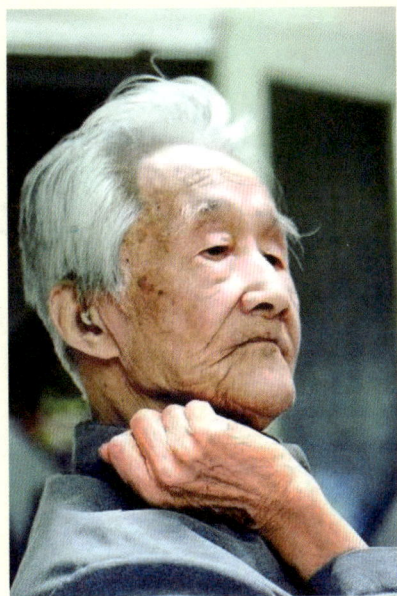

目　录

再版自序

中华民族是一个诗的民族。诗在我们的文化上是"无所不在"的——不是指诗的格律形式，而是说她的质素和境界以及表现手法。例如，一部《红楼梦》在体裁上是章回小说，然而作者雪芹却是以诗的心灵和笔法而写成的。再如，京剧的剧本、表演、音乐、服装……无一不是用"诗"的"办法"来进行的。其馀可以类推，不待烦言而自明。

至于表现为有正式规格形式的诗，则是用汉语文字写成的，古称"篇什"。传统诗手法贵乎简捷而含蓄，不喜欢"大嚼无复馀味"，讲究回味无穷，馀音不尽——有待吟诵、涵泳、感受、领会。她不是一切摆在"字面"上，或如吃糖，入口就是一个"甜"，甜外也就再没有很多别的了。中华诗不是那样的"食品"。

因此，好诗也不一定入目便"令人喝彩、叫绝"，而需要讲解。白居易的诗以"老妪都解"而自负和知名，但这听起来似乎"群众化""通俗化"，是好事；实则问题很多，讲中华诗是不宜采用这种主张和"原则"的。例如，他有一首七律写道："……周公恐惧流言日，王莽谦恭未篡时：向使当初身便死，一生真伪复谁知。"这说得很明白好懂，然而这实质是"议论"，与"诗"的质素并无多大干涉——不过是借用了简单的格律形式罢了。同样是不尚艰深晦涩的陆游诗，就比白居易手法高明。他有一首七绝，却是这样写的："纷纷红紫已成尘，布谷声中夏令新。夹路桑麻行不尽，始知身是太平人！"我小时候读了，异常地喜爱，觉得写"太平景象"多么意到笔到而又简明畅快。后来，方悟自己太幼稚可笑了！陆诗是尖锐而又沉痛地讽刺南宋小朝廷，不思收拾旧山河，雪家国之大耻奇辱，而一味安逸享乐，把人民麻醉得全忘了中原故土，误以为身在幸福之中，追随了醉生梦死之辈！

当然，诗有各式各样奇情异采，焉能如同日常白话。诗（包括词曲……）有时是要讲一讲的，讲讲可以帮助理解，启发意趣，交流情感，不妨就说是一种"诗的网络"，让我们共同欣赏这些佳句名篇吧。

其实所谓"诗的网络"，也不过还是人的心灵的网络：诗者（通称诗人）的心，讲者的心，读者的心，此"三心"的交感互通，构成了中华诗道的"千秋一寸心"。中华诗的特色，源于中华汉字本身的极大特点：四声平仄、音义对仗，历史文化典故的奇妙作用与运用……这些，却被所谓的"文学改良"给"改"掉了，即取消了。于是剩下的就是我此刻写的这种乏味的白话文了。拿这种取消了"诗"的质素的"白话文"来讲诗，这事本身就富有讽刺意味。可是我们又有什么办法呢？

本书讲诗考虑用什么样的"白话文"来"进行"呢？煞费苦心，万不得已，我还是没有完全遵从那种主张，不想全用"白话文"。半文半白，或为识者讥为不古不今，不伦不类——不足为训，然而终于这么做了，请读者多多见谅。姑且如此读读吧。

中华诗，讲究有性灵，有神韵，有境界；假如没有这种特色，就不会成为好诗——甚至够不上真诗。而这种特色，单靠讲解又是不够的。讲解是语言文字，它无法传达"意思""道理""评论""说明"等等以外的精确含义，所以还需要读诗者自身的领悟和感受。所谓"可意会不可言传"者，不是故弄玄虚，实在是真有此事、此理、此境的。问题也许会落到：究竟什么是性灵？什么是神韵？又什么是境界……

简而言之，粗陈大概，可以这么回答：性灵是灵心慧性，能在世俗通常的"哲思逻辑""人生观""世界观"以及对万事万物的"价值观"之"外"，另具一种高层次的精神感受领悟能力，能说出常人所不能、不会表达的目境和心境——诗的境界，即精神活动感受领悟的高低深浅的"层次"，不是"环境""境遇"的那个"境"，也不是等同于"景色"的实境。

神，是精神之不灭而长存的"力量"和"状态"。韵，是悠扬飘渺而绵绵不尽的"音声"之魂——它能"绕梁三日"，"袅袅不绝"，总在耳际、心际萦回往复。大约人类以语言文字而创造的艺术作品中，当以本身具有特定诗质而产生了上述诸般魅力的汉字语文为之最。

中华诗与中华汉字特点是不可分割的，而汉字联绵词语是具有独特音律美和节奏美的。不懂这些，以为"大白话"排成"分行"的句子也会具有音乐美的说法是否真理？我自愧体会不到，不敢妄加评议，所以本书选入的诗篇，也都注意到音乐美。

我们的文学理论传统上有两句话，值得深思：一曰"辞，达而已矣"，一曰"诗无达诂"。辞，是言辞、文辞，最要紧的是要能"达"，达，即把意思表达清楚明白，要把意旨说"透"了，全部传达于听者受者。而诗呢，却没有可以真够个"达"的讲解可以奉为"极则"的。那么，诗是否根本不要"达"？或不可"达"呢？这就十分耐人寻味了。然而这一点正是诗与文的不同之处。

诗，不是不要"达"，而是如何"达"，"达"得更深婉有味的问题。"单层直线逻辑"的思维方式是读不懂真正的诗的。因此，"文章千古事，得失寸心知"。文有"文心"，诗有"诗心"，二者又各自有得有失，得失之间，如何权衡评论？都须那个"寸心"。只是这个"寸心"，一半要有天赋，一半兼有文化学养，培养自己的高层次接受能力和批评能力。

诗须有"境"，此境似画非画，似梦非梦，似音乐而有文字，似"电影"而无"银幕"。

境，不是一个"意思"，一个"论点"；它从现实而生，却已超越了"实境"。它似有"象"而实无"象"可求，自古就无法形容它、"界定"它。不得已者，有的说是"空灵"。然而什么是"空灵"？不拘执，不死板，不迂腐，不庸俗，不一般，不"八股"……倒还是有句大俗话可以借用："活灵活现"！读诗，要有诗的心活、笔活。宋代诗人杨诚斋（万里）喜欢讲诗有"活法"。他看中了一个"活"字，用它来代表诗的生命本质。

还有一个繁体字在讲读诗词时所发生的"额外"而无聊的麻烦，今不在此多论。只记得当年听到传达周总理的一句话：简化汉字的方案，并不是为整理研究古典文学而设的。本书个别地方必须以繁代简的地方，就不再一一交代了。

在这小序里，特别提出这几点，只是为了提醒读者在这几个方面多多留意一下，或许对赏会古人佳作有些帮助。谢谢读者的耐心和体谅的情怀。

周汝昌

丙戌端午节后榴光照眼之窗下

初版自序

　　中国的诗（包括词、曲），特色至极突出，读来是一种享受，讲来却十分困难。正因难讲，更需知难而"进"，努力创造讲诗说诗的新形式、新体例。

　　中国诗的"源头"有两大端：一是中华民族的"诗性"与"诗心"，二是汉字语文的"诗境"与"诗音"。不懂这两大端，就不懂中国诗的特色——极独特的"美学特征"。

　　何谓民族的诗性诗心？比如看见一轮皓月当空，一种人想的是广寒宫殿、神女嫦娥、桂花玉兔……另一种人想的则是一个冰冷的死星球，要想知道的是它的物质结构、矿水资源、开发利用……这前一种人是中华诗人；那后一种人是一般科学家。此二者谁是谁非，孰优孰劣？不是评判你短我长的问题，只是指明两者之间的差异是何等地巨大！

　　又何谓语文的诗境诗音？汉字单音丰蕴，每个字构造包含了形、音、义三个因子，加上几千或上万年的历史文化的浸润生发，结果是每个字都是一个"境界"，一个"文化信息库""文艺联想典"！而其音律，四声平仄，抑扬顿挫，音乐性极强，节奏性特美，而无论四言、五言、七言或"长短句"（词曲句法），主体组构都是以每二字为一个"音组"，以平仄（一阴一阳之道）交互轮换组联而成——乃是世间上千种语文的唯一的一种"诗的语文"，无与伦比！

对此，皆须寻索、领会、认识。

正因如此，讲中国诗，不知其极大的民族特点特色，而用外来（不同民族、语言、文化）的文学、理论、观念、标准来"分析""解释"，于是中国之诗，所存几稀矣。

讲中国诗，不是什么"形象鲜明""语言生动"等等这一套常见词汇与概念所能从事的，需要中华传统大文化的"功底"，也需要中华独擅讲说（传道授业）的民族方式、风格。多年来文学界的理论家、批评家、鉴赏家，大抵过于倾心于西方的一切潮流、名色，而对上述问题多半是漠然无动于衷。这种情况使大部头的诗词鉴赏书籍（尽管作出了可观的贡献）失却了中国说诗谈艺的宝贵传统与瑰奇光彩。

读诗说诗，要懂字音字义，要懂格律音节，要懂文化典故，要懂历史环境，更要懂中华民族的诗性、诗心、诗境、诗音。

至于"诗无达诂"，要在彼此会心，古今契意——已不再是"知识性"层次的事情了。

古人说的"可意会而不可言传"，并非故弄玄虚，宣传神秘；讲说诗的精微神妙之处确有此种感觉——因为以通常的语文、日用的词汇，来说诗赏句，那种"不够用""无法表述""难以传达"的惆怅之感，是必然会发生，而又"无可奈何"的。

这就是本书题名为《千秋一寸心》的原因，谨祈读者鉴之。

周汝昌

己卯清和之月

凡　例

　　诗圣杜少陵（甫）说："文章千古事，得失寸心知。"本书题名《千秋一寸心》，取义于此。杜句原意是自知之意，我则以为诗词赏会讲解，就是以我之心去寻求古人之心，是两个"寸心"的契合。这也就是中国诗论"以意逆志"的本义。

　　因此，本书各篇全是我对古人佳作名篇的"心"的体会与阐发，着重的是情思、笔致的深层领略，而不同于文句表层"词典字义"的"串讲"。

　　本书各篇编排次第，采取一种创新做法——不是按作者时代先后、名位大小等"文学史模式"而"定格"的死板做法，而是以"个体鉴赏"为出发点的安排。是以看上去似很"乱"，实则含有很多的苦心用意：我是想从一般（初步研习古代诗词）读者的水平、兴趣以及诗词本身内容文采的浅深难易而多方面考虑的，目的是由"易入"的引导，走向较"难懂"的境界，既"引人入胜"，也"渐入佳境"。

　　本书所选，有名篇，久已脍炙人口，但已有的讲解不甚令人满足的，今次着重讲说，可资赏悟，可以开拓智府灵泉，不致"千篇一律"，总是那几句习见的套语陈言。同时也有不为人注意的"冷篇"，今特为标举，可令读者有"耳目一新"之感。所以，这不是"文学史"，不必向这本书里去寻找"系统""全面""平衡"等等"常识性"的知识。

唐、宋时代的节序、风俗、习尚、器物、"生活方式"、"人生观念"等等，有时成为今人能否理解的关键问题，故我常常随文多作几句"讲介"，这也不同于"喧宾夺主"，读者鉴之。

中国诗词主体是汉字文学，而汉字语文的极大特点特色是四声、平仄、格律、节奏、抑扬顿挫、音乐美；又有汉字本身的形、音、义"三位一体"的文采美及字句组联（"语法"）的特殊美。这些不懂不讲，把中华诗词与西文（拼音符号）作品等同而视之，又用那种语文所产生的文学理论的标准去"赏析""品评"，其结果常常是"君向潇湘我向秦"——南辕而北辙。本书对此，不惜多加强调，所谓"三致意"焉。

本书选讲唐、宋两代之作，但有一篇清人敦诚的诗，所以附入它，是为了表明杜诗《丹青引》对于后世诗人的深刻影响，而不是"乱例"混入了非唐宋之作。另选讲南唐中主、后主词三篇，元王实甫《西厢记》曲一支。全书只此几例，附带说明，可免疑问。

本书用意在于展示多样化，破除一道汤的沉闷局面，是故编排时力求起伏变化，既讲解文字，亦笔随境转，各不相侔，其风格也是多变的。读者可以从每一篇中获得一个与前篇不同的新意趣新境界。

现行简体汉字，本非为古代文学之研究而设，其中不少除了笔画简省之外，还加上几个汉字的"合并"法（如斗、系、余、只、舍、征、发、里、干、并、吁、呆、帘等），这些时常导致意义上的混乱，甚至关系音律（如"并"古为平声字，不是去声 bìng；纍是平声 léi，与"累"之上声亦异）。

今于必要时不能以简体代替者，仍保存原汉字为更合语文科学的做法。此点也望一般读者分别对待。

音韵美是中国诗词命脉中的一条主脉，传统上十分考究。即如常识应知的，"教"读平声 jiāo，"令"读平声 līng，"看"读平声 kān 等，今人多已不知。还有"变读"的传统，例如"胜"多读平声如"升"shēng，而不是去声 shèng（不论"胜过"义还是"禁当"义）等，今人亦皆茫然莫辨，本书有时以文词说明之，有时只以"注音符号"表示之，务请注意。（如拙著某诗词选注中，凡此类变读、异读，原入声字〔属仄〕而普通话中改为平声者，皆特为注明；可是印出后，方知那编辑既不懂也不听我的解释，悍然都按"词典"现代注音"改回"了！他不想：这些普通字如非音律攸关，何以要注"音"？这么一个简单道理也弄不清，其低智可惊可叹。兹以此例"警示"一下，千万不要以为汉字读音是可以乱来的事，古诗词是万不可以用现今某些违反古汉语科学的办法来贻误后人的。）

现行标点符号，本自西文用法借来，今用之于中国音律文学词曲，时有难合之处。本书标点办法，概以词曲牌调音律之原句法为准，遇有句义与句律小有断连之异，可以情理参悟而读，自能贯通，而勿以标点（音律）为"错误"。

诗词字句每因版本不同而有异文，本书不拘于某一本（如《全唐诗》《全宋词》），以择善为取舍，亦不列校记，读者谅之。

周汝昌

己卯盛夏

之一

满城春色宫墙柳

山抹微云秦学士

——说秦观《满庭芳》

　　山抹微云，天连衰草，画角声断
谯门。暂停征棹，聊共引离尊。多少
蓬莱旧事，空回首，烟霭纷纷。斜阳
外，归鸦万点，流水绕孤村。

　　销魂，当此际，香囊暗解，罗带
轻分。谩赢得青楼，薄幸名存。此去
何时见也？襟袖上，空惹啼痕。伤情
处，高城望断，灯火已黄昏。

有不少词调，开头两句八个字，便是一副工致美妙的对联。宋代名家，大抵皆向此等处见功夫，逞文采。诸如"做冷欺花，将烟困柳""叠鼓夜寒，垂灯春浅"，一时也举他不尽。这好比唱戏时名角出台，绣帘揭处，一个亮相，丰采精神，能把全场"笼罩"住。试看那"欺"字、"困"字、"叠"字、"垂"字，词人的慧性灵心、情肠意匠，早已颖秀葩呈，动人心目。

然而，要论个中高手，我意终推秦郎。比如他那奇警的"碧水惊秋，黄云凝暮"，何等神笔！至于这首《满庭芳》的起拍开端"山抹微云，天连衰草"，更是雅俗共赏，只此一个出场，便博得满堂碰头彩，掌声雷动——真好看煞人！

这两句端的好在何处？

大家先就看上了那"抹"字。好一个"山抹微云"！"抹"得奇，新鲜，别有意趣！

"抹"又为何便如此新奇别致，博得喝采呢？

须看他用字用得妙。有人说是文也而通画理。

抹者何也？就是用别一个颜色，掩去了原来的底色之谓。所以，唐德宗在贞元时批阅考卷，遇有词理不通的，他便"浓笔抹之至尾"。（煞是痛快！）至于古代女流，则时时要"涂脂抹粉"。罗虬写的"一抹浓红傍脸斜"，老杜说的"晓妆随手抹"，都是佳例，亦即睡痕或脂红别色以掩素面本容之义。

如此说来，秦郎所指，原即山掩微云，应无误会。

但是如果他写下的真是"山掩微云"四个大字，那就风流顿减，而意致无多了。学词者宜向此处细心体味。同是这位词人，他在一首诗中却说："林梢一抹青如画，知是淮流转处山。"同样成为名句。看来，他确实是有意地运用绘画的笔法而将它写入了诗词，人说他"通画理"，可增一层印证。他善用"抹"字，一写林外之山痕，一写山间之云迹，手法俱是诗中之画，画中之诗，其致一也。只单看此词开头四个字，宛然一幅"横云断岭"图。

虽说是"其致一也"，但又要入细玩其区别："林梢一抹"是平常句法，而"山抹微云"乃中华汉字文学的独特语式，最须珍重。有人称之为"倒装句法"，即"微云抹山"之意也，云云。我谓此即用欧西语文之"法"来硬套之办法，流弊最大。试问：东坡的"十日春寒不出门，不知江柳已摇村"，那"摇村"的字法句法，又用哪种"文法"来套？前面已引的"惊秋""凝暮"，又该如何去套？学诗词者胸中若先装满了什么"语法"之类，就写不出真正的好句来了。

出句如彼，且看他对句用何字相敌？他道是："天连衰草。"

于此，便有人嫌这"连"字太平易了，觉得还要"特殊"一些才好。想来想去，想出一个"黏"字来。想起"黏"字来的人，起码是南宋人了，他自以为这样才"炼字"警策。大家见他如此写天际四垂，远与地平相接，好像"黏合"了一样，用心选辞，都不同俗常，果然也是值得击节赞赏！

我却不敢苟同这个对字法。

何以不取"黏"字呢？盖少游时当北宋，那期间，词的风格还是大方家数一派路子，尚无十分刁钻古怪的炼字法。再者，上文已然着重说明：秦郎所以选用"抹"并且用得好，全在用画入词，看似精巧，实亦信手拈来，自然成趣。他断不肯为了"敌"那个"抹"字，苦思焦虑，最后认上一个"黏"，以为"独得之秘"（那是自从南宋才有的词风，时代特征是不能错乱的）。"黏"字之病在于太雕琢，也就显得太穿凿；太用力，也就显得太吃力。艺术是不以此等为最高境界的。况且，"黏"也与我们的民族画理不相贴切。我们的诗人赋手，可以写出"野旷天低""水天相接"，这自然也符合西洋透视学，但他们还不致也不肯用一个天和地像是黏合在一起这样的"修辞格"，因为中国画里也没有这样的概念。这其间的分际，需要仔细审辨体会。大抵在选字功夫上，北宋词人宁肯失之"出"，而南宋词人则有意失之"入"。后者的末流，就陷入尖新、小巧一路，专门在一二字眼上做扭捏的功夫；如果以这种眼光去认看秦郎，那就南其辕而北其辙了。

以上是从艺术角度上讲根本道理。注释家似乎也无人指出：少游此处是暗用寇准的"倚楼极目欲销魂，长空黯淡连芳草"的那个"连"字。岂能乱改他字乎？

说了半日，难道这个精彩的出场，好就好在一个"抹"字上不成？少游在这个字上享了盛名，那自是当然而且已然，不但他的令婿在大街上遭了点意外事故时，大叫"我乃山抹微云学士之女婿是也"，就连东坡，也要说一句"山抹微云秦学士，露花倒影柳屯田"，可见其脍炙之一斑。然而，这一联八字的好处，却不会"死"在这一两个字眼上。要体会这一首词通体的情景和气氛，上来的这八个字已然起了一个笼罩全局的作用。

"山抹微云",非写其高,写其远也。它与"天连衰草",同是极目天涯的意思。这其实才是为了惜别伤怀的主旨,而摄其神理。懂了此理,也不妨直截就说极目天涯即不啻是全篇主旨。

然而,又须看他一个山被云遮,便勾勒出一片暮霭苍茫的境界;一个衰草连天,便点明了满地秋容惨淡气象;整个情怀,皆由此八个字里而透发,而"弥漫"。学词者于此不知着眼,翻向一二小字上去玩弄,或把少游说成是一个只解"写景"和"炼字"的浅人,岂不是见小而失大乎!

八字既明,下面全可迎刃而解了:"画角"一句,加倍点明时间。盖古代傍晚,城楼吹角,所以报时,姜白石所谓"正黄昏,清角吹寒,都在空城",正写那个时间。"声断"者,正说的是谯楼上报时的鼓角已然停歇,天色实在不早了。"暂停"两句,才点出赋别、饯送之本事。一个"暂"字,一个"聊"字,写出多少难以为怀、依依不舍、无可奈何的意绪。若以为这等虚字不过是常人习用的泛词,无甚深意可言,那就太粗心而浮气了。

"引"与"饮"大有分别,饮是平庸死板的常言,引是行止神态的活语。略可参看老杜的名句:"检书烧烛短,看剑引杯长。"引是举杯的有神气的动态字眼。词笔至此,能事略尽,于是无往不收,为文必转,便有回首前尘、低回往事的三句,稍稍控提,微微唱叹。妙在"烟霭纷纷"四字,虚实双关,前后相顾。何以言虚实?言前后?试看纷纷之烟霭,直承"微云",脉络晓然,乃实有之物色也;而昨日前欢,此时却忆,则也正如烟云暮霭,分明如在,而又迷茫怅惘,全费追寻了，此则虚也。双关之趣，笔墨之灵，允称一绝。

词笔至此，已臻妙境，而加一推宕，含情欲见，无用多申，只将极目天涯的情怀，放在眼前景色之间，就又引出那三句使千古读者叹为绝唱的"斜阳外，归鸦万点，流水绕孤村"。又全似画境，又觉画境亦所难到，叹为高手名笔，岂虚誉哉。

词人为何要在上片歇拍之处着此"画"笔？有人以为与正文全"不相干"。真的吗？其实"相干"得很。莫把它看作败笔泛墨、凑句闲文。你一定读过元人马致远的名曲《天净沙》："枯藤老树昏鸦；小桥流水人家；古道西风瘦马；夕阳西下，断肠人在天涯。"人人称赏击节，果然名不虚传。但是，不一定都悟到马君暗从秦郎脱化而来。少游写此，全在神理，泯其语言，盖谓：天色既暮，归禽思宿，人岂不然？流水孤村，人家是处，歌哭于斯，亦乐生也——而自家一身微官濩落，去国离群，又成游子，临歧帐饮，能不执手哽咽乎？

我幼年时候，初知读词，便被此词迷上了！着迷的重要一处，就是这归鸦万点，流水孤村，真是说不出的美！调美，音美，境美，笔美。神驰情往，如入画中。后来才明白，词人此际心情十分痛苦，但他不是死死刻画这一痛苦的心情，却将它写成了一种极美的境界，令人称奇叫绝。这大约就是我国大诗人大词人的灵心慧性、绝艳惊才的道理了吧？

我常说：少游这首《满庭芳》，只须着重讲解赏析它的上半阕，后半阕无须婆婆妈妈，逐句饶舌，那样转为乏味。

万事不必"平均对待",艺术更是如此。倘昧此理,又岂止笨伯之讥而已。然而不讲不讲,也还须讲上几句。

一是"销魂",正用江淹《别赋》"黯然销魂者,唯别而已矣",到此方明白点题。但也全合寇公的"倚楼极目欲销魂,长空黯淡连芳草"之名句,可证我前言不虚。

一是"香囊",古人无不腰囊佩绣,至离别时,则解以为赠,永为相念之资。盖贴身之物,情意最密,非泛泛"礼品"也。

一是青楼薄幸。尽人皆知,此是用"杜郎俊赏"的典故。杜牧之,官满十年,弃而自便,一身轻净,亦万分感慨,不屑正笔稍涉宦场一字,只借"闲情"写下了那篇有名的"十年一觉扬州梦,赢得青楼薄幸名"。其词意怨甚,亦谑甚矣!而后人不解,竟以小杜为"冶游子"。人之识度,不亦远乎!少游之感慨,又过乎牧之之感慨。少游有一首《梦扬州》,其中正也说是"离情正乱,频梦扬州",是追忆"殢酒为花?十载因谁淹留",忘却此义,讲讲"写景""炼字",以为即是懂了少游词,所失不亦多乎哉。

一是"此去何时见也",又莫以常言视之。在词人笔下,哽咽之声如闻。盖古时交通至难,一经分首,再会何期,名曰生离,实同死别!而今之人则以"再见"为口头禅矣,焉能深味此句之可痛哉。

一是结尾。好一个"高城望断"。"望断"二字是我从一开头就讲了的那个道理,词的上片整个没有离开这两个字。到煞拍处,总收一笔,轻轻点破,颊上三毫,倍添神采。而灯火黄昏,正由山有微云,到"烟霭纷纷"(渐重渐晚),到满城灯火，一步一步，层次递进，井然不紊，而惜别停杯，留连难舍，维舟不发……也就尽在"不写而写"之中了。

常言作词不离情景二字，境超而情至，笔高而韵美，涵泳不尽，令人往复低回，方是佳篇。雕绘满眼，意纤笔薄，乍见动目，再寻索然。少游所以为高，盖如此方真是词人之词，而非文人之词，学人之词。所谓当行本色，即此是矣。

有人也曾指出，秦淮海，古之伤心人也。其语良是。他的词，读去乍觉和婉，细按方知情伤，令人有凄然不欢之感。此词结处，点明"伤情处"，又不啻是他一部词集的总括。我在初中时，音乐课教唱一首词，使我十几岁的少小心灵为之动魂摇魄——

> 西城杨柳弄春柔，动离忧，泪难收。犹记多情，曾为系归舟。碧野朱桥当日事，人不见，水空流！……

每一吟诵，追忆歌声，辄不胜情，"声音之道，感人深矣"，古人的话，是有体会的。然而今日想来，令秦郎如此长怀不忘、字字伤情的，其即《满庭芳》所咏之人之事乎？

满城春色宫墙柳

——说陆游《钗头凤》

红酥手，黄縢酒，满城春色宫墙柳。东风恶，欢情薄。一怀愁绪，几年离索。错！错！错！

春如旧，人空瘦，泪痕红湿鲛绡透。桃花落，闲池阁。山盟虽在，锦书难托。莫！莫！莫！

放翁南宋大家，以诗名，词并非他所擅场。诗篇极富，但也是瑕瑜互见，历代评者不无微词，致其不满之意，连《红楼梦》中黛玉与香菱论诗，也曾有所告诫，亦是一则佳话。愚以为放翁的韵语，真能沉痛深切、动人心腑的，当推这首《钗头凤》为首选，未易多有者也。

此词通篇凄婉异常，读之令人为他悲伤，为之不乐。其用笔不落平缓浅露的一般蹊径，斯为可贵。

放翁的一段悲剧故事，因南宋略晚的周草窗（密）的记述，世人方得知悉：他前妻唐氏因与婆婆关系不谐而见逐，改嫁别人。一次相遇于沈园——其夫妇同游，不便谈会，乃致酒食于放翁，以见情愫。放翁感而作此，以写难言之悲、无名之恨。

红酥，手之美也（按酥喻越女肌肤之洁白润细，今着"红"字，未详当时风习取义）；黄縢，酒之佳也。只此略一点笔，下云宫墙绿柳，春色满城，似宕开，实锁紧；似写风光之美，实即伤情之境。换韵"东风"下遽出一"恶"字，顿觉天地变色，芳春愈美，伤情愈甚！此一入声韵，直贯"索""错"至上片歇拍，一片变徵（zhǐ）悲音，令人闻之酸鼻。

过片"旧""瘦""透"三韵，在他人他篇或可过得去，在此词中，未免减色——虽不敢说是败笔，也到底犯了平直浅露之病；尤其是"红湿鲛绡"等字，够不上真的文采，反成涂饰——外加的浮字眼破坏了内心的深感情——此即放翁之常病，而有些人却以为这方是"妙笔"。所以文格的高下，文心的得失，是个最不易言的事情。

北宋欧公《生查子》（或入朱淑真词集）中曾云："不见

去年人，泪湿春衫袖。"此词淡淡着笔，不作态，不弄姿，不涂饰，不雕镂——所以艺品甚高，传为千古名作。其理何在？吾人宜细参深味之。

此词四换韵，即分为四段落。过片第三韵段，如上所评，大是败阙，而一入第四韵段"桃花落"，立即秀笔重还，高境再显。夫"桃花落"三字，太平常了，太"一般化"了，如何反加赞美？君不见其下接云"闲池阁"三个奇字乎？桃花零落，宫柳徒作"伤心碧"矣；池阁盖即不期相遇之亭台，致意通心之境地；及游人散尽，车尘去远，则止见此池阁"空闲"，一片伤心处所，殆不可堪！

是以着此一"闲"字，其力千钧，正与上片"恶"字同为全篇两个眼目。读古人佳构，而不知向此等处细心体会，必致追求"红湿鲛绡透"，以为最"好"，——此自然一定之理也。

山盟固自未渝，而锦书何由便达？"侯门一入深如海，从此萧郎是路人！"是以欲托音书，只是空想妄思，旋即清醒。于是终以"莫！莫！"结之。错已铸成，此生难再，难有可以挽还之丝毫希望，而只可寸心隐忍，抱此大恨以自警，曰：莫！莫！

错，非我自身之过也，而自身无以赎其错。莫，则自身可以进退行止之计量也，然明知其万万不可，亦万万无济，却毕竟怀此一念而不自悔改。故词人之心境堪悲，而其笔致亦足以感人。我谓之凄婉异常，盖千回百转以后之笔墨也。

"城上斜阳画角哀，沈园无复旧池台。伤心桥下春波绿，曾是惊鸿照影来。"与此合看，君意何如？

莫等闲白了少年头

——说岳飞《满江红》

　　怒髪冲冠，凭栏处，潇潇雨歇。抬望眼，仰天长啸，壮怀激烈。三十功名尘与土，八千里路云和月。莫等闲、白了少年头，空悲切。

　　靖康耻，犹未雪。臣子恨，何时灭！驾长车，踏破贺兰山缺。壮志饥餐胡虏肉，笑谈渴饮匈奴血。待从头、收拾旧山河，朝天阙！

岳将军此词，激励着千古中华民族的爱国心。当我二十多岁时，正值国破家亡，华北沦陷，豁着性命设法偷听那微弱的无线电传自千万里外的抗敌卫国之声，那低沉而雄壮的歌音，唱的正是这首词曲，我从此才更领受到它的伟大的感染力量。

上来一句四个字，即用太史公写蔺相如"怒髮上冲冠"的奇语，表明这是不共戴天的深仇大恨。此仇此恨，因何愈思愈不可忍？正缘高楼独上，阑干自倚，纵目乾坤，俯仰六合，不禁满怀热血，激荡沸腾。而当此之时，愁霖乍止，风烟澄净，光景自佳，翻助郁勃之怀，于是仰天长啸，以抒此万斛英雄壮气。着"潇潇雨歇"四字，笔致不肯一泻直下，方见气度渊静，便知有异于狂夫叫嚣之浮词矣。

开头凌云壮志，气盖山河，写来已尽其势。且看他下面如何接得去？倘是庸手，有意耸听，必定搜索剑拔弩张之文辞，以引动浮光掠影之耳目——而乃于是却道出"三十功名尘与土，八千里路云和月"十四个字，真个令人迥出意表，怎不为之拍案叫绝！此十四字，微微唱叹，如见将军抚膺自理半生悲绪，九曲刚肠，英雄正是多情人物，可为见证。功名是我所期，岂与尘土同轻；驰驱何足言苦，堪随云月共赏。（注意，此功名即勋业义，因音律而用，宋词屡见。）试看此是何等胸襟，何等识见！今之考证家，动辄敢断此词不见宋人称引，至明始出于世，则伪作何疑，云云。不思作伪者大抵浅薄妄人，笔下能有如许高怀远致乎？

词到过片，一片壮怀，喷薄倾吐。靖康之耻，实指徽钦蒙难，犹不得还；故下联接言臣子抱恨无穷，此是古代君臣观念之必然反映，莫以今日之国家概念解释千年往事。此恨何时得解？尘土功名，三十已过，至此，将军自将上片歇拍处"莫等闲、白了少年头，空悲切"之痛语，说与天下人体会，沉痛之笔，字字掷地有声！

以下出奇语，寄壮怀，英雄忠愤之气概，凛凛犹若神明。盖金人猖獗，荼毒中原，只畏岳爷爷，不啻闻风丧胆。故自将军而言，匈奴实不难灭，踏破"贺兰"，黄龙直捣，并非夸饰自欺之大言也。"饥餐""渴饮"一联，微嫌合掌；然不如此亦不足以畅其情，尽其势，未至有复沓之感者，以其中有真气在。

论者又说：贺兰山在西北，与东北之黄龙府，千里万里，有何交涉？即此亦足证明词乃伪作云。我不禁再拜请教：那克敌制胜的抗金名臣老赵鼎，他作《花心动》词，就说："西北攙枪未灭，千万乡关，梦遥吴越。"那忠义慷慨寄敬胡铨的张元幹，他作《贺新郎》词，也说："要斩楼兰三尺剑，遗恨琵琶旧语。"这都是南宋初期的爱国词人，他们说到敌人金兵时，能用"西北""楼兰"（汉之西域鄯善国，傅介子计斩楼兰王，《汉书》典故），怎么一到岳飞，就用不得"贺兰山"（在今宁夏以北阿拉普旗区），用不得"匈奴"了？我自然不敢"保证"此词必定真是岳将军手笔，但用那样的逻辑去断言此词必伪，怎敢欣然而同意呢？

"待从头、收拾旧山河，朝天阙！"一腔忠愤，碧血丹心，肺腑倾出，即以文章家眼光论之，收拾全篇，神完气足，无复毫髮遗憾，诵之令人神旺，令人起舞！

然而岳将军头未及白，敌人已陷困境之时，遭奸人谗害，使宋朝自坏长城，"莫须有"千古冤狱，闻者髪指，岂复可望眼见他率领十万貔貅，与中原父老，齐来朝拜天阙哉？悲夫。

此种词原不应以文字论短长，然即以文字论，亦当击赏其笔力之沉雄，脉络之条畅，情致之深婉，皆不同于凡响。倚声而歌之，亦振兴中华之必修音乐文学课也。

洛浦梦回留珮客
——说岳珂《满江红》

小院深深，悄镇日、阴晴无据。春未足，闺愁难寄，琴心谁与？曲径穿花寻蛱蝶，虚栏傍日教鹦鹉。笑十三、杨柳女儿腰，东风舞。

云外月，风前絮。情与恨，长如许。想绮窗今夜，为谁凝伫？洛浦梦回留珮客，秦楼声断吹箫侣。正黄昏、时候杏花寒，廉纤雨。

岳武穆传世一首《满江红》，人人熟诵，本编已有讲说。但他文孙岳珂（倦翁）这一首，知者就未必很多了。今特将两首并列，以见其三世的家风，祖孙的辉映。

所谓辉映，并不是说，必定要文孙这首与令祖那首一般都是英雄壮词，而正要看他们在不同的情趣上各自如何表现。岳珂此篇，与杀敌救国无涉，却写的是"闲情"之赋、相思之语。这篇并无难字难句，不待絮絮琐讲。只要看他那笔下的一番风致，柔情似水，俊字如珠，而绝无同类词中常见的那种轻薄庸俗气味。此所以为贵，所以入赏。

上片写春深时候，闺阁情思。至歇拍处，以杨柳风姿写东风意态，人之与柳似为互喻，实则"笑"字是要紧眼目，不得轻忽错会——笑者，笑他年纪犹轻，只知逢春欢喜，而不识更有一种感春情愫也。

此词笔超，全在下阕。过片的"云外月，风前絮"四小句，风致乃见不凡。"想绮窗"以下，方揭上片云云，全是追怀想象之景况，至此方知代言而摹拟也。——此犹不足称扬，最令人击节的，端属这下片中七言一副仄声联及紧接的煞尾收束之笔，乃是一篇之警策、词苑之高风。

"洛浦"句，实汉皋故事，因洛浦事有相类，便融汇为一身，也饶别趣——这也是一段美丽动人的故事：有郑交甫者，游于汉皋，遇一神女，解玉再版珮以赠之，自此"解珮"遂为留情的典故。吾人对此，亦宜体会，东方的情缘，就是如此蕴蓄高尚，遗物以表心，含情而无语——那绝不像西方的表情方式，如一女可以直对一男大言"我爱你"，或且揽颈而剧吻之习俗（连鲁迅先生，于男女之间，也只用"倾慕"

二字，不似今日"恋爱""恋爱"之声盈耳也）。

此词下句，即用"箫声咽，秦娥梦断秦楼月"那一千古绝唱的词意，无待赘释了。此联两句，总括孤独失群之怅怀，而其情高洁，只觉凄婉笃厚，品格自高。及至"杏花寒"一句，更见神清韵远，良不可及矣。

杏花微雨，找足开端"春未足"词意，方知过片"风前絮"乃是喻词，而非实景，其时非春暮也。

"笑十三"与"时候杏花寒"两处句法，皆必须依格律音节点断，而并不碍其句意之连贯。此种例多，倘不明音理，亦难赏词调之美。然声音之道，至细甚微，有终身学诗而不通平仄者，更何况于词乎？

"为谁凝伫"，"为"，印本作"与"——此字若三见，且于文义亦不协，知必有误。

【附录】

或许有人不满于此词，说岳氏家风，何以无复英雄气概，难道真如俗话所云"儿女情多，英雄气短"吗？此疑亦自然必有。今更录二词于后，以供参览。

祝英台近

淡烟横，层雾敛。胜概分雄占。月下鸣榔，风急怒涛飐。关河无限清愁，不堪临鉴。正霜鬓，秋风尘染。

漫登览。极目万里沙场，事业频看剑。古往今

来，南北限天堑。倚楼谁弄新声，重城正掩。历历
数，西州更点。

登多景楼

瓮城高，盘径近。十里笋舆稳。欲驾还休，风
雨苦无准。古来多少英雄，平沙遗恨。又总被，长
江流尽。

倩谁问。因甚衣带中分，吾家自畦畛？落日潮
头，慢写属镂愤。断肠烟树扬州，兴亡休论。正愁
绝，河山双鬓。

这两首，请看如何？依拙见看来，比那辛、刘一辈，岂
但了无逊色，而且更饶深致，可惜选录者也很不多见。

花落水流红

——说王实甫《赏花时》

可正是，人值残春蒲郡东。门掩重关萧寺中。花落水流红。闲愁万种。无语怨东风。

这是《西厢记》里崔莺莺第一次出场时独唱的一支曲子，——其实也就是一首"元代的词"。《西厢》是剧曲，曲词是剧中角色的代言体，本不同于诗人词客的寄兴抒怀之作。但我把此曲摘出来，作为一篇独立的名句来赏会品题，正自不妨——或者说，本来早就该这么样做才是。

开头"可正是"三字是曲子里特许加入的衬字，有无衬字，是词与曲的分别之一端。"可正是"，即"恰正是"的同音同义的异写，"可"古读 ko、ke、ka，是音近易于通转的，例子多得很。以下是此曲牌的正文，而未再用一个衬字，所以更与词调无别了。正文连两句"平仄平平平仄平"，音律一同，不许变乱。这种七字句，貌与诗同，实则律异，要点在于首一字用平，第五字也用平。

人值残春，人者谁也？自己指自己也。这有点儿像口语中"人家这儿越忙，你越来打搅"，那"人家"不指旁人，正指自己。但是，假若你替王实甫"修改文字"，以为他欠通而改成"侬值残春"，那可真是糟透了！何也？何也？你细想去。倘真是辨不出分别高下何在，只好再去苦苦修持，莫怪无人为你说破。

残春是个容易引起愁恨的季节，古代闺中绣女，更是深有此感。春残花落，芳华易远，惜花念人，焉能无所动于其中乎？值者何也？偏偏赶上也。只此四字，端的一篇情景的总基础。

那么，"蒲郡东"三字又有何用，莫非凑字充数？盖崔相国病逝京师长安，母女孤孀扶榇北返博陵祖茔故土，方行至蒲州，中间寄顿，已大有穷途日暮之感了，残春的心绪已不可堪，而况又值旅寄在这陌生无味之蒲东之地乎？只这头一句，已说尽了莺莺的心情。

然而，这人家不同小门小户，就使寄居，也要找个深宅大院，闲人难到之处——这就是普救寺的西厢（一所跨院）了。在此，重门深掩，内外不通，关防严密。闺中少女想望望"世界"，千难万难，礼法不许。因而她满目中只见有幽寂的古刹一角之间，那残春的落花，纷纷成阵，或者狼藉满地，或者飘坠池中，随水流逝而去！

这一切，都发生在一座"萧寺"之中。何为萧寺？原来六朝时候梁武帝曾将他的老住宅施舍与佛门做了寺院，因他本姓萧，故而人称萧寺。然而汉字文学的特点，正在此等地方产生了无法"翻译"的妙谛：它逐渐地将"姓氏"一义消失了，而给予人的却是另一种"萧凉""萧寂"的形容词语了。只这一个萧字，又总结并加重了那残春暮景的境界。

以上两个排句领罢，这就紧紧地逼出了一个千古不磨、万口传诵的名句：花落水流红。

且说这五个字，又有何奇处？古往今来，写此情景的很多了，只那"流水落花春去也"，人人为之倾倒，怎么南唐李后主还得再来一个元代王实甫为之叠床架屋？

这就真到了要解答文学艺术的奥秘之点了。

这个五字句的眼目或灵魂，正在句末的那一红字。——你会质问：红字在诗词中太常见了，太普通了，太"平凡"了，为何给它这样的高评价？岂非阿谀王实甫，为名人锦上添花乎？非也。且听我来一讲。

红字在中华文化生活中，哲理认识上，都无比重要。要领会：绿是宇宙的生命生机的颜色，而红则是这种生命生机的结晶与升华。因此，你看，欣欣向荣的草木，一派碧绿，而草木之华——即花，则以红色为之代表。尽管花也有白、黄、蓝、紫……杂色不同，但都不具代表资格。老杜说："晓看红湿处，花重锦官城。"李后主说："林花谢了春红。"他们为何不用白用蓝用紫？再说，在我中华文化生活中，红永远是吉祥、快乐、喜庆的首色：新年的春联，婚嫁的装饰，祝贺的拜帖……，哪一样不是大红的？因此，红也就成了代表美好的佳色，比如中国的妇女，称为红颜、红粉、红妆、红袖、红裳、红裙……，连美人之所居，也是红楼！那么，红就标志着一切美：美的韶华，美的景色，美的日期，美的人物。这样说来，当那闺中少女一眼看见忽地已是满地的落花——落红、残红、飞红、坠红，随那溶溶漾漾的溪水，飘流而去！她心头的感受，当是一种如何的伤感莫名的滋味呢？

这就无怪乎，花落水流红，五个大字，字字掷地有声，声声撼人魂魄。

底下一句，道是"闲愁万种"。试问"闲愁"是甚愁？君能为之定一"界说"，拜服你的高才。如今只说这"万种"。难道这"万"，竟是个"数学问题"吗？说崔莺莺此际，真有"电子计算机"上显示出的那个数目字的愁？笑话笑话。理论家念念有词，说这叫作"艺术夸张"，"极言其多也"呀。论其实，连个"多"字也觉得不甚妥帖。然而，大手笔王实甫就是这么说的，而他竟真让我们感到像是方寸心中，万端愁绪，不可为怀，难以排遣！

此之谓神笔，此之谓化工。而其实字字平实，语语常规，并无故意骇世哗众之任何意味。

到此，曲已近终，于是煞拍一声微叹：无语怨东风！

何谓无语？找不着适当的话来表达也。又，纵有可表之语，也不容她直言不讳。东方少女，不像西方的那么开口直抒胸臆，是十二分含蕴的。正因如此，馀味无穷。

然而奇极：既无语，何以知其为怨？又是一场笑话！必定有恶言恶语，这才叫怨？何其浅而不知深味哉。正因无语，方见其怨之深。知之乎？

李义山曰："相见时难别亦难，东风无力百花残。""无力"二字，是深怨也。然而与实甫相较，即"无力"二字，亦不敌"无语"二字深厚之极、有味之至。

一首小曲，本是全剧的一个小小的短引子而已，有甚要紧？有甚可赏？然则我写下的这么些话语，莫非都是无中生有，涨墨浮文乎？请君判断就是。

文采风流今尚存

——说杜甫《丹青引赠曹将军霸》

将军魏武之子孙，于今为庶为清门。

英雄割据虽已矣，文采风流今尚存。

学书初学卫夫人，但恨无过王右军。

丹青不知老将至，富贵于我如浮云。

开元之中常引见，承恩数上南薰殿①。

凌烟功臣少颜色，将军下笔开生面。

良相头上进贤冠，猛将腰间大羽箭。

褒公鄂公毛发动，英姿飒爽来酣战。

先帝御马玉花骢，画工如山貌不同。

是日牵来赤墀下，迥立阊阖生长风。

诏谓将军拂绢素，意匠惨淡经营中。

斯须九重真龙出，一洗万古凡马空。

玉花却在御榻上，榻上庭前屹相向。

至尊含笑催赐金，圉人太仆皆惆怅。

弟子韩幹早入室，亦能画马穷殊相。

幹唯画肉不画骨，忍使骅骝气凋丧。

将军画善盖有神，必逢佳士亦写真。

即今飘泊干戈际，屡貌寻常行路人。

途穷反遭俗眼白，世上未有如公贫。

但看古来盛名下，终日坎壈缠其身。

曹将军霸，唐玄宗时绘画大师。他曾官左武卫将军（如晋代书圣王羲之，职衔右军将军，也是当时文士常挂武职衔名之常例，世遂习称为王右军。若此例，当称"曹左武卫"了）。霸乃曹髦之裔，髦乃魏文帝之孙。故少陵此篇开头即言"将军魏武之子孙"。

魏武，曹孟德（操）也。他的令嗣植、丕皆是异样出色的文才，诗赋宗师。曹髦因司马氏篡魏立晋，不屈而见杀，年方十九，史言他早工书画。

自晋，历宋、齐、梁、陈、隋，而至唐，将军霸原是皇裔贵胄，而到唐世，已只是庶民百姓了。清门者，对贵族而言也。少陵于此二句，已流露出一种时运身世、变幻沧桑的深衷感慨。

今人会问：难道魏武之子孙就不能成为平民庶姓吗？杜公何以如此"思想特殊化"？只仰视贵人，看不起寻常之人？

答曰不然。诗人在此第二句，先伏了一笔唱叹之音，用意全为后文引绪——读到末幅，便悟此情。

开篇第三句，便出常人意外之笔，道是英雄割据，已成陈迹，无复帝王之尊、宗潢之贵。

于是论者以为，虽称之为魏武，即又谓为割据，是不以天下正统许之，乃老杜之春秋史笔也。

如此云云，实在有理——然而非也，简单视之矣。

盖杜老之意是说从魏晋到——五胡十六国、南北朝，皆纳归入割据之列，不独曹氏一家。割据者历时或久或暂，终归"已矣"，其后绝无遗美可闻，而唯文采风流，永无消亡泯灭。

是故曹氏之传，在文不在武。而将军曹霸则其明征。

文采风流四字，从此专属曹家，实杜老之评定，千古不易。"诗看（平声）子建亲""文章曹植波澜阔"，皆特许曹家文采之大笔——鲍、谢、阴、何，悉居后者也。

由文采风流四字发端，属于曹家，属于将军霸，而霸之文采，在书，在画。是以开篇四句之后，即写书画二端。

学画必先学书，此中华绘事之特点要义（西方与此不同，切宜分别以观以论）。此乃中华艺术一大关目，而绝非作诗"技巧"之以书"衬"画之俗意。

学书以谁为师？首选应师卫夫人。夫人名铄，传为书圣王右军之本师（今《淳化阁帖》尚存其楷书数行）。由是可推，将军学书，不甘中下品，入手即欲与书圣齐肩抗礼。"但恨无过（平声）"，措语绝妙！盖谓"至不济"也能成为右军之雁行同列——此则何其伟也！晋王羲之，官右军将军、会稽内史，一语"王右军"，世无不知王羲之为书圣者。如此，霸之书品可知矣。

学书有成，始敢言画。"丹青"之句，点到本题。

绝擅丹青，虽系早所肄习，然亦晚年方臻化境——此由"老将至"而知之。

将军善书工画，不为利名，不图禄位，只以艺术为道德修养，为精神满足，为才华展现。此所以"富贵"如浮云之过眼——来则如景色之可观，去亦无根蒂之可绾，自生自灭，一任其自然而已。

八句"交待"粗毕，于是立即展开将军之画艺超群绝类，无可比方——

少陵诗圣如何写曹霸的画艺之高超神妙？他是从画师曾受天子至尊之赏识着笔的：看他咏叹开元年间早曾承恩于御殿和含笑赐金，都没离开皇帝的知遇。

世人于此，又有俗议，说老杜真是"封建头脑""势利眼睛"，专爱抬出"最高统治者"来"美化"曹霸。

是这样吗？曹霸没有乘此"良机"，青云稳步，倒是浮云富贵，于我如无呢！诗人不举这些承恩赐金的经历，又怎么能"证明"自己品评画家是"富贵于我如浮云"呢？能富能贵，不正须仰赖那恩那赐吗？

曹霸的绝艺是画人画马，以下即以两大段分咏，各极其神奇绝妙之致。

南薰殿是书画诸师献艺之所，凌烟阁乃开国功勋悬像之地，阁中旧绘，久失神采（不只是颜色黯淡无光），是则必请将军重绘之由也。"数上"之"数"，入声，音"朔"，谓频番多次也。襃国公段志玄、鄂国公尉迟敬德，举此两位以为代表——一为丞相之贤，一为猛士之首。

且看曹将军如何为此一班元勋画像。五个大字曰：下笔开生面。此为中华文论艺论史上的一个崭新的命题。

何为"开生面"？有人以为此即至今犹然流行的绘画术语"开脸"。这又是一种"参死句"、简单化的理解：早年的报刊，时常可见"别开生面"的标题（如今几乎绝迹，不知何故）；就连《红楼梦》里也曾出现"开生面，立新场"的提法，如何能将它限于一个"脸"部？

"开生面"，既与"少颜色"连句对待，即知"生面"全是神采飞动的一片整体景象，而非局部、片段的事情。如若不信，请问"开生面"之下，不写眉、目大小长圆，却写头上之冠、腰间之箭，此为何也？在中华画人艺术上，"脸"不是不重要，但衣冠气宇，不但不是"次要"，而是同等重要。是以中国的画塑之艺，与西方注重裸女肉体美甚不相同，画像的人物气质性情，竟全赖"衣纹"之学来表现之，体现之。

如若又不以拙论为然，那么请对中国画史上的一则名言佳话作一番参悟吧——古来流传的八个字，道是"吴带当风，曹衣出水"！古人如此重衣重带，又与"脸"何涉乎？！

其实，就是画"脸"，大师顾虎头（恺之）也只讲一句"颊上三毫"，就能达到"神明特胜"的效果，此又何理耶？

于是可悟杜老写曹将军画褒、鄂二公，不言鼻，不说眼——只单讲一个"毛髮动"！

将军的画人，连毛髮都是活的，——那整个的人物，难道还会是"死像"一张吗？

一个开"生"面，一个毛髮"动"，重要无比。这就让我们想起南齐画论大师谢赫，他提出的绘"六法"，其第一条就是"气韵生动"。

懂了这个气韵生动，方能懂得曹将军的画——也方能懂得杜少陵的诗。

画人是如此，画马又如何呢？

御马玉花骢牵来殿陛之下，稀世良材，虽屹立而神骏之气已如放足千里——故云立于宫门之内而已生千里奔驰之势——此"长风"之喻也。如此骏马，何以传写？将军之"意"的艺术活动进入大匠构思运笔的惨淡经营之中——此又非同庸俗夸张，什么"一挥而就"之类的套语所可仿佛。须知，神思意匠，务在得其精传其神，而绝非照葫芦画瓢之事也。

虽说是经营惨淡（似乎有些许"艰苦"之意味），谁知只在"斯须"片刻之间，画幅已就矣。是则大师的传神写照，不是描头画脚、枝枝节节、堆堆砌砌的俗工之作——那捕捉神采，移神上素（白色丝织），其灵慧之机运，只在刹那之间——全不同于扭捏造作，作势装腔。

御马画成，悬于榻上，竟与墀前真马无异，同是迥立长风，神驰千里。

至尊天子，先是命人侍砚（"拂绢素"），后是喜而奖赏（"催赐金"）。如此荣宠，致令圉（yǔ）人、太仆（皆掌管御马之官）心中嫉羡——盖因见皇上此时爱惜画中之马已过于厩中之骥了（如以为是眼热赐金，那可太不懂杜老之才情文义了）。

以上，为"丹青"立传，为"富贵"作证。

然而，时当诗人咏叹之际，种种已化"浮云"，而将军亦垂垂老矣。

将军的画艺，世无传人，即其入室弟子韩幹亦称善画，尤于画马，能"穷殊相"，画尽了一切奇姿异色，也可够上一"绝"了——可是，杜老"铁面无私"，毫不留情，给他判了案词："韩幹画肉不画骨，忍使骅骝气凋丧。"这真厉害极了，岂止三分入木，真是一针见血！

画肉不画骨者何也？难道要他画成瘦骨支离的病马不成？此谓韩君，只知外貌，不谙内神，画出的马，不但全失骏骥的神髓意气，而且连一般的"生""动"也不再可见了。是之谓"气"尽凋丧，"骨"无俊逸——"死马"一匹而已，骓骝骒骍云乎哉！

非贬韩先生也，实叹曹将军——其人其艺，岂可企及乎。

诗之末章，复出将军又擅"写真"（今谓之"肖像画"。日本则借去作为"照相"的意义）。

写真是中国画艺中的一支专门特技，要用极精简的几笔线条勾勒出所画人物相貌的最大特点，而精髓仍然在于传其神采，不仅貌似而已。

曹将军精于此艺，但前提是那人须是一位佳士。俗人陋品，他是不肯落笔的。

画艺，原本也是个人品的问题——正因如此，将军竟不能终于富贵了。

事情的可悲，是这样的大师遭逢乱世，流落西南，日暮途穷，糊口无计，乃不得不向寻常路人（了不相识、相知的何如人）出卖自己的写真绝技（貌，入声，动词，音 mè，肖其相也）。还不止此，落魄殊乡异域，贫困艰难，那些世俗之人更以"白眼"相待——轻贱鄙薄之态，无所不有焉。

诗圣的一腔悲愤，至此和盘托出，更无"含婉"之馀地了。

诗人寄与画师的无限同情，声泪俱下。不有大师，褒公鄂公终成"死"人；玉花骢马也只能气凋神丧，与驽材无异。画马亦即画"人"，叹将军也是叹自家吧。

全篇可说是"明白如话"，无有任何艰深奥秘之处。然而中国的画艺理论，全部精髓灵魂，已尽包于此尺幅之内了，何其伟欤！何其神哉！

诗体是"古风""歌行"一类，而章法分明，大体以八句为一换韵（宽韵），一韵即为一章，韵部是平仄相间，精整匀停，俱出意匠经营，固与将军之画异曲而同工也。

【注】

①南薰殿在长安南门兴庆宫瀛洲门内正殿之南。

之一　满城春色宫墙柳

感时思君不相见
——说敦诚《寄怀曹雪芹》

少陵昔赠曹将军，曾曰魏武之子孙。

君又无乃将军后，于今环堵蓬蒿屯。

扬州旧梦久已觉，[①]且著临邛犊鼻裈。

爱君诗笔有奇气，直追昌谷破篱樊。

当时虎门数晨夕，西窗剪烛风雨昏。

接䍦倒著容君傲，高谈雄辩虱手扪。

感时思君不相见，蓟门落日松亭樽。[②]

劝君莫弹食客铗，劝君莫叩富儿门。

残杯冷炙有德色，不如著书黄叶村。

① 雪芹曾随其先祖寅织造之任。

② 时余在喜峰口。

这是自从杜少陵写作了《丹青引》之后，（我所能见到的）唯一的一篇直接受其影响的"续作"。说是"仿作"，则觉并不恰确，而精神命脉之直承杜句而来则异常分明谐洽。

敦诚年少于雪芹十岁，作此《寄怀》时，年仅二十四岁。如此少年，对雪芹却能如此理解深刻，对杜诗又能如此精熟运化，这使我每一诵及，便生惊奇之心、钦服之想。（也回想自己二十多岁时的文词造诣远逊敦诚手笔。至于今日，我所知能通晓汉字四声平仄者，已属凤毛麟角了。）

《寄怀》篇比之《丹青引》，貌不尽同，通篇一韵（十三元）到底不换，然而实又分段，而章法则整齐不乱，神似少陵。

此诗从魏武子孙启端引绪，递出曹将军，婉词指出雪芹上世的族系与尔时的身份处境。其困厄殆过于曹霸。"扬州梦觉"，隐指其祖曹寅子清（楝亭），而临邛卖酒，明示于人：雪芹贫后曾与一女结缡，略如卓文君新寡，当垆同作。

以下叙分手之前的聚会，"虎门"巧用古事以指京城石虎胡同的右翼宗学。

雪芹的人品、诗才、口辩、丰度、性情，乃于中幅一一为之传神写照，如见其人，如闻其声。扪虱雄谈，用晋之王猛典故，喜论天下事，旁若无人，尤为句中眼目。

然后方出感时伤境、远别相念之深情（时敦诚在喜峰口古松亭关）。"蓟门落日"之句，盖运化少陵寄怀李白之"渭北春天树，江东日暮云"之句意也，仍归于杜，运用恰到好处。

一结则劝谏良朋，勿叩富儿之门，（"朝叩富儿门"，恰好又用杜诗！）勿弹食客之铗（用冯骓之典，时雪芹正在富察、富良家做西宾而受其薄遇也）。黄叶山村，著书记《梦》，方是最好的事业与生涯，——亦隐隐略如"丹青不知老将至，富贵于我如浮云"——故余谓敦君此篇精神命脉，全由老杜承传而来，字字稳健，句句切实——真罕觏之清代宗室满洲少年诗人也！

然而，倘使不因雪芹之不朽，之伟大，谁又会注意敦家这位小诗家呢？谁又会去体寻他的诗句的渊源、文化的根柢，是我中华诗圣的赐与呢！

桂华流瓦
——说周邦彦《解语花·上元》

风销绛蜡，露浥红莲，花市光相射。桂华流瓦。纤云散，耿耿素娥欲下。衣裳淡雅。看楚女、纤腰一把。箫鼓喧，人影参差，满路飘香麝。

因念都城放夜。望千门如昼，嬉笑游冶。钿车罗帕。相逢处，自有暗尘随马。年光是也。唯只见、旧情衰谢。清漏移，飞盖归来，从舞休歌罢。

要赏此词，须知词人用笔，全在一个"复"字，看他处处用复笔，笔笔"相射"。这词的精神命脉，在全篇的第一韵，"花市光相射"句，已经点出，已经写透。

上元者何？正月十五，俗名灯节，为是开年的第一个月圆的良宵佳节，所以叫作元夕、元夜。在这个元夜，我们中华民族的祖先，用奇思妙想、巧手灵心，创造出一个奇境：在这一夜，普天之下，遍地之上，开满了人手制出的"花"——亿万的彩灯；这些花把人间装点成为一个无可比拟的美妙神奇的境界。

此一境界，明明是现实的人间，却又是理想的仙境。上是月，下是灯，灯月交辉，是一层"相射"。亿万花灯，攒辉列彩，此映彼照，交互生光，是第二层"相射"。但是还有一层更要紧的"相射"，来为这异样的仙境做主持者，做个中人——这就是那万人空巷、倾城出游、举国腾欢的看灯人！

游人赏灯，却怎么说是一层"相射"呢？难道人也有"光"不成？

这正是赏析美成此词的一个关键之点。

要知道，在古代的这一夕，是"金吾放夜"，即警卫之士解除宵禁，特许游人彻夜欢游。不但官家"放夜"，而且"私家"也"放门"。那时候，妇女是不得随意外出的，当然更不能想象在深宵永夜竟能到红衢紫陌上去尽兴游观了。然而唯独这一夜，家家户户，特许她们走出闺门，到街巷中去看灯赏景！

说"看灯"，自然不差，但是不要忘了，正因上述之故，不但为来看灯，更是为来"看人"。这一点无比重要。没有了这，也就没有了上元佳节，也就没有了《解语花》佳作。

你道那于此夜间倾城出赏的妇女是怎样一种打扮？妙得很！我们这个艺术的民族最懂得什么是美，而且最懂得美的辩证法。在这一夜，女流们不再是"纷红骇绿""艳抹浓装"了，而是一色缟衣淡服！

把这些"历史背景"了解清白了，你才能够谈得上欣赏这首上元词的妙处。

上来八个字领起，一副佳联，道是"风销绛蜡，露浥红莲"。绛蜡即朱烛，不烦多讲。红莲又是何也？原来宋时灯彩，以莲式最为时兴，诗词中又呼为"莲炬""芙蓉"，皆莲灯是也。此亦无待多说。（"红莲"一本作"烘炉"，今不从。）最要体味，端在"风销""露浥"四字，只此四字，早将彻夜腾欢之意味烘染满纸了。当此之际，人面灯辉，容光焕发；人看灯，灯亦看人；男看女，女亦看男。如此一片交辉互映，无限风光，词人用了一句"花市光相射"，五个字包含了这一切！

以下紧跟一句"桂华流瓦"，正写初圆之月，下照人间楼屋。一个"流"字，暗从《汉书》"月穆穆以金波"与谢庄赋"素月流天"脱化而来，平添一层美妙。"桂华"二字，引出天上仙娥居处，伏下人间倩女妆梳，总为今宵此境设色勾染。

纤云不碍良宵，但今夜并纤云亦不肯略为妨碍，夜空如洗，皓魄倍明，嫦娥碧海青天，终年孤寂，逢此良辰，也不免欲下人寰，同分欢乐。此一笔，要看他"欲下"二字，写尽神情，真有"蠢蠢欲动"（东坡语）之态、呼之欲出之神。此一笔，不独加一倍烘染人间之美境，而且也为引出人间无数游女的一种极为超妙的手法。盖以上写灯写月，至此，方出游观灯月之"人"。迤迤逦逦，不期然已如饮醇醪人醉矣。

"衣裳淡雅"一句，正写游女，其淡而雅，早已在上句"素"字伏妥；至此，正出"女"字；亦至此，方出"看"字；皆可为我上文所析作证。"纤腰"句加重"看"字神情，切而不俗，允称高手。盖至宋时，女装已转尚窄服，与唐代之宽袍大袖不同矣，亦所谓"写实"之笔也。

以下，用"箫鼓喧"三字略一宕开，而又紧跟"人影"四字，要紧之极，精彩之至！"参差"一词，亦常语也，然而词人迤逦写至此处，拈出"参差"二字，实为妙绝。万千游赏之人，为灯光月彩所映射，一身具众影，万人聚亿影，而此亿影，交互浮动，浓淡相融，令人眼花缭乱，能体此境，而后方识"参差"二字之妙绝！

写人至此似已写尽矣，不料又出"满路飘香麝"一句，似疏而实密。盖光也，影也，音也，色也，一一写尽，至此方知尚有味也一义，交会于仙境之间。且此味也，遥遥与上文"桂华"呼应。其用笔钩互回连之妙，洵罕见其伦比。我谓此词之妙，妙在处处"相射"，谅非虚赞。

下片以"因念"领起，两字是全篇过脉。由此二字，一笔挽还，使时光倒流，将读者又带回到当年东京汴梁城的灯宵盛境中去。却忆尔时，千门万户，尽情游乐，欢声鼎沸。"如昼"二字，写灯写月，极力渲染。"去年元夜时，花市灯如昼"，同一拟喻，然汴州元夜，又有甚独特风光？——

始出钿车宝马，始出香巾罗帕。"暗尘随马去，明月逐人来"，又用唐贤苏味道上元诗句，暗写少年情事。马逐香车，人拾罗帕，即是当时男女略无结识机会下而表示倾慕之唯一方式、唯一时机，此义又须十分晓解，方能领略其中意味。

回忆京城全盛，不可再与上阕重复，寥寥数笔，补其"不备"，实则方是点题。至此，方写出节序无殊，心情已别，满怀幽绪，一片深情。"旧情"二字，是一篇主眼，须知词人费许多心血笔墨，只为此二字而发耳。

无限感慨，无限怀思，只以"因念"一挽一提，"唯只见"一唱一叹，不觉已是歌音收煞处。"清漏"（似暗用玉溪诗）以下，有馀不尽之音，怅惘低徊之致而已。然亦要看他"清漏移"三字，遥与"风销""露浥"相为呼应，针线之密依然，首尾如一（夜不深，则风未销烛，露不浥灯也）。又须看他至一结说出一番心事：旧情难觅，驱车归来，一任他人仍复歌舞狂欢，盖吾心所系者，只在旧情，若歌若舞，皆与我何干哉！

读古人词，既须赏其笔墨之妙，更须领其心性之美。如此等词，全是情深意笃，一片痴心，亦即诗心之所在。或有不论笔法之钩互，只就"桂华"而斥其"代字"，或谓全篇所写不过衰飒消极，没落低沉……种种皮相，失之岂不远乎。

本阕韵脚诸字，在今日或已不谐，如射、麝应改读如"啥"；夜如"亚"；冶，也如"哑"；谢如"下"。此即古今音变之迹也。

众里寻他千百度

——说辛弃疾《青玉案》

东风夜放花千树。更吹落，星如雨。宝马雕车香满路。凤箫声动，玉壶光转，一夜鱼龙舞。

蛾儿雪柳黄金缕，笑语盈盈暗香去。众里寻他千百度，蓦然回首，那人却在，灯火阑珊处。

写上元灯节的词，不计其数，稼轩的这一首，却谁也不能视为可有可无，即此亦可谓豪杰了。然究其实际，上片也不过渲染那一片热闹景况，并无特异独出之处。看他写火树，固定的灯彩也。写星雨，流动的烟火也。若说好，就好在想象：是东风还未催开百花，却先吹放了元宵的火树银花。它不但吹开地上的灯花，而且还又从天上吹落了如雨的彩星——燃放烟火，先冲上云霄，复自空而落，真似陨星雨。然后写车马，写鼓乐，写灯月交辉的人间仙境——"玉壶"，写那民间艺人们的载歌载舞、鱼龙曼衍的"社火"百戏，好不繁华热闹，令人目不暇给。其间"宝"也、"雕"也、"凤"也、"玉"也，种种丽字，总是为了给那灯宵的气氛来传神，来写境，盖那境界本非笔墨所能传写，幸亏还有这些美好的字眼，聊为助意而已。总之，我说稼轩此词，前半实无独到之胜可以大书特书。其精彩之笔，全在后半始见。

后片之笔，置景于不复赘述了，专门写人。看他先从头上写起：这些游女们，一个个雾鬓云鬟，戴满了元宵特有的闹蛾儿、雪柳、金缕缠就的春幡春胜。这些盛妆的游女们，行走之间，说笑个不停，纷纷走过去了，只有衣香犹在暗中飘散。这么些丽者，都非我意中关切之人，在百千群中只寻找一个——却总是踪影皆无。已经是没有什么希望了……

——忽然，眼光一亮，在那一角残灯旁侧，分明看见了，是她！是她！没有错，她原来在这冷落的地方，还未归去，似有所待！

这发现那人的一瞬间，是人生的精神的凝结和升华，是悲喜莫名的感激铭篆。那一瞬是万古千秋永恒的。词人却

043

如此本领，竟把它变成了笔痕墨影，永志弗灭！读到末幅煞拍，才恍然彻悟：那上片的灯、月、烟火、笙笛、社舞交织成的元夕欢腾，那下片的惹人眼花缭乱的一队队的丽人群女，原来都只是为了那一个意中之人而设、而写，倘无此人在，那一切又有何意义与趣味呢！多情的读者，至此不禁涔涔泪落。

此词原不可讲，一讲便成画蛇，破坏了那万金无价的人生幸福而又辛酸的一瞬的美好境界。然而画蛇既成，还思添足：学文者莫忘留意，上片临末，已出"一夜"二字，这是何故？盖早已为寻他千百度说明了多少时光的苦心痴意，所以到得下片而出"灯火阑珊"，方才前早呼而后遥应，笔墨之细，文心之苦，至矣尽矣。可叹世之评者动辄谓稼轩"豪放"，"豪放"，好像将他看作一个粗人壮士之流，岂不是贻误学人乎？

王静安《人间词话》曾举此词，以为人之成大事业者，必皆经历三个境界，而稼轩此词之境界为第三，即最终最高境。此特借词喻事，与文学赏析已无交涉，王先生早已先自表明，吾人可以无劳纠葛。

从词调来讲，《青玉案》十分别致，它原是双调，上下片相同，只上片第二句变成三字一断的叠句，跌宕生姿。下片则无此断叠，一连三个七字排句，可排比，可变幻，总随词人之意，但排句之势是一气呵成的，单单等到排比完了，才逼出煞拍的警策点。本书另有贺铸一首，此义正可参看。

夜凉河汉截天流

——说夏竦《喜迁莺》

霞散绮，月沉钩。簾卷未央楼。夜凉河汉截天流。宫阙锁清秋。

瑶阶曙，金盘露。凤髓香和烟雾。三千珠翠拥宸游。水殿按梁州。

今人赏古人词，所取不同，眼光各别，原不必强求一致。我个人素来主张，词就是词，是按谱制词，是音乐文学，是演唱"节目"，离开这一条本根讲词，是不通的村学究见解，无助于浚发灵智，培灌文藻。所以要懂得赏音律美、节奏美、文采美、笔调美、笔力美——合之方为大手笔。我们中华汉字文学，从来注重的是这个，讲求的是这个，赞佩的是这个。舍此而言它，就必然是以洋文的框子来套自己了。

夏公这词的美，全在他的笔力健，音节美，锵铿顿挫，字字掷地有声——其声未必即皆金石，然迥异瓦缶。写绝大场面，用特短小令，笔酣墨饱，满耳宫商，而无一丝小家气、扭捏态。所谓大手笔，实于宋初词苑中仅见，而不以为足贵，可乎？

操"选政"的，一向不敢选，我还向他们建议过，无效。是眼光不同？是胆量不够？我还说之不清。然有一点似乎明白，大约就是：词是写皇帝的，写享乐的，这无意义，应当批倒的，又何选为？选了它，连选者也会同遭批倒矣！——多半就是这么回事。

写皇帝的就注定是坏作品？谁说过这条教义？杜子美的"九天宫阙开阊阖，万国衣冠拜冕旒"，难道就"反动"了不成？唐贤写了数不清的"宫词"，自然有寓讽谏的，代抒怨的，但是"玉楼天半起笙歌""水晶簾卷近秋河""还似旧时游上苑，车如流水马如龙，花月正春风"等等之类，也没听说毒素最浓，必须焚掉，而何所虑于夏公的这么一首小调呢？

我们赏它，学它——学它的大手笔，大文采，大气象，尽可为今后借鉴，不一定就等于要替皇帝"复辟"也。

闲言叙罢，话归本题。此词所写是新秋季节，虽馀暑犹存，而清爽乍起。当此良辰，宫中有何气象？人间难会。于是词人以其椽笔，勾勒规模，以记情景。起以暮，而结以晓，格局亦不落窠臼。

词自黄昏展笔，两句六字，勾出新秋晚景之神，曰霞如绮散，旋满晴空；月若钩沉，即现随隐。盖新月初弯，灿于西南天际，才数刻间，即坠于林屋之背，不复可窥。用一"散"字，一"沉"字，精神全出。（当然，"散"字是谢朓诗"馀霞散成绮"的承用，而于此不觉其陈旧，全在配搭矫健而轻俊。）

六字两句，音响已见铮铮。然皆自然景色也。看他如何归到宫中？妙在紧跟"簾卷未央楼"五字，只一句便挽向正题。曰大手笔，只向此等处体认，方可于文字海中得见慈航。而且，此五字之抑扬顿挫，复使其上之六字二句，加一倍嘹亮，加一倍谐美。字字斤两重，韵味厚。声美，韵美，境美，笔美——四者备而莫可以"形容词"赞之也。唾壶击碎，知音者方领其了不可及。

然而，看他词人笔力之雄健绝人——又紧跟上一句"夜凉河汉截天流"，真令人脱口叫绝，立身起舞！神乎笔矣，——亦神乎汉字音乐文学矣。

六朝谢庄《月赋》中一段珠玉奇文，曰："于是斜汉左界，北陆南躔；白露暧空，素月流天。"每当清夜秋空，必见一道银河，斜亘于东，倍明于春夏之宵——是所谓银汉左界。界者，犹言隔断也，而词人用一"截"字，殊觉遒警过于昔贤。

此七字，具见宫中庭院之弘广，视界之超虚。

——而自黄昏霞月之散之沉，不觉已渐宵深矣。清宵愈深而河汉愈明，而恍然似觉其波流。河汉流乎？时光流乎？细细参之可也。

然后，乃总出一句"宫阙锁清秋"，点明商节，点明皇居，而上阕一结过片忽然换笔，瑶阶沐曦，金盘承露，遥与霞散月沉相对。然已逊其精整。下接"凤髓"六字，虽未必即成败笔，要亦难称后继，不无堆砌凑句之嫌，少风致之胜。观其笔力，似已垂垂强弩之末矣。

不料，词人毕竟不同凡响，乃于煞拍，出以再振之声容，重张之旗鼓！看他写道是：三千珠翠，簇拥鸾舆，而于水殿风清之胜处，齐奏《梁州》之大曲。此一场面，何其宏伟！何其绮丽！

"按"者，约略相当于今之所谓演奏，然实包击赏而言，故意味不同。"梁州"者，即唐代著名的《凉州》曲，本是唐明皇时西北边关地方进上的新声大曲，王昌龄诗"胡部笙歌西殿头，梨园弟子和凉州"是也。有名的"旗亭赌唱"故事中王之涣的"羌笛何须怨杨柳，春风不度玉门关"，即是题为《凉州词》的名篇。最初原是以双管为主吹奏的宫调大曲，其后康崑仑翻为琵琶曲别调，到宋时流行的已有几个别调，而以"高调（高吕调）凉州"尤为有名。想来那已是一种发展为笙管与琵琶两系器乐与歌唱的大合奏组曲，音韵高爽悲壮。唐人的诗多写听《凉州》而引起乡思伤感的情绪，比如李益句："鸿雁新从北地来，闻声一半却飞回。金河戍客肠应断，更在秋风百尺台！"白居易句："楼上金风声渐紧，月中银字韵初调。促张弦柱吹高管，一曲凉州入沉寥。"可见这个管弦合奏的大曲，是秋季的声韵。词人则特写"水殿按梁州"，想见其音调声韵之美，更宜清秋碧水之间。

白傅《长恨歌》云"后宫佳丽三千人"，言其多也，词人用之。又王建宫词"玉楼天半起笙歌""水晶簾卷近秋河"，词人亦仿佛脱化之。不但此也，即"月沉钩"，亦隐约有李后主"月如钩"之痕迹，且一变"小院锁清秋"为"宫阙锁清秋"。无论声容气象、境界情怀，俱不相蒙矣。固知脱化是脱化，创造是创造，初不可混同而语也。

或言：三千珠翠，岂不为帝王享乐张目，写之有何价值？愚曰：君不见王摩诘乎，虽然也写出"漠漠水田飞白鹭，阴阴夏木啭黄鹂"，却也写过"銮舆迥出千门柳，阁道回看上苑花"。那李颀也写过"金阙晓钟开万户，玉阶仙仗拥千官"，在唐诗中也自成一类，难道都不算名句而须打倒？盖历史是历史，境界是境界，岂能千篇一律？读惯了"无言独上西楼，月如钩。寂寞梧桐深院锁清秋"的亡国之哀音，再读一点这种带有"开国气象"的宋初佳作，未必不是鉴赏领域中的开拓心眼之方，又何必总是春蚕自缚，戒律成堆乎？

不减唐人高处

——说柳永《八声甘州》

千秋一寸心：周汝昌讲唐诗宋词

对潇潇暮雨洒江天，一番洗清秋。渐霜风凄紧，关河冷落，残照当楼。是处红衰翠减，苒苒物华休。唯有长江水，无语东流。

不忍登高临远，望故乡渺邈，归思难收。叹年来踪迹，何事苦淹留？想佳人妆楼颙望，误几回、天际识归舟。争知我，倚阑干处，正恁凝愁！

柳耆卿在世时，不为人重，但因工于填词，却深受歌妓们的欢迎和赏识，一生潦倒，死后也是只有歌儿笛手们怀念不忘，逢时设祭。这种文士，旧时讥为"无行"，但是他并不像那些正统士大夫们所估计的那般微不足道，他写下的几篇名阕，境界高绝，成为词史上的丰碑，是第一流作品，千古传颂。这篇《八声甘州》，早为苏东坡巨眼所识，说其间佳句"何减唐人高处"。须知这样的赞语，是极高的评价，东坡不曾轻易以此许人的。

赏会此词，全要着眼于开端，看他是何等气韵，涵盖当时，弥纶全界。一个"对"字，已托出登临纵目、望极天涯的意度。尔时，天色已晚，暮雨潇潇，洒遍江天，千里无际。时节既入素秋，本已气肃天清，明净如水，却又加此一番秋雨，更是纤埃微雾，尽皆浣尽，一澄如洗。上来二句一韵，已有"雨"字，有"洒"字，有"洗"字，三个上声，但一循声高诵，揭响入云，已觉振爽异常！素秋清矣，再加净洗，清至极处——而此中多少凄冷之感亦暗暗生焉。仅此开头二句，便令人含咀无尽。

其下紧接一个"渐"字，领起四言三句十二字，便是东坡叹为不减唐贤高处的名句，而一篇之警策，端在于此。

"渐"者何也？并非是说词人此刻登高而望，为时甚久，故为"渐"也，云云。如此领会，未得词意。须知他是承上句而言，当此清秋，复经雨涤，于是时光景物，遂又生一番变化。如此方是"渐"之神态。秋已更深，雨洗暮空，乃觉凉风忽至，其气凄然而遒劲，直令衣单之游子，有不可禁当之势。一"紧"字，又用上声，气氛声韵，加倍峻肃。宋玉

051

曾云：悲哉秋之为气也！至耆卿此词，乃尽得其意。

当此之际，举目关河，寥阔逶迤，气势磅礴，然而春夏滋荣盛茂之气已尽，秋来肃杀凋零之气已浓，草木不芳，一片冷落之景象。于此，再下一"冷"字（上声），层层逼紧。而"凄紧""冷落"，又皆双声叠响，一经词人运用，其艺术效果、感染力量，乃臻于极高的境地。

然而，还有一句在后紧接曰："残照当楼。"

上来"一番"二字，早已伏下秋雨晚晴的意思见于言外了。至此便出"残照"，并不突然。但此句之精彩，不在残照，端在"当楼"。夫暮雨也，霜风也，江天也，关河也，落照也，无往而非至广至大之景域。若此寥廓乾坤，苍茫世界，何以包容？能否集聚？曰：能。词人只将"残照"（原来也是遍满江天的宏观）轻轻一笔转到了他所登临送目的高楼上来！如此一笔，不但"残照"集中于一个"焦点"，而仿佛整个江天，关河，冷雨，金风，统统集中于"当楼"一点。换言之，此际词人乃觉遍宇宙的悲哉之秋气，似乎一齐袭来，要他一人禁当！他以此种高极超绝的俊笔，一口气，几句话，便将难以形容、不可为怀的羁愁暮景，写到至矣尽矣的地步！

试思，东坡对此高度评价，岂无故哉！

再下则笔致思绪，便由苍莽悲壮，而转入细致沉思。盖以上所观所写，总是高处远处之物色，自此而后，由仰观而转至俯察，乃又见处处皆是（是处，即到处皆然之义）一片凋落之景象。"红衰翠减"，乃用玉溪诗人之语，倍觉风流蕴藉，其下自加"苒苒"二字，真是好极！

"减""苒"，又皆上声高揭。总不肯使韵调塌落低沉。此方是秋士之品格。

"苒苒"，又正与上文"渐"字相为呼应，益信前文拙解不误。一"休"字，岂是趁韵漫书？要体会此字实具千钧之力，其中寓有无穷的感慨愁恨！

再下，又补唯有江水东流，虽未必即与东坡《赤壁赋》所写短暂与永恒、变改与不变之间的这种直令千古词人思索的宇宙人生的哲理全同，但也可见柳耆卿亦非只知留恋景色的浅薄之辈。在词而论，又不可忽略了"无语"二字。着此二字，方觉十倍深沉，百端交集。江水千里东来，滔滔直下，能无声乎？而词人却谓其"无语"，何耶？盖江声愈喧，愈显其寂寞，愈增游子悲秋之深切，而此情此境，笔墨难宣，唯有无语，翻胜千言。禅宗大师曰：莫道无语，其声如雷！如是如是。

过片开端，回笔点明全篇的背景是登高临远；虽已登临，偏云"不忍"，多一番曲折，多一番情致。然下阕妙处，全在摹拟"对想"：本是词人自家登楼，极目天际，却偏遥想故园之闺中人，应也是登楼远望，伫盼游子之归来！然而我能想见你在凭高而等待归舟，你却无由想象我真在何处——登舟无计，只自淹留！又是几层曲折！其情至而感深，学人须向此等处寻味，方知词笔之妙，——不止是笔巧，要紧是还有味厚。

以"倚阑干处，正恁凝愁"一收，也是于最末幅再次点出全篇题目。"倚阑干"，与"对"，与"当楼"，与"登高临远"，与"望"，与"叹"，与"想"，皆息息相关，笔笔辉映。

故柳郎词笔貌似疏朗，实则绵密。一腔心事，唱叹无端，笔若连环，岂粗俗之流所及而能至哉。

　　"归思"，"思"去声，名词。"争"，其义为"怎生"，因律当平声，只能用"争"。今之人往往不明，宜为拈出。"天际识归舟，云中辨烟树"乃是谢朓名句，词人加"误几回"而用之，尤见匠心独运。

应是绿肥红瘦

——说李清照《如梦令》

昨夜雨疏风骤。浓睡不消残酒。试问卷帘人，却道"海棠依旧"。知否，知否？应是绿肥红瘦！

一篇小令，才共六句，好似一幅图画，并且还有对话，并且还交待了事情的来龙去脉。这可能是现代的电影艺术的条件才能以胜任的一种"镜头"表现法，然而它却实实在在是九百年前的一位女词人自"编"自"演"的作品，不谓之奇迹，又将谓之何哉？

她上来先交待原委，或者叫"背景"，说是昨宵雨狂风猛，疏，正写疏放疏狂，而非通常的稀疏义。当此芳春，名花正好，偏那风雨就来逼迫了，心绪如潮，不得入睡，只有借酒消忧一法，赖以排遣。酒吃得多了，觉也睡得浓了，一觉醒来，天已大亮。但昨夜之心情，未为梦隔，拥衾未起，便要询问意中悬悬之事。这时，她已听得外间的侍女收拾房屋，启户卷帘，一日之计已在开始，便急忙问她：海棠花怎么样了？侍女看了一看，笑回道："还好还好，一夜又是风又是雨，可海棠一点儿没动！"女主人听了，叹道："傻瓜孩子，你可知道什么！你再细看——难道看不出那红的见少，绿的见多了吗?！"

以上我先作了"今译"。今译的目的只为让你看清词人用了多少字，写了多少句，说了多少事，而我为说清同样的内容，又是用了多少字，写了多少句！

《蓼园词选》对易安此篇下过几句评语，他说："短幅中藏无数曲折，自是圣于词者。"这话极是。所谓曲折，我则叫它做层次。一首六句的小令，竟有如许多的层次，句句折，笔笔换，如游名园，一步一境，叹为奇绝！说是如图如画，而神情口吻，又画所难到。不得已，我仍然只好将它来与电影比喻。

她写自夜及晓，没有一个字呆写"经历"，只用浓睡残酒以为搭桥渡水之妙着。然后一个"卷帘"，即便点破日曙天明，何等巧妙。然而，她问卷帘之人，所问何事？一字不言，却于答话中"透露"出海棠的"问题"。我不禁联想到，晚唐杜牧之，写到"借问酒家何处有，牧童遥指杏花村"，他一不说问道于何人，二不言答者有何语，却只于下句才"透露"出被问者是牧童小友，而答话的内容是以"遥指"的"姿势"来表达的！两者异曲而同工，何其巧妙神似乃尔！

　　末后，还须体会：词人如此惜花，为花悲喜，为花醒醉，为花憎风恨雨，所以者何？风雨葬花，如葬美人，如葬芳春，凡一切美的事物年华，都在此一痛惜情怀之内，包括词人自己的命运，时代的苦难，家国的不幸。倘不如此，又何以识得古代闺秀文学家李易安？又何以识得中华民族的诗词文学乎？

火冷灯稀霜露下

——说苏轼《蝶恋花·密州上元》

　　灯火钱塘三五夜。明月如霜，照见人如画。帐底吹笙香吐麝，更无一点尘随马。

　　寂寞山城人老也。击鼓吹箫，却入农桑社。火冷灯稀霜露下，昏昏雪意云垂野。

此词乃是东坡身在密州（今山东诸城市），时值上元佳节，因回忆杭州此节此夕之盛况，百感中来，遂而有作。从章法而论，上片写盛况，写过去；下片写冷落，写当前：恰与众多元宵佳句名篇正相一致。此或今之所谓"规律性"，虽东坡大手眼，大心胸，亦不能避熟而就生焉。但持之与周美成《解语花·上元》词对看，察其同，辨其异，则尤能有会于文心，相赏于笔致。比如美成之词，也正是上片只写盛况；但直到下片开头，方才点出彼乃"都门放夜"，早是汴梁城的往事前情了也。而东坡此篇不然，起端便说灯火钱塘，直是略不梳裹打迭，大踏步便出。又曰开门见山，单刀直入者，仿佛是焉。灯火，非一般寻常之夜晚照明小油盏也，乃是万户千门，红莲绛蜡，火树银花，装点了人间之仙境！杭州上元，尤以沙河塘为最盛，姜白石所谓"沙河塘上春寒浅，看了游人缓缓归"是也。想来东坡意中所指，定是此处。三五夜，三五十五也；十五夜，正月元宵之专称也。——只此七个字，写出一片名城佳节、极盛至胜之美景良辰、赏心乐事，岂用多言哉：——在东坡尔时意中，直是人人皆知，原不消词费也。

说也奇怪，明明是一首上元词，并不正面再写灯火一字，却来说它"明月如霜"，岂不脱题失照？于此，恰好还是对看吾家美成之词，也正是上来写了"风销绛蜡，露浥红莲"之后，紧接便说"桂华流瓦。纤云散，耿耿素娥欲下"。何也？何也？盖上元者，虽曰灯节，实取其开年献岁之第一个月圆的良夜而做成此一美景佳时者也。所以美成点出"花市光相射"，而欧公之《生查子》（一云朱淑真作）亦言"去年元夜时，花市灯如昼。月上柳梢头，人约黄昏后"也。假如此夕无月，则灯火徒明，佳节失却一半矣。懂得此一境界，方许讲习宋贤之词章、人间之节序。

然而灯也，月也，种种联带而生之风光景物也，为谁而设乎？曰，人之所创造，为人而设者也。倘没了人，则灯也，月也，一切风光景物皆无复意义，无复趣味了也。故东坡云："明月如霜，照见人如画。"恰如美成于写月之后，便说"看楚女、纤腰一把"也。两家之笔路文思，何其合拍如此？盖亦当时实景实情，原是南北相同，非由词家造作虚构而有者也。

一个"如"霜，一个"如"画，相连而皆是明喻。倘非有意取其排叠之效果，分明有重复之嫌，而东坡豁达之性，畅放之笔，不暇计此，然亦令人不甚觉察耳。

月之比霜，太白即已言之。东坡似特喜此喻，试看他《永遇乐》，开头也即说出"明月如霜，好风如水，清景无限"。似乎舍此无可以写出月色之皓洁清冷者。而元宵之月，尤为如霜似雪，灯得之而愈明，人映之而益美。——须知，"如画"之人非它，专谓灯夕严妆出游之"楚女"也。而此楚女者，联袂成云，散芬作雾，万千其影矣！

"帐底吹笙"，当指赏灯人家搭起的"看棚"，其中垂灯叠鼓，笙管声清，是高雅的一种风格，不比市井一味喧杂。此时也，家家处处，不但灯辉月朗，箫远笙清，而且人洁衣香。说来也更奇怪，那周美成，恰恰也接云"箫鼓喧，人影参差，满路飘香麝"。如此看来，北宋年间，岁丰物阜，民得乐生，其名城佳节之盛况，信是无分南北，繁胜相当。

"更无一点尘随马"，翻用唐贤苏味道上元名句"暗尘随马去，明月逐人来"，则为写钱塘此夜，霜月春灯，一清如洗，小异于中州软红十丈。美成云："因念都城放夜。望千门如昼，嬉笑游冶。钿车罗帕。相逢处，自有暗尘随马。"却是正用。不论如何，毕竟一说元宵，便想起昔日游观车马之阗隘灯衢，少年追逐之欢情逸兴，——所谓"放夜"之"放"，其意义至为丰富，非止宵禁之解除而已。

以上不拘东坡也好，美成也好，总归是忆者追怀。至于目下而今，又是如何，过片紧紧逼出一句，试听东坡之言："寂寞山城人老也。"

一个山城，地异矣；一个人老，时异矣；一个寂寞，情异矣。嗟嗟，评家常谓东坡"豪放""豁达"，其然，岂其然？东坡之感叹，一若他人！而寂寞之怀，犹且倍之矣！

"却入农桑社"，一个却也，吐尽东坡一肚皮感慨。他于诗词中常常表示渴望"归农"之意，其意不过是弃官自便，返土还乡之愿，岂真能于此佳节良辰，不思沙河塘而乐农桑社哉！盖农桑之社（古之社：祭后土神也，社必集会，娱神而乐人，故曰"社会"。引申凡节日盛集，迎神赛会，空巷游观，皆谓之社），其简陋之状，不过击一鼓、吹一箫而已，视灯火钱塘，夜同此夜，节同此节，而光景天壤矣。东坡之不能忘情于繁华，惆怅于寂寞，于此尽见。而坡老坦率，亦不讳言此，斯为凭证。

夫非复当年之人，垂垂老矣，而处此寂寞山城，而当此良辰佳节，已觉情怀难遣；唯一之想，则倘有繁灯盛火，皓月清尘，犹可稍慰此难遣之情怀也。然而此时此地也，偏偏火冷灯稀，霜露俱下，而且举头一望，更不见彼如霜之明月、耿耿之素娥，唯见四野垂垂，雪云如幕，一片荒寒萧索，俱来眼底！夫当是时，若真个"豪放""豁达"之人，岂应追念钱塘三五之夜，只须静享山城寂寞之宵可也。然而东坡实实不能忘怀于昔日之盛欢，而无限感叹于今夕之冷落。此东坡之所以为东坡，而词人之所以为词人也。吾辈赏析古人佳构，只宜从其实际出发，不应以概念自缚者，此也。

东坡并不讳言其真情实感，非无悲哀伤痛。唯其笔致大方，不喜纤巧纡曲，多以真率出之，遂使人误为放达无忧，豪迈为乐。吾读东坡诗词，愈见其强作放达之语，愈见其深隐之悲，而常思其身世胸怀，百端难尽，而不禁喟然为之废书而叹也。"豪放""豁达"云乎哉！何世人狃于成说，习于皮相，而不欲求其真际也？

南北宋之际，有一词人向芗林（子謘），尝作"有怀京师上元"《鹧鸪天》词，以"紫禁烟花一万重"起句，一口气直写了六句，全是京师上元之盛，而只以两句结尾，以见当前，曰："而今白发三千丈，愁对寒灯数点红。"章法奇绝，非不佳也，然而以吾读之，终觉去坡远甚，盖"火冷灯稀霜露下，昏昏雪意云垂野"，其景其情，方是王国维之所谓"不隔"，全不劳装点扭捏，而感人之深，无以加之焉。

以此而论，东坡词全在真率、真切、真挚，而所感所蕴者极深，故出语直而不浅，率而不庸，高怀远致，实又济之。世人动言"豪放派""豪放派"，失却文心词眼多矣。

本篇韵脚诸字，应依古音（今地区方音犹然）读"马亚"

之"辙"：夜，读如亚；麝，读如啥；也，读如哑；社，读如啥；野，读如哑。则谐调上口，无复滞碍。

（"更无一点尘随马"句，一本作"此般风味应无价"。今不从。）

梨花落后清明

——说晏殊《破阵子》

燕子来时新社，梨花落后清明。
池上碧苔三四点，叶底黄鹂一两声，
日长飞絮轻。

巧笑东邻女伴，采桑径里逢迎。
疑怪昨宵春梦好，原是今朝斗草赢，
笑从双脸生。

二十四节气，春分连接清明，这正是一年春光最堪流恋的时节。春已中分，新燕将至，此时恰值社日也将到来。古人称燕子为社燕，以为它常是春社来，秋社去。词人所说的新社，指的即是春社了。那时每年有春秋两个社日，而尤重春社。邻里大聚会，来行祀社（大地之神也）之礼，酒食分飨，赛会腾欢，极一时一地之盛。闺中少女，也"放"了"假"，正所谓"问知社日停针线"，连女红也是可以放下的，呼姊唤妹，许可门外游观。词篇开头一句，其精神全在于此。

我们的民族"花历"，又有二十四番花信风，自小寒至谷雨，每五日为一花信，每节应三信有三芳开放。按春分节的三信，正是海棠花、梨花、木兰花。梨花落后，清明在望。词人写时序风物，一丝不走。当此季节，气息芳润，池畔苔生鲜翠，林丛鹂啭清音，春光已是苒苒而近晚了，神情更在言外。清明的花信三番又应在何处？那就是桐花、麦花与柳花。所以词人接着写的就是"日长——飞絮"。古有句云："落尽海棠飞尽絮，困人天气日初长。"可以合看。文学评论家于此必曰：写景，写景；状物，状物！而不知时序推迁，光风流转，触人思绪之闲情婉致也。

当此良辰佳节之际，则有二少女，出现于词人笔下，言动于吾人目前。在采桑的路上，她们正好遇着；一见面，西邻女就问东邻女："你怎么今天这样高兴？夜里做了什么好梦了吧？快告诉人听听！"东邻女笑道："莫胡说！人家刚才和她们斗草来着，得了彩头呢！"

"笑从双脸生"五字，再难另找一句更好的写少女笑吟吟的句子来替换。何谓双脸？盖脸本从眼际得义，而非后人混指"嘴巴"也。故此词之美，美在情景，其用笔，明丽清婉，秀润无伦，而别无奇特可寻之迹。迨至末句，收足全篇，神理尽出，此虽非奇，岂为常笔？天时人事，物状心情，全归于一处。若无神力，能到此境乎？

古代词曲，写妇女者多，写少女者少；写少女而似此明快活泼、天真纯洁者更少。然而，不知缘何，我读大晏的"池上碧苔三四点，叶底黄鹂一两声"，不自禁地联想到老杜的"阶前碧草自春色，隔叶黄鹂空好音"；它们之间，分明存在着共鸣之点。此岂为写景而设乎？我则以为正用景光以传心绪。其间隐隐约约，有一种寂寞难言之感，而此寂寞感，古来诗人无不有之，盖亦时代之问题，人生之大事，本非语言文字间可了；而又不得不一一抒写，其为无可如何之意，灼然可见。但老杜为托之于丞相祠堂，大晏则移之于女郎芳径耳。倘若依此可言，上文才说的明快活泼云云，竟是只见它一个方面，究其真际，也是深深隐藏着复杂的情感的吧。

不知腐鼠成滋味

——说李商隐《安定城楼》

迢递高城百尺楼，绿杨枝外尽汀洲。
贾生年少虚垂涕，王粲春来更远游。
永忆江湖归白髮，欲回天地入扁舟。
不知腐鼠成滋味，猜意鹓雏竟未休。

安定，唐代为泾川（今甘肃县名）节度使的治所。城楼，中国特有的建筑形式，最是嵯峨壮丽。此题实是登楼寓怀之作，而非题此城楼的"咏物"之篇。

一上来，两句的风神韵致，便是玉溪生特别擅场的格调。城已甚高，城上之楼，不啻百尺，其美可知。高也，而用迢递一词形容之，已是不落寻常俗格。盖迢递是"远"的状词，与高无涉。或曰：此迢递，是指城墙的长大萦回，一眼望不到头之意，非指城楼而言也。我谓不然。这个迢递，是说这座城楼的壮丽嵯峨，从老远的地方就能望见它，而不是什么城墙的长短问题。读诗，本不与上数学课"几何学"相同，莫拘迂呆认才好。

然而第二句，却确实是说"远"。这远，与自远处望楼之义异，而是自楼望远，"取向"相反，而神理相辅相成。登上城楼之后，凭栏纵目，这才看到一片绿杨弄色，而绿杨的那边，还有汀洲水景，豁人心目。一个"尽"字，写出了那水域的广阔。尽者，目尽于汀洲水景，此外更不见边际也。一者是高，二者是远。高之与远，是空间的纵横二向的综合，总是相关相涉的。

身在高楼，目穷远水，此时此际，他一腔幽绪，万种深怀，都一齐涌上心头，使他不能不发为吟哦，形诸翰藻。

开头的风流蕴藉是容易领略到的，但真正的更风流蕴藉的好句却在紧接上来的颔联。若说这才是此诗的警策，亦即玉溪的特长，那是恰确的。

这一联是精选了两位古人，来替自己投影传神：一位是西汉的贾谊，一位是东汉的王粲。贾是出名的政论家兼辞赋家，王则是头流的辞赋家兼名诗人。二人皆从少年即文名藉甚，又皆有抱大才而不得尽用的感慨；而他们又都是依人作嫁飘泊天涯的超群迈伦的奇士。这种种，恰好是玉溪自身的遭遇和处境。将他们引了来，以"证成"自己的身世襟怀、文才政见，而并不直言明叙这就是写我自个儿——这手法，正是中华文化的高级产物，而不是只说一句"用典"的问题。

贾谊十八岁文名大显，汉文帝召之为官，经历斑斑，卒年不过才三十三岁。"年少"二字，岂是泛词，正是诗人的灵心，同类的互契。然而王粲因世乱离乡（今山东邹城地）而远赴荆州去依投刘表（当时他有虚名），也只有十七岁。可见我说"年少"二字是诗人的灵心，正因此处上句暗贯下句。而王粲依刘，其代表作是《登楼》一赋，这就是为何玉溪登上城楼而立刻想到王粲的原故。

贾谊初为文帝器重，他的《治安策》中的名言是"臣窃惟事势，可为痛哭者一……"而文帝终未能依他的计虑而更新政治措施，反因灌婴等人的谗言，而疏远了他，逐放于京都之外，去做长沙王的"太傅"。这其实也是一种"依刘"的变相而已。是以，下句的"远游"，实又暗贯上句。

这就是玉溪的灵心慧性、丽句清词的特大优长与魅力之所在。

依历史学家的考论，玉溪此时依泾川节度使王茂元，曾应朝廷的博学弘词科之试，以他之大才，竟未录取，铩羽而回王幕，心情可想。开科应试，也是一种皇家之召，而古时的科考策对，总有经邦治国的政论性文章。这与贾生之事，多少亦有可为比喻的因素。是以上句出贾生之虚涕，并非泛泛用典。

王粲依刘，历十五年之久，刘表是个"饭桶"，终不知重用此才。他是到了三国曹魏时期才稍稍有所归宿的（为建安七子之冠冕，与曹子建平列齐名，人称"曹王"）。他的《登楼赋》中说：

> 挟清漳之通浦兮，依曲沮之长洲。……虽信美而非吾土兮，曾何足以少留？……人情同于怀土兮，岂穷达而异心？……

则可见其怀土思归之心，是何等深切。这也就是玉溪此刻登眺的同样心情。

下面的颈联，由于颔联引发而延伸，说的乃是：上句接王粲之思归，下句接贾生之忧国。"永忆江湖"，即思归之义也，不必拘看玉溪故里是否"江湖"之地。"归白髮"，明出归字，最为明白，此倒装法，谓长愿白头而归故里也。

其下句，是承接贾生志节，欲治国安邦之后而小舟适意，放迹江湖——略如范蠡佐越成功而遁于五湖也。

此二句，意思并无奇特新颖之处，不过句法潇洒跌宕，遂使人耳目间无俗套陈言之感。因是，古今人多胜赏大赞，以为义山绝唱（王安石等尤倾倒，以为神似老杜）。实则未免书生大言，痛快有馀，真味不足，遂不无夸炫之嫌。以吾评之，义山精彩，正不在此——逊颔联亦远矣。

但诗人本意，亦在反衬结联，不得不尔。他说，我志在回天定地，岂在区区职位之间——此如鸱之得一腐鼠，攫为美食，而恐云中鹓雏之来夺其味也，而以恶声吓之，何其可笑可怜哉！这寓言故事出于《庄子》，而经玉溪如此运化，遂成千古名句，其不可及即在明明愤懑语也，而说来特为意趣盎然，不瘟不火，才人风调，迥异鄙俗粗野，全在此处显示分明，令人为之不平，为之嗟惜，为之同情，为之倾倒。盖必如此方是中国之诗，华夏之文，其风流蕴藉之美，罕有俦匹。

故我以为，如谓玉溪此诗，全为尾联而作，亦不为过言也。

鲁迅先生曾首抉国民劣根性一义。自古以来，天生异才，国之瑰宝也，而爱才者总不敌妒才忌才者之有权有势。其害才陷才，唯恐才之胜己，至于不择手段，务戕而伤之，抑而枉之，以为如此可以保己而遂私者，万计亿计，而"尔曹身与名俱灭"；纵或名字见于记载，亦徒供笑骂之资而已。"诗卷长留天地间"，"不废江河万古流"，彼据腐鼠而吓鹓雏者，又岂能掩玉溪之光焰于万分之一。然而若谓才人之厄，古今一辙，因有此理，但才不足为玉溪之仆役而滥援玉溪之叹慨，使玉溪之品格溷于卑俗而不易辨，则亦言玉溪诗者所当措意，庶几方为深爱激赏之正途焉。

之二

锦 | 瑟 | 华 | 年 | 谁 | 与 | 度

怕教彻胆寒光见怀抱

——说吴文英《绕佛阁·与沈野逸东皋天街卢楼追凉小饮》

夜空似水，横汉静立，银浪声杳。瑶镜奁小。素娥乍起、楼心弄孤照。絮云未巧。梧韵露井，偏悟秋早。晴暗多少。怕教彻胆寒光见怀抱。

浪迹尚为客，恨满长安千古道。还记暗萤、穿帘街语悄。叹步影归来，人鬓花老。紫箫天渺。又露饮风前，凉堕轻帽。酒杯空、数星横晓。

　　刚刚进入新秋，暑未全消，人们还须寻求清凉爽快的去处，于是词人吴梦窗偕友沈君到一酒楼敞轩夜酌。既晓，写为此词记其情景、感受。因是杭州，在南宋时是"国都"了，故称"天街"。天街者，京城特用的词语，请看唐贤小句"天街小雨润如酥，……绝胜烟柳满皇都"，就十分清楚了。

　　上来一句，"夜空似水"，淡出，无甚出色，虽温飞卿早有"碧空如水夜云轻"之句，在梦窗来说，未免有平庸之嫌。不料其下紧接"横汉静立，银浪声杳"八个字，便令人惊其奇警，不平不庸了。天上河汉的横斜，大是好懂，然而何以为立？难道它会"站起来"吗？这正写楼高望豁，远际青穹渐低，以至于如垂如挂——这时你就觉得它真的是在"立"着！一立字奇绝，景立，笔更立。不懂这个立，就难赏梦窗的才笔，莫晓中华的文事。

　　银河，银汉，常见习用之词也，又已因年远世长。以为不再有奇了，然而梦窗却又将那银字与浪字组合，则又大奇也！浪者，词人想象，天汉银潢，既然是河，当然有水流波起也。这又似乎奇而不奇了。然而，他又继之以声杳，复又奇甚！

　　声杳，不是本来听不见，而是本来有声而渐不可闻也。银汉有浪，可也，因为可以解为"推理逻辑"的结果；但若银浪有声，则端的不再是"逻辑"的俗情了——完完全全是艺术的妙理了！东坡云"银汉无声转玉盘"，是意念的起源吧？但一经铸炼，又觉不同。

　　一个"声杳"，为那"静立"的静，加一番勾勒。方才说夜空似水，已是静境，唯其夜静，愈显空明似水，而愈显银汉之澄澈也。

底下，陡然瑶镜一轮推出晴空。是镜也，必有奁，奁小则写镜小也。镜如何小？要体会新秋晴夜，那冰轮皎洁，其光愈亮则其廓愈收。此一玉奁之升起，是广寒宫殿嫦娥仙子的梳妆景象。"弄孤照"，三字又大奇。盖照本镜之别称，在此是为名词，非照镜、照人之动词也。所以其上方得着一"弄"字。

试问一句：此弄照者，是嫦娥为了照自己？还是她为了照世人？着一孤字，似乎是自伤而为己，所谓"碧海青天夜夜心"了？然若自伤孤独，则开奁弄镜，顾影自怜，与尘世无干，则又何必偏偏升至此一卢楼之楼心而弄此孤照乎？似无情，似有意，——盖词人之所感，嫦娥知词人之孤独，词人亦知她本身之孤独，故同病而相怜之义。即此方见作词之心境，如此方悟孤字之来由。

"絮云未巧"，絮者以绵喻云，易晓；巧者又何？盖俗语有云："七八月，看巧云。"秋云轻薄纤细，如罗似织，而又常现精巧可爱之图形，故曰巧云。《水浒》中有潘巧云，芳名由此而得。今曰未巧，明言乍入新秋，尚未到巧云时节，所以还待夜饮追凉。但此未巧，又全为反跌出下一句。孟浩然云："微云淡河汉，疏雨滴梧桐。"秋意翛然可掬。一叶知秋，唯梧最警。敏感的词人，连"一叶"也未坠之时，已先领略了"秋"之暗力了——一个"悟"字，却又是极关重要的眼目！没有这，也就不会真有什么文学艺术的事情。

"晴暗多少"，一句挽回，仍归到月上。此四字，实亦东坡"月有阴晴圆缺"之感叹，词字不同，以音律之变化而更生新趣。至此，始逼出上片歇拍的这一长句：怕教彻胆寒光见怀抱！

此句实乃全篇之警策，而"怀抱"二字更是通体之核心，见此二字，方悟其他一切：夜也、汉也、云也、梧也，皆不过烘云托月而已。

"彻胆寒光"，暗用"秦镜"这一典故。盖因《西京杂记》所记，秦始皇有一奇镜，能照见人之肠胃五脏；有邪心者，即见胆张而心动云。后世每用此事以颂居官清正、明察秋毫的美德，已是变用旧典了，至于梦窗此处，则更是翻新一层，加倍精彩！

运笔至此已到词意警卓的顶巅，无可再续处——故乐章亦即达到上片的歇拍，真无愧于文藻的结穴。所谓椽笔，词曲中原本罕见，独梦窗时时出此奇警，见其神力！

然而，这彻胆，这怀抱，究竟何如？吾人尚所未晓，于是词人乃于过片稍稍点染，微微逗露。试看那"浪迹"二句，端的是一段锦绣文，满纸辛酸。怀奇才而不遇，负盐车于峻坂，浮沉于江湖，弹铗于朱邸，正是那时代不为人识的俊彦英髦的共同悲愤，正如王实甫所谓"才高不入俗人机，时乖难遂男儿愿"。他们为了抒发郁结，往往混迹于花间酒边，现象是追欢寻乐，内里却感慨难言。"还记"以下，忽然换笔，回向时间的逆轮之间，追忆昔年放浪章台的前尘旧梦。又用"紫箫"一句截住——挽回到现时的实际。此乃梦窗擅场的笔法，盖笔笔警拔跌宕，断非平衍敷缓之俗手可望其项背。其间"人鬒花老"一句，用字用意更奇，其不可测。

"又"字以下，归到现境。"堕轻帽"，是变用活用古贤重九饮酒风吹帽落的风流不羁的故事，实仍为"浪迹"二字再加勾勒。

煞拍，结实到饮罢杯停，而忽出"数星横晓"四字，字字奇峭横绝！星何以横？盖又用"月落参横"一典，而字迹虽然是星，意度依然是月——此一笔神龙掉尾，回顾开端，无半点草率疏漏，细针密线，而又毫无穿凿拘滞之相。见其文笔奇，而不悟其心境之高，所以致之，岂为善读梦窗词者乎？

飞云冉冉蘅皋暮
——说贺铸《青玉案》

凌波不过横塘路，但目送、芳尘去。锦瑟华年谁与度？月桥花院，琐窗朱户，只有春知处。

飞云冉冉蘅皋暮，彩笔新题断肠句。若问闲情都几许？一川烟草，满城风絮，梅子黄时雨！

这首词说来好笑，原是贺方回（铸）退居苏州时，因看见了一位女郎，便生了倾慕之情，写出了这篇名作。这事本身并不新奇，好像也没有"重大意义"，值不得表彰。无奈它确实写来美妙动人，当世就已膺盛名，历代传为佳句，这就不容以"侧艳之词"而轻加蔑视了。

方回在苏州筑"企鸿居"，大约就也是因此而作。何以言之？试看此词开头就以子建忽睹洛神为比，而《洛神赋》中"翩若惊鸿"之句，脍炙千古，企鸿者，岂不是企望此一惊鸿般的宓妃之来临也？可知他为此人，倾心眷慕，真诚以之，而非轻薄文人一时戏语可以并论。闲话且置，如今只说子建当日写那洛神，道是"凌波微步，罗袜生尘"，其设想异常，出人意表，盖女子细步，轻盈而风致之态如见，所以贺方回上来便用此为比。姑苏本是水乡，横塘恰逢水境，方回在苏州盘门之南十馀里处筑企鸿居，其地即是横塘。过，非"经过""越过"义，在古用"过"，皆是"来到""莅临"之谓。方回原是渴望女郎芳步，直到横塘近处，而不料翩然径去，怅然以失！此《青玉案》之所为作也。美人既远，木立如痴，芳尘目送，何以为怀。此芳尘之尘字，仍是遥遥承自"凌波"而来；波者，原谓水面也，而乃美人过处，有若陆行，亦有微尘细馥随之！人不可留，尘亦难驻，目送之劳，惆怅极矣！全篇主旨，尽于开端三句。

以下全是想象，古来则或谓之"遐思"者是。

义山诗云："锦瑟无端五十弦，一弦一柱思（sì）华年。"以锦瑟之音繁，喻青春之岁美（生活之丰盛也）。词人用此，而加以拟想，不知如许华年，与谁同度？以下月桥也，花院也，琐窗也，朱户也，皆外人不可得至之深闺密居，凡此种种，毕竟何似？并想象也无从耳！于是无计奈何，而结以唯有春能知之！可见，不独目送，亦且心随。

下片说来更是好笑：词人一片痴情，只成痴立——他一直呆站在那里，直立到天色已晚，暮霭渐生。这似乎又是暗与"日暮碧云合，佳人殊未来"的《文选》名句有蜕化关系。蘅皋，又用《洛神赋》"税驾乎蘅皋"，正与开拍"凌波"呼应。本是极可笑的呆事，却写得异样风雅。然后，则自誉"彩笔"，毫不客气，说他自家为此痴情而写出了这断肠难遣的词句。纵笔至此，方才引出全曲煞拍一问三叠答。闲愁，是古人创造的一个可笑也可爱的异名，其意义大约相当或接近于今日的所谓"爱情"。剧曲家写鲁智深，他是"烦恼天来大"，而词人贺方回的烦恼却也曲异而工则同——他巧扣当前的季节风物，一连串举出了三喻，作为叠答。草、絮、雨，皆多极之物，多到不可胜数。方回自问自答说：我这闲愁闲恨，共有几多？满地的青草，满城的柳絮，满天的梅雨，你去数数看倒是有多少吧！这已巧妙地答毕，然而尚有一层巧妙同时呈现，即词人也是在说：我这愁恨，已经够多了，偏又赶上这春残景暮、愁霖不展的时节，越增我无限的愁怀恨绪！你看，词人之巧，一至于此。若识此义，也就不怪词人自诩为"彩笔""新题"了。

贺方回因此一词而得名"贺梅子"。看来古人原本风趣开明。若在后世，一定有人又出而"批判"之，说他种种难听的话，笑骂前人，显示自己的"正派"与"崇高"。晚近时代，似乎再也没有听说哪位诗人词人因哪个名篇名句而得享别名，而传为佳话，这难道不也是令人深思的一个文坛现象吗？

重燃绛蜡

——说韩嫭《高阳台》

频听银签，重燃绛蜡，年华衮衮惊心。饯旧迎新，能消几刻光阴。老来可惯通宵饮？待不眠，还怕寒侵。掩清尊，多谢梅花，伴我微吟。

邻娃已试春妆了，更蜂腰簇翠，燕股横金。勾引东风，也知芳思难禁。朱颜那有年年好，逞艳游，赢取如今。恣登临，残雪楼台，迟日园林。

守岁不眠，是旧时"年下"（今日春节）除夕的风俗，生活中的重要节奏，这一点时光过得好不好，竟成为人生诸般活动中的一桩大事。每逢此夕，种种独特的节序装点，焕然一新，极富于情趣，所以孩童年少之人，最是快活无比。但老大之人，却悲欢相结，常常是万感中来，百端交集，那情怀异常地复杂。本篇所写，正是这后者的心境。

《高阳台》一调，音节整齐谐悦，而开端是四字对句的定式。首句银签，指铜壶滴漏，每过一刻时光，则有签铿然自落（这仿佛后世才有的计时钟的以击响鸣铃以报时）。着一"频"字，便见守岁已久，听那银签自落者已经多次——夜已深矣。听，去声，音 tìng，如读为"厅"，则全乖音律。盖断无一句四字皆为平声之理。

下句"重燃绛蜡"，加一倍勾勒。那除夜通明、使满堂增添吉庆欢乐之气的红烛，又已烧残，一枝赶紧接着点上。只此一联两句，久坐更深的意味，已然写尽。这样，乃感到时光的无情，衮衮向前，略不肯为人留驻！饯送旧年，迎来新岁，只是数刻的时间的事，岂不令人慨叹。"衮衮"二字，继以"惊心"，笔力警劲动人，不禁联想到大晏的词句："可奈年光似水声，迢迢去不停！"皆使人如闻时光之流逝，滔滔有似江声，使人真个惊心而动魄矣。抒怀至此，笔致似停，而实为逼进一层，再加烘染：通宵守岁已觉勉强，睡乎坐乎，饮乎止乎？两费商量，盖强坐则难支，早卧则不甘；连饮则不胜，停杯则寒甚，——无所为可。词人最后的主意是：酒是罢了，睡即不可，决心与梅花做伴，共做吟哦度岁的清苦之诗侣。本是词人有意，去伴梅花，偏说梅花多情，来相伴我。必如此，方见语妙，而守岁者孤独寂寞之情，总在言外。

过片笔势一宕，忽然转向邻娃写去。姜白石的上元词，写元宵佳节的情景，有句云："芙蓉（莲花灯也）影暗三更后，卧听（tīng）邻娃笑语归。"神理正尔相似。此词笔之似缓而实紧，加一倍衬托自家孤寂之笔法也。邻家少女，当此节日良宵，不但通夜不眠，而且为迎新岁，已然换上了新装，为明日春游做好准备。看她们不但衣裳济楚，而且，翠叠蜂腰（钿翠首饰也），金横燕股（钗也），一派新鲜华丽之象。写除夕守岁迎新，先写女娃妆扮，正如辛稼轩写立春先写"看美人头上，袅袅春幡"，是同一机杼。

写除夜至此，已入胜境，不料词笔跌宕，又复推开一层，想象东风（春神）也被少女新妆之美而勾起满怀兴致，故而酿花蕴柳，暗地安排艳阳光景了。三句为奇思妙想，意趣无穷。于此，词人这才归结一篇主旨：他以自己的经验感慨，现身说法，似乎是告诫邻娃，又似乎是喃喃自语，说：青春美景岂能长驻，亟须趁此良辰，"把握现在"，从明日新年起，即去尽情游赏春光，从残雪未消的楼台院落一直游到春日迟迟的园林胜境！

综览全篇，前片几令人担心只是伤感衰飒之常品，而一入过片，笔墨一换，以邻娃为引，物境心怀，归于重拾青春，一片生机活力，方知寄希望于前程，理情肠于共勉，传为名篇，自非无故。

千秋一寸心：周汝昌讲唐诗宋词

永夜月同孤

——说杜甫《江汉》

江汉思归客，乾坤一腐儒。
片云天共远，永夜月同孤。
落日心犹壮，秋风病欲苏。
古来存老马，不必取长途。

读老杜诗，而不觉其感人肺腑者，世上不敢说绝无，大约终是很少数——若非不通中华文字，必是另有心肝。即如此诗，五言短律，在全集中实在不能评为唯一无二的绝作，但若不知宝贵，不为感动，怕是自己有大毛病，亟须到"文化医院"去诊治。

老杜此时飘泊流离，身落江汉之间，思念故土，而无计言归，所以自谓思归之客，而随即自下"界定""考语"。此飘零之客，何等人也？盖天地间一腐儒而已。只这句诗，已沉痛无比，思之令人陨涕。一个腐儒，不过与草木同朽之辈，能值几文钱乎？然而他却把这个腐"摆在"了乾坤两间之中！你看这无穷广大与十分微藐的奇特对比与组合，是何等的思想内涵与感情高度！

乾坤，就是天地的代词，但有时用来拟指比天地更饶高弘玄远之境。他写洞庭湖，道是"吴楚东南坼，乾坤日夜浮"，又于忧国不寐时写道"不眠忧战伐，无力正乾坤"。姑不论平仄格律有关，单讲词语，若都换上"天地"，那意味神韵就都不行了。故乾坤者，即是天地，然而又即非天地所能"尽"之之境也。

腐儒，很不好听的贬词吧，老杜也常自叹"百年粗粝腐儒餐"，想想真是可怜极了：腐儒活一辈子，只配以那最粗劣的食物充饥过日。然而这"腐儒"，心怀契稷，才比管乐，素有活国救民之心，斡乾旋坤之志。他实在一点儿也不真"腐"。这正是诗圣老杜一生最大的悲剧。

颔联两句，读了令人想见他那时的处境与心境——他自我觉到身为人世间最孤独寂寞之人！他并无可以共语的侪侣，他只能白昼看云，入夜对月，云之与月，对他犹似有情相顾者。白天，抬头望见一片游云，欲招共语而感天之悬远，不可近也。入夜，四下无人，唯有一月——此月何孤！而自身之孤，与月无异，因月而益感自身之孤怀自照，何其孤独得令人悲不自已耶！

在此，还要体会上句一个"片"字，下句一个"永"字。片云，可知云亦孤云也。永夜，可见终宵独坐，与月共，其孤寂也。可悲可叹，字字酸鼻。

颈联笔致一转。落日，予人以暮景之感。秋风，向来启萧索之思——而老杜于此则大声宣示于千古后世曰：我的为国为民之心，不屈不挠，绝不以时而少衰或减。天寒岁晚，而多病之躯反见起色——真的如此吗？他到蜀中后，也还是"多病所须唯药物"，与他以前的"亲朋无一字，老病有孤舟"，并无二致，但这正如老将廉颇，上马回旋，以示老而犹可为国所用耳，非秋风真能使他健康大见增进也。

这才是大诗人的精神意志之所注，其所以不朽，正在这种地方，这就是老杜的"壮语"了——而那是多么凄凉的悲壮啊！

结尾不须多讲，马年已老，难供驰驱了，但它的用处并不再是"千里"之遥，莫以长短计途可也，它另有长处，人知之乎？笔下出一"存"字，真振鬣长嘶之音矣。

送乱鸦斜日落渔汀

——说吴文英《八声甘州》

渺空烟、四远是何年，青天坠长星？幻苍崖云树，名娃金屋，残霸宫城。箭泾酸风射眼，腻水染花腥。时靸双鸳响，廊叶秋声。

宫里吴王沉醉，倩五湖倦客，独钓醒醒。问苍波无语，华发奈山青。水涵空、阑干高处，送乱鸦斜日落渔汀。连呼酒，上琴台去，秋与云平。

梦窗词人，南宋奇才，一生只曾是幕僚门客，其经纶抱负，一寄之于词曲，此已可哀；然即以词言，世人亦多以组绣雕镂之工下视梦窗，不能识其惊才绝艳，更无论其卓荦奇特之气，文人运厄，往往如斯，能不令人为之长叹！

本篇原有小题，曰"陪庾幕诸公游灵岩"。庾幕是指提举常平仓的官衙中的幕友西宾，词人自家便是幕宾之一员。灵岩山，在苏州西面，颇有名胜，而以吴王夫差的遗迹为负盛名。

此词全篇以一"幻"字为眼目，而借吴越争霸的往事以写其满眼兴亡、一腔悲慨之感。幻，有数层涵义：幻，故奇而不平；幻，故虚以衬实；幻，故艳而不俗；幻，故悲而能壮。此幻字，在第一韵后，随即点出。全篇由此字生发，笔如波谲云诡，令人莫测其神思；复如游龙夭矫，以常情俗致而绳其文采者，瞠目而称怪矣。

上来句法，选注家多点断为："渺空烟四远，是何年、青天坠长星？"此乃拘于现代"语法"观念，而不解吾华汉文音律之浅见也。词为音乐文学，当时一篇脱手，立付歌坛，故以原谱音律节奏为最要之"句读"，然长调长句中，又有一二处文义断连顿挫之点，原可适与律同，亦不妨小小变通旋斡，而非机械得如同读断"散文""白话"一般。此种例句，俯拾而是。至于本篇开端启拍之长句，又不止于上述一义，其间妙理，更须措意。盖以世俗之常识而推，时、空二间，必待区分，不可混语。故"四远"为"渺空烟"之事，必属上连；而"何年"乃"坠长星"之事，允宜下缀也。殊不知在词人梦窗意念理路中，时之与空，本不须分，可以互喻换写，可以错综交织。如此处梦窗先则纵目空烟杳渺，环望无垠——此"四远"也，空间也，然而却又同时驰想，与如彼之遥远难名的空间相伴者，正是一种荒古难名的时间。此恰如今日天文学上以"光年"计距离，其空距即时距，二者一也，本不可分也。是以目见无边之空，即悟无始之古。于是乃设问云：此茫茫何处，渺渺何年，不知如何遂出此灵岩？莫非坠自青天之一巨星乎（此正似现代人所谓"巨大的陨石"）？而由此坠星，遂幻出种种景象与事相；幻者，幻化而生之谓。灵岩山上，乃幻化出苍崖古木，以及云霭烟霞……，乃更幻化出美人的藏娇之金屋，霸主的盘踞之宫城。主题至此托出，却从容自苍崖云树迤逦而递及之。笔似十分暇豫矣，然而主题一经引出，即便乘势而下，笔笔勾勒，笔笔皴染，亦即笔笔逼进，生出层层"幻"境，现于吾人之目前。

以下便以"采香泾"再展想象的历史之画图。采香泾乃吴王宫女采集香料之处，一水其直如箭，故又名箭泾。泾亦读去声，作"径"，形误。宫中脂粉，流出宫外，以至溪流皆为之腻，语意出自杜牧之《阿房宫赋》："渭流涨腻，弃脂水也。"此系脱化古人，不足为奇，足以为奇者，箭泾而续之以酸风射眼（用李长吉"东关酸风射眸子"），腻水而系之以染花腥，遂将古史前尘，与目中实境（酸风，秋日凉冷之风也），幻而为一，不知其古耶今耶？抑古即今，今亦古耶？感慨系之。"花腥"二字尤奇，盖谓吴宫美女，脂粉成河，流出宫墙，使所浇溉之山花不独染着脂粉之香气，亦且带有人体之"腥"味。下此"腥"者，为复是美？为复是恶？

诚恐一时难辨。而尔时词人鼻观中所闻，一似此种腥香特有之气味，犹为灵岩花木散发不尽！

再下，又以"响屟廊"之故典增一层皴染。相传吴王筑此廊，令足底木空声彻，西施着木屟行经廊上，辄生妙响。词人身置廊间，妙响已杳，而廊前木叶，酸风吹之，飒飒然别是一番滋味。当日之"双鸳"（美人所着鸳屟），此时之万叶，不知何者为真，何者为幻？抑真者亦幻，幻者即真耶？又不禁感慨系之矣！

幻笔无端，幻境丛叠，而上片至此一束。

过片便另换一番笔致，似议论而仍归感慨。其意若曰：吴越争雄，越王勾践为欲复仇，使美人之计，遣范蠡进西施于夫差，夫差惑之，其国遂亡，越仇得复。然而孰为范氏功成的真正原因？曰：吴王之沉醉是。倘彼能不耽沉醉，范氏焉得功成而遁归五湖，钓游以乐吴之覆亡乎？故非勾践、范蠡之能，实夫差甘愿乐为之地耳！醒醒（平声如"星"），与"沉醉"对映。为昏迷不国者下一当头棒喝。良可悲也。

古既往矣，今复何如？究谁使之？欲问苍波（太湖即五湖之一），而苍波无语，终谁答之？水似无情，山又何若？曰：山亦笑人——山之青永永，人之髮斑斑矣。往者不可谏，来者犹可追欤？抑古往今来，山青水苍，人事自不改其覆辙乎？此疑又终莫能释。

望久，望久，沉思，沉思，倚危阑，眺澄景，见沧波巨浸，涵溶碧落——灵岩山旁有涵空洞，下瞰太湖，词人暗用之——直到归鸦争树，斜照沉汀，一切幻境沉思，悉还现实，不禁憬然，恨然，百端交集，"送乱鸦斜日落渔汀"，真是好极！此方是一篇之警策，全幅之精神。一"送"字，尤为神笔！然而送有何好？学人当自求之，非讲说所能"包办"一切也。

至此，从"五湖"起，写"苍波"，写"山青"（山者，水之对也），写"渔汀"，写"涵空"（空亦水之对也），笔笔皆在水上萦注，而校勘家竟改"问苍波"为"问苍天"，真是颠倒是非，不辨妍媸之至。"天"字与上片开端"青天"犯复，犹自可也；"问天"陈言落套，乃梦窗词笔所最不肯取之大忌，如何点金成铁？问苍波，何等味厚，何等意永，含咏不尽，岂容窜易为常言套语，甚矣此道之不易言也。

又有一义须明：乱鸦斜日，谓之为写实，是矣；然谓之为比兴，又觉相宜。大抵高手遣辞，皆手法超妙，涵义丰盈；"将活龙打做死蛇弄"，所失多矣。

一结更归振爽。琴台，亦在灵岩，本地风光。连呼酒，一派豪气如见。秋与云平，更为奇绝！杜牧之曾云南山秋气，两相争高；今梦窗更曰秋与云平，宛如会心相祝！在词人意中，"秋"亦是一"实体"，亦可以"移动坐标"，亦可以"计量"，故云一登琴台最高处，乃觉适才之阑干，不足为高，及更上层楼，直近云霄，而"秋"与云乃在同等"高度"。以今语译之："云有多高，秋就有多高！"高秋自古为时序之堪舒望眼，亦自古为文士之悲慨难置。旷远高明，又复低徊宛转，则此篇之词境，亦奇境也。而世人以组绣雕镂之工视梦窗，梦窗又焉能辩？悲夫！

人有悲欢离合

——说苏轼《水调歌头·中秋》

明月几时有？把酒问青天。不知天上宫阙，今夕是何年。我欲乘风归去，唯恐琼楼玉宇，高处不胜寒。起舞弄清影，何似在人间？

转朱阁，低绮户，照无眠。不应有恨，何事长向别时圆？人有悲欢离合，月有阴晴圆缺，此事古难全。但愿人长久，千里共婵娟。

这首词是苏东坡在山东密州做官的时候写的。词前有个小序："丙辰中秋，欢饮达旦，大醉作此篇，兼怀子由。"这个序告诉我们，"丙辰中秋"这一夜，他赏月赏得很高兴；他又喜欢酒，以致"欢饮达旦"，直到天明，喝得"大醉"，因而写下了这首词。所以一起头就乘着酒兴，对月抒怀，向月亮发出了一连串的问题。"把酒"的"把"，是个动词，是手里拿着的意思。苏东坡这时是手里端着酒杯，一边饮酒，一边问月。

第一个问题"明月几时有"，和下面第二个问题"不知天上宫阙，今夕是何年"，意思上是连贯的，不过因为要照词调来安排，"把酒问青天"这话必须摆在第二句，因此就把这两个问句隔开了。"明月几时有"，并不是问月亮到几时才有；而是问，明月从多么远古的时候，就已经出现了。当然，苏东坡也并不是真要计算从月亮产生以来的宇宙年代，而是在抒发一种感想。在这里，我们想起了唐代大诗人李白一首题目叫作《把酒问月》的诗，开头说："青天有月来几时？我今停杯一问之。"和苏东坡的这两句表达了同样的感情，也可以说东坡的这两句是从李白那里脱胎来的。李白的诗随后说："白兔捣药秋复春，嫦娥孤栖与谁邻？今人不见古时月，今月曾经照古人。古人今人若流水，共看明月皆如此！……"那意思就是说，几乎是自有明月以来，实际上是自有人类以来，人们就会见月生情。而从古至今，每逢这样的佳节，也就不知道曾有多少人在明月之下，当歌对酒了。我今天是在此时此地赏月，而往以前看，古人不见，明月长存；往以后看，将来的人，也正和我一样，后之视今，亦犹今之视昔。太白和东坡，在才华、气质、性情、遭际上，都有类似的地方，因此他们在对月当杯之时，就容易发生大略相同的感想。

看见明月，极其自然地就会想到月中的广寒宫殿、玉兔嫦娥这些美丽的神话，李白当日已是如此，东坡也毫不例外。但是东坡的肚子里满装着故事，比李太白的想象似乎更为丰富些。他想到了月宫里的嫦娥仙子。这嫦娥，不知可是真的？能不能会到？忽而又想起另外一桩神妙的传奇来。那是唐代小说《周秦行纪》里的情节，小说里托名牛僧孺有一次偶然走到一个地方，因请求借宿一宵，却无意中会到了古代的许多美人，如王嫱、绿珠、杨贵妃等等都在。美人们都作了诗，而且要牛僧孺也作一篇，于是他写道："香风引到大罗天，月地云阶拜洞仙。共道人间惆怅事，不知今夕是何年。"由此，我们就可以知道东坡诗里那句"不知天上宫阙，今夕是何年"的来历了。牛僧孺的诗，本来是运用《诗经》里面"今夕何夕，见此良人"的词句，那意思并不是说忘记了看日历，所以不知道今儿晚上是哪一天，而是表达了作者的极为惊喜的感情的话，犹如说：今儿个不知是什么好日子，有了这般幸运的遭遇！读者们必须了解这些联系，才可以懂得苏东坡的那句词的真意思。他的本意是说：今天晚上，在月府宫阙那里，不知是个什么美好的日子，以致使得人间都成为这样一个美景良辰，得以有这样的赏心乐事！

正因为如此，东坡才接着说，是否可以像"香风引到大罗天"一样，我也要"乘风归去"，到月府里去看一下呢？

那里真不知有多么美丽多么有趣啊！可是他忽然又犹豫起来：到月宫去，那太高了。我在地上赏月，到夜深还有些寒意，如果到达月宫，那不知更有多么寒冷呢！所以还是别去，就在地上欢乐欢乐吧。"胜"，应当念平声，"不胜"，就是禁受不住的意思。月亮里有"琼楼金阙"，也是出于唐代小说《酉阳杂俎》里，东坡换上了一个"玉"字，便更能表现月亮的那种光明皎洁的境界。

但是，苏东坡并不"甘心"，他又进而大胆地想象。从唐代以来，人们总是传说，在月宫里大桂花树下，有许多素娥仙女，穿着皓衣，跨着白凤，翩翩而舞。他想：你们在那种美妙的仙境里起舞，和我们人间的这些凡人，因赏月光而歌舞，两下里比一比，不知道究竟有怎么样的分别？这就是这首词上半首最后两句的意义。应当注意的是，古文中"何似"这个词语，一般都是把两件事物拿来对比的意思，而不要理解为"哪里像"的意义。天上"何似"人间，就是说若论天上，倒不知比起人间来又是如何？并不是"天上哪里像人间"这种简单的话语。有人以为苏东坡在这里是鄙弃天上，赞美人间，我认为无论从当时的词语上讲，还是从东坡的思想上讲，都是不太切合的。

词的下半首，开头两句"转朱阁，低绮户"，便换了一副笔墨，变为深婉细致了。"转"，古时凡写光阴的暗暗地、缓缓地、令人不易察觉地移动前进，都用这个"转"字。例如写"更漏"，写"树影"，都说"转"。这里用了个"转"字，的确写出了赏月之间，时光暗暗地过去的神情。接着又用了个"低"字，更见出月已平西，渐渐斜下去，没下去了。仅仅两个小字眼，经济之极，却传神之极！而且又传达了赏月人的心情：刚才是当歌对酒的兴高采烈，渐渐地，随着夜深，豪兴已经收敛，转入到一种深沉的思绪里面去了。"朱阁"，就是红楼；"绮户"，是雕镂精美的窗槅扇。这里是说古代闺门秀女的居处。"照无眠"，只这一笔便把皎洁的美丽的月宫仙女和想象中的人间女郎，都融合在一起了。"无眠"，写出了女郎因心怀离别之情，对此佳节良宵，辗转不寐，大睁着两眼，直望到月光低得平射进绮丽的窗户。有人以为，"无眠"是作者自己写自己的"欢饮达旦"。我想是不对的。欢饮达旦，绝不能用"无眠"这个词语来形容；再说作者也绝不会把他自己安插到"朱阁""绮户"里面去的。东坡用这一笔，是泛写节日里有的人庆幸欢乐，有的人却对景伤情，正是古人所谓"每逢佳节倍思亲"的意思，而作者关切的，要写的，正是这后一种人。虽然他的原题里曾有"兼怀子由"的话，就是说，他在写诗时有怀念他弟弟苏辙的含意，但是，我们在他词里看到的，却不仅仅是那样一点兄弟之情，他的思想仍是一贯阔大的，绝不是一个小小的个人的形象。由此，这才转到他的最后一个问题：明月啊，你心中是没有什么愁恨的人了吧？可是为什么你却总是在人们离别的时候，反而清光越发皎洁呢？难道你不能使人间没有离别，而在亲密的人们团圆的时候，再凝辉飞采，能这样那不是更好吗？作者在这里，表现了他的伟大的愿望，但愿人间都无愁恨，所有人们都是幸福快乐的。

但是，这在当时是不可能的，苏东坡也深深知道这只是一种空想的善良的愿望罢了。自古以来，人有悲欢离合，苦乐辛酸；月有阴晴圆缺，天时不定，哪里能有都永远配合得尽如理想的条件呢？愿望既然难以实现，那我们就只有从对事物的认识上去解决吧。他想起了李白《把酒问月》的结句："古人今人若流水，共看明月皆如此。唯愿当歌对酒时，月光长照金樽里！"又想起古人谢庄《月赋》的名句："美人迈兮音尘阙，隔千里兮共明月！"于是他写下了自己的看法："但愿人长久，千里共婵娟。"这意思是说，我们只愿亲密的人永远都活着，纵然不能在佳节里得到团聚，那么千里虽遥，但能共同仰望这一轮明月，享受这美好的境界，也就非常满足了。

这篇名作，写得挥洒如意，笔如转环，有美丽的想象，有细致的刻画，有豪爽的兴致，有深沉的哲理，交织为一，不单一，不肤浅，有情有味。苏东坡的哲理，或者说他的人生观，从我们今天看来，也许不都是正确的，但他的感情比较健康，思想比较阔大，给人的思想上和艺术上的感受还都是舒畅的。他的乐观精神，也给读者以安慰，以鼓舞。在古代词人的作品里，这样的作品实在不多，千百年来人们一直极为喜爱它，是有原因的。在《水浒》那样一部描写英雄人物的小说里，写到中秋，也都想到"苏学士"这首名作，拿来作为艺术上的配合、衬托，可见它在人们心目中的地位了。

最后说明一下，我不同意把这首词理解为苏东坡在写他的政治心情，写他怀念皇帝的感情。我们并不否认古典诗歌里常有"寄托"这一种事实，但我们也不赞成用猜谜索隐的方式去读诗词，例如说"天上宫阙"就是指京城、朝廷，"人间"就是指地方（山东密州）等等。那样，会把作者的感情、思想凝固化、狭隘化起来，那样看起来好像是在探索内容的意义，而实际上将无法真正理解作者和作品的精神世界和艺术天地。

锦官城外柏森森
——说杜甫《蜀相》

丞相祠堂何处寻，锦官城外柏森森。
映阶碧草自春色，隔叶黄鹂空好音。
三顾频烦天下计，两朝开济老臣心。
出师未捷身先死，长使英雄泪满襟。

题曰"蜀相",而不曰"诸葛祠",可知老杜此诗意在人而不在祠。然而诗又分明自祠写起。何也？盖人物千古，莫可亲承；庙貌数楹，临风结想。因武侯祠庙而思蜀相，亦理之必然。但在学诗者，虚实宾主之间，诗笔文情之妙，人则祠乎？祠岂人耶？看他如何着墨，于此玩索，宜有会心。

开头一句，以问引起。祠堂何处？锦官城外，数里之遥，远远望去，早见翠柏成林，好一片葱葱郁郁，气象不凡，那就是诸葛武侯祠所在了。这首一联，开门见山，洒洒落落，而两句又一问一答，自开自合。

接下去，老杜便写到映阶草碧、隔叶禽鸣。

有人说："那首联是起，此颔联是承，章法井然。"不错。又有人说："从城外森森，到阶前碧色，迤迤逦逦，自远望而及近观，由寻途遂至入庙，笔路最清。"也不错。不过，倘若仅仅如此，谁个不能？老杜又在何处呢？

有人说：既然你说诗人意在人而不在祠，那他为何八句中为碧草黄鹂、映阶隔叶就费去了两句？此岂不是正写祠堂之景？可知意不在祠的说法不确。

又有人说：杜意在人在祠，无须多论，只是律诗幅短，最要精整，他在此题下，竟然设此二句，既无必要，也不精彩；至少是写"走"了，岂不是老杜的一处败笔？

我说：哪里，哪里。莫拿八股时文的眼光去衡量杜子美。要是句句"切题"，或是写成"不啻一篇孔明传"，谅他又有何难。如今他并不如彼，道理定然有在。

须看他，上句一个"自"字，下句一个"空"字。此二字适为拗格，即"自"本应平声，今故作仄；"空"本应仄声，今故作平。彼此互易，声调上的一种变换美。吾辈学诗之人，断不能于此等处失去心眼。

且说老杜风尘颠洞，流落西南，在锦城定居之后，大约头一件事就是走谒武侯祠庙。"丞相祠堂何处寻"，从写法说，是开门见山，更不纡曲；从心情说，祠堂何处，向往久矣！当日这位老诗人，怀着一腔崇仰钦慕之情，问路寻途，奔到了祠堂之地。他既到之后，一不观赏殿宇巍巍，二不瞻仰塑像凛凛，他"首先"注意的却是阶前的碧草、叶外的黄鹂，这是什么情理？

要知道，老杜此行，不是"旅游"，入祠以后，殿宇之巍巍，塑像之凛凛，他和普通人一样，自然也是看过了的。不过到他写诗之时（不一定即是初谒祠堂的当时），他感情上要写的绝不是这些形迹的外观，他要写的是内心的感受。写景云云，已是活句死参；更何况他本未真写祠堂之景！

换言之，他正是看完了殿宇之巍巍、塑像之凛凛，使得他百感中来，万端交集，然后才越发觉察到满院萋萋碧草，寂寞之心难言；才越发感受到数声呖呖黄鹂，荒凉之境无限。

在这里，你才看到一位老诗人，独自一个，满怀心事，徘徊瞻眺于武侯祠庙之间。

没有这一联两句，诗人何往？诗心安在？只因有了这一联两句，才读得出下面的颈联所说的三顾频烦（即屡屡、几次，不是频频烦请）、两朝开济（启沃匡助），一方面是知人善任、终始不渝，一方面是鞠躬尽瘁、死而后已；一方面付托之重，一方面图报之诚。这一切，老杜不知想过了几千百回，只是到面对着古庙荒庭，这才写出了诸葛亮的心境，字字千钧之重。莫说古人只讲一个"士为知己者死",难道诗人所理解的天下之计,果真是指"刘氏子孙万世皇基"不成?老臣之心,岂不也怀着华夏河山、苍生水火?一生志业,六出祁山,五丈原头,秋风瑟瑟,大星遽陨,百姓失声……想到此间,那阶前林下徘徊的诗人老杜,不禁泛澜被面,老泪纵横了。

庭草自春,何关人事;新莺空啭,只益伤情。老杜一片诗心,全在此处凝结,如何却说他是"败笔"?就是"过渡"云云(意思是说,杜诗此处颔联所以如此写,不过是为自然无迹地过渡到下一联正文),我看也还是只知"正笔是文"的一种错觉。

有人问:长使英雄泪满襟袖的"英雄",所指何人?答曰:是指千古的仁人志士,为国为民、大智大勇者是,莫作"跃马横枪""拿刀动斧"之类的简单解释。老杜一生,许身稷契,志在匡国,亦英雄之人也。说此句实包诗人自身而言,方得其实。

然而,老杜又绝不是单指个人,心念武侯,高山仰止,也正是寄希望于当世的良相之才。他之所怀者大,所感者深,以是之故,天下后世,凡读他此篇的,无不流涕,岂偶然哉!

走月逆行云

——说贾岛《宿山寺》

众岫耸寒色，精庐向此分。
流星透疏水，走月逆行云。
绝顶人来少，松高鹤不群。
一僧年八十，世事未尝闻。

千秋一寸心：周汝昌讲唐诗宋词

104

首句出山，次句出寺。不写宿，而言星言月，则宿自明矣。山，不须多写，着一寒字，其色自青，而耸字得神。山高，笔亦挺拔。

精庐，寺宇之别称。曰精舍，曰精蓝，诗中常见。然而，寺宇何以曰分？盖佛寺所供，皆为世尊之化身，一而分为千亿，无所不在，是故其所驻精庐，亦千亿之分身而已。

首句易晓，颔联始见奇笔。

星本不动，影落水中，水流而反似星流。流，随水而逝，非夜空之倏然一闪即逝之流星也。最奇者，诗人以为水尚有密厚与疏薄之分，——此能透映星流之水，乃疏水也！其意若曰：若是水厚而密，则难透莹光。诗人所以异于常人之感觉者，正在于此。

月本不移，而片云来遮，云行而反似月走。月而能"走"，其走也更似逆云而退行。此走此逆，皆察物之细，构想之奇。此种景象，常人尚能见之，见之而未必能言之——言之必繁词剖解，动辄千言，而诗人以五字尽之。岂不为奇？岂不为至奇？

贾阆仙素以"鸟宿池边树，僧敲月下门"闻名诗国。试以相比，则此之苦吟奇句，自是远过于"推敲"佳话。

山寺，本来香火不盛，境界寂寥，况复寺居峰顶，是以攀比更稀。鹤是仙禽，青霄遐举，不与鸡鹜为伍，本即离尘脱俗；益以古刹高松，巢在其上，倍显其不群——不群者，非谓落落寡合，直是了无俗气也。

此一联，不属吟苦求奇之类，盖诗人自有高洁超群之致，随手流露于字里行间。故虽如贾阆仙者，若处处以奇求之，亦失阆仙远矣。

结联以老僧衬托山寺之地僻境清，远离人世。此僧年已八旬，两足似未尝走向山下，问以尘间俗事，浑然不省。夫如是，方见众岫之寒，松巢之高，鹤之不群，僧之混沌，契合为一体，而诗人之笔意，至此方见完足。

山也，寺也，星也，月也，松也，鹤也，禽也，僧也，统统非下方世界所有，来此一宿，不觉烦襟涤尽，而皈依之心暗生。笔能写境，亦能造境；写境是现象，造境是质素。所谓笔端造化，画能之，诗更能之，画之象有限，而诗之境无穷。凡大诗人，皆造境圣手也。

靓妆眉沁绿

——说晏几道《临江仙》

斗草阶前初见，穿针楼上曾逢。罗裙香雾玉钗风。靓妆眉沁绿，羞艳粉生红。

流水便随春远，行云终与谁同？酒醒长恨锦屏空。相寻梦里路，飞雨落花中。

宋人词中专写女流的令、慢，连篇累牍，可惜往往落于俚鄙，甚至真是一种恶趣；其格调清超脱俗的，屈指可数。求如诗中老杜的"香雾云鬟湿，清辉玉臂寒"那样的境界，杳不可得，更何论"天寒翠袖薄，日暮倚修竹"乎？是以晏小山的这首《临江仙》，洵不愧为名笔，堪跻于逸响，令人爽然有鹤立鸡群之感。

斗草，暮春之风光；穿针，七夕之韵致，皆是闺中女儿之风俗，又系群嬉雅聚之情景。曰初见，曰曾逢，是于众中独注斯人，一也；是无缘常睹，偶一相值，二也。即此可知，此与宋人词中常见之歌儿乐伎、侑酒陪欢者绝不同科。而斯人之难忘，只在一见与再逢之间，则斗草之芳邻，穿针之绣侣，皆不在心目意念中，不落笔墨宫调内矣。

至此，吾人试掩卷以思：如此仅仅一面、再面即永难忘记之人，倘欲写之，当从何涉想？从何落笔？若在某些文学作家们来说，定必是准备下最好的笔力来"细腻刻画"一番那人的美丽的"细节"了。但我们的词人却绝不与此种文艺思想与方法相同，在他的感受中，此人之美，首先是罗裙雾襦，玉钗风动。写风乎？写雾乎？写人写风雾而其人之精神意态出焉——此即中华之审美观念，此即中华之诗词笔法，而与别国之"细腻刻画"悬殊迥异者也。

裙是下裳，钗为头饰，已知其风姿雾态矣，然后始正笔写其容颜——又看他却再如何落笔。他道是：靓妆眉绿，羞艳粉红，而绿则沁也，红则生也。

何曰沁？自外而透内也。何曰生？自内而透外也。沁者其妆也，生者其质也。一沁极见其黛浓而深秀，一生极见其粉淡而质灵。一靓极见其人之端庄而秀丽，一羞极见其人之感敏而情重。

于是，其人之貌，其人之神，其人之心，其人之品，皆跃然于纸上。回视纷纷凡笔，锐意于形似之追求，细节之刻画，不亦徒劳而无济乎？不亦雅俗高下之自别乎？

着一罗裙，是为东方女性不以裸露肢体为美，而大以为丑也。故下肢遮之以袴，而又覆之以裙。着一羞艳，是为中华古昔闺秀之身份与教养，不以轻狂浮薄为善也。此固时代之异，实亦气质之分，未可一概以厚今薄古之义律之也。

以上写人既毕，下阕转笔写情。

一面两面、最多不过数面之相逢，其缘之浅本甚堪怜；岂知似水流年，芳春随逝，寻之杳不复得。而人生踪迹，更若浮云，行止无定，飘泊西东，倏尔分飞万里。而聚散之由，悲欢之绪，皆与此流水行云紧紧相连，莫可自主。故"便随春远""终与谁同"八个字，今昔之感，聚散之悲，深而切矣，岂可以寻常对仗，轻轻读过？酒以消愁，而酒不能久，既醒之后，其怅惘难言之怀则十倍于酒前。是以"锦屏空"之"空"字，实乃词人极难遣释之悲怀也。如以"凤去楼空"之俗套视之，岂独可惜，亦且堪怜——盖此之所写之人，仅仅数面之缘者，本非"姬""侍"之份，何容歪解而污词人之素心哉！

一面两面、至于三五数面而已，平生缘分，尽于此矣，而其形神品格，能令晏公子永难忘却；虽已春随流水，迹比行云，而终不忍舍其影形于心神深处。于是，无法中尚有一法在：门掩清宵，枕横凉月，誓于梦中寻之，问之，期之，待之——以为必有一朝重觏之缘，所求无多，即平生之愿遂矣！

然而此一梦寻，又为何等境界？曰：飞雨濛濛，落花籁籁——独自前行，迷茫而不知止宿于何所。

此何境也？王静安论词标举"境界"，以为极则。我则以为，若论词之境界，而一言不及小山此曲，则遗珠之叹，讵云免乎。

此词何词？曰：此为情痴之词痴。人必情痴，而后能词痴。黄山谷跋小山词，以为晏公子有四痴。岂止有四？此词可证，其人情痴义重，句丽词清，品之高，味之厚，断乎非庸鄙可及其万一。

人生有限，情感意志无限。晏小山早已不存，而其情感意志固未随之俱往，他通过此词，仍在继续追寻那遥远的美。千载之下，我们也还要与词人一同在飞雨落花中永远追寻不已。

精神也是一种物质，物质的高级产物。物质是不灭的，精神也是永在的。

【附记】

羞艳，一本作羞脸，非。作脸则俗甚矣。因羞而容色愈美，故曰羞艳。酒醒，醒字平声如"星"。诗词中醒字大抵平声，不可误读。

温庭筠词："双鬓隔香红，玉钗头上风。"可参证。

路上行人欲断魂

——说杜牧《清明》

清明时节雨纷纷，路上行人欲断魂。

借问酒家何处有，牧童遥指杏花村。

晚唐时代有一位著名的有才华的诗人杜牧。杜牧字牧之，人们喜欢称他做"小杜"。这是因为有老杜——杜甫这位大诗人在他前头，所以需要这样分别地称呼，而这里面也就包含了一定的联系、比拟的意义。杜牧这首短短的《清明》绝句诗，历来为大家所喜爱、传诵。

这一天正是清明佳节。诗人在行路中间，可巧遇上了雨。清明，虽然正是柳绿花红、春光明媚的时节，可是又正是气候容易发生变化的期间，常常赶上"闹天气"。远在梁代，就有人记载过：在清明前两天的寒食节，往往有"疾风甚雨"。若是正赶在清明这天下雨，还有个专名叫作"泼火雨"。诗人杜牧遇上的，正是这样一个日子。

诗人用"纷纷"两个字来形容那天的"泼火雨"，真是好极了。怎见得呢？"纷纷"，若是形容下雪，那该是大雪，所谓"纷纷扬扬，降下好一场大雪来"。但是临到雨，情况却正相反，那种叫人感到"纷纷"的，绝不是大雨，而是细雨。这细雨，也正就是春雨的特色。细雨纷纷，是那种"天街小雨润如酥"样的雨，它不同于夏天的如倾如注的暴雨，也和那种淅淅沥沥的秋雨绝不是一个味道。这"雨纷纷"，正抓住了清明"泼火雨"的精神，传达了那种"做冷欺花、将烟困柳"的凄迷而又美丽的境界。

这"纷纷"在此自然毫无疑问是形容着春雨的意境；可是它又不止是如此而已，它还有一层容易被大意的读者所忽略的特殊作用，那就是，它实际上还在形容着那位雨中行路者的心情。

你觉得这种说法有点儿新鲜吗？我们按下这一头，且看

千秋一寸心：周汝昌讲唐诗宋词

下面的一句："路上行人欲断魂。""行人"，是出门在外的行旅之人，"行人"不等于"游人"，不是那些游春逛景的人。那么什么是"断魂"呢？"魂"就是"三魂七魄"的灵魂吗？不是的。在诗歌里，"魂"指的多半是精神、情绪方面的事情。"断魂"，是极力形容那一种十分强烈、可是又并非明白表现在外面的很深隐的感情，比方相爱相思、惆怅失意、暗愁深恨等等。当诗人有这类情绪的时候，就常常爱用"断魂"这一词语来表达他的心境。

清明这个节日，在古人感觉起来，和我们今天对它的观念不是完全一样的。在当时，清明节是个大节日，休假、游赏之外，家人团聚，上坟扫墓，是主要的礼节风俗。除了那些贪花恋酒的公子王孙等人之外，有些头脑的，特别是感情丰富的诗人，他们心头的滋味是相当复杂的。倘若再赶上孤身行路，触景伤怀，那就更容易惹动了他的心事，偏偏又赶上细雨纷纷，春衫尽湿，这给行人就又增添了一层愁绪。这样来体会，才能理解为什么诗人在这当口儿要写"断魂"两个字；否则，下了一点小雨，就值得"断魂"，那不太没来由了吗？

理解了这一层，就可以回到"纷纷"的问题上来了。本来，佳节行路的人，已经有不少心事，再加上身在雨丝风片之中，纷纷洒洒，冒雨趱路，那心境更是加倍地凄迷纷乱了。所以说，纷纷是形容春雨，可也形容情绪；甚至不妨说，形容春雨，也就是为了形容情绪。

这正是我国古典诗歌中寓情于景、情景交融的一种绝艺，一种胜境。

第一句、第二句，情景交代了，问题也发生了。怎么办呢？须得寻求一个解决的途径。行人在这时不禁想到：往哪里找个小酒店才好。事情很明白，寻到一个小酒店，一来歇歇脚，避避雨；二来小饮三杯，解解料峭中人的春寒，暖暖被雨淋湿的衣服；最要紧的是，借此也就能散散心头的愁绪。于是，向人问路了。

是向谁问路的呢？诗人在第三句里并没有告诉我们，妙莫妙于第四句："牧童遥指杏花村。"在语法上讲，"牧童"是这一句的主语，可它实在又是上句"借问"的宾词，它补足了上句宾主问答的双方。牧童答话了吗？我们不得而知，但是以"行动"为答复，比答话还要鲜明有力。我们看《小放牛》这出戏，当有人向牧童哥问路时，他将手一指，说："您顺着我的手儿瞧！"是连答话带行动，也就是连"音乐"带"画面"，两者同时都使观者获得了美的享受；如今诗人手法却更简捷，更高超，他只将"画面"给予读者，而省去了"音乐"。不，不如说是包括了"音乐"，读者欣赏了那一指路的优美"画面"，同时也就隐隐听到了答话的"音乐"。

"遥"，字面意义是远。但我们读诗的人，切不可处处拘守字面意义，认为杏花村一定离这里还有十分遥远的路程。这一指，已经使我们如同看到，隐约红杏梢头，分明挑出一个酒帘——"酒望子"来了。若真的还距离太遥远，就难以发生艺术联系；若真的就在眼前，那又失去了含蓄无尽的兴味，妙就妙在不远不近之间。《红楼梦》里大观园中有一处景子题作"杏帘在望"，那"在望"的神情，正是由这里体会脱化而来，因此正好为我们讲诗时作一个好注脚。《小放牛》里的牧童也说，"我这里，用手儿一指，……前面的高坡，有几户人家，那杨柳树上挂着一个大招牌"，然后他叫女客人"你要吃好酒就在杏花村"，也是从这里脱化出来的。

"杏花村"，是真村名吗？不一定。杏花村就是酒家吗？二者更不能画等号。后来真有某村叫杏花村了，甚至某酒馆就名叫"杏花村"了，那完全是运用典故。在诗里，只需要说明指往这个美丽的杏花深处的村庄就够了，不言而喻，那里是有一座小酒店在等候接待雨中行路的客人了。

不但如此。在实际生活中，问路只是手段，目的是得真的奔到了酒店，而且喝到了酒，才算一回事。在诗里就不必然了，它恰恰只写到"遥指杏花村"就戛然而止，再不多费一句话。剩下的，行人怎样地闻讯而喜，怎样地加把劲儿趱上前去，怎样地兴奋地找着了酒店，怎样地欣慰地获得了避雨、消愁两方面的满足和快意……这些诗人就都不管了。他把这些都含蓄在篇幅之外，付与读者的想象，由读者自去寻求领会。他只将读者领入一个诗的境界，他可并不负责导游全景；另一面，他却为读者开展了一处远比诗篇文字字面所显示的更为广阔得多的想象馀地。

这才是诗人和我们读者的共同享受，这才是艺术，这也是我国古典诗歌所特别擅场的地方。古人曾说过，好的诗，能够"状难写之景，如在目前；含不尽之意，见于言外"。拿这首《清明》绝句来说，在一定意义上，也是当之无愧的。

这一首小诗，一个难字也没有，一个典故也不用，整篇是十分通俗的语言，写得自然之极，毫无雕琢、造作之处。音节十分和谐圆满，形象非常清新生动，而又境界优美，兴味隐跃。它之流传众口，历久弥新，为广大读者群众所喜爱，不是偶然的。

这首小诗，由篇法讲也很自然，看起来是顺序而下的写法。第一句交代情景、环境、气氛，是"起"；第二句是"承"，写出了人物，显示了问题；第三句是一"转"，然而也就提出了解决问题的办法；而这就直接逼出了第四句，成为整篇的精彩所在——"合"。在艺术上，这是由低而高、逐步升高、高潮顶点放在最后的手法。所谓高潮顶点，却又不是一览无馀，索然兴尽，而是含蓄未尽，馀韵邈然，耐人寻味。这些，都是诗人的高明之处，也是值得我们学习继承的地方。

东风无力百花残

——说李商隐《无题》

相见时难别亦难，东风无力百花残。
春蚕到死丝方尽，蜡炬成灰泪始干。
晓镜但愁云鬓改，夜吟应觉月光寒。
蓬山此去无多路，青鸟殷勤为探看。

玉溪生的这首《无题》，全以首句"别"字为通篇主眼。江淹《别赋》说："黯然销魂者，唯别而已矣！"他以此句领起一篇惊心动魄而又美丽的赋；而"黯然"二字，也正是玉溪此诗所表达的整个情怀与气氛。

乐聚恨别，人之常情；离亭分首，河桥洒泪，这是古代所常见描叙的情景。离别之怀，非可易当；但如相逢未远，重会不难，那么分别自然也就无所用其魂销凄黯了。玉溪一句点破说，唯其相见之不易，故而离别之尤难；唯其暂会之已是罕逢，更觉长别之实难分舍。

古有成语，"别易会难"，意即会少离多。细解起来，人生聚会一下，常要费很大的经营安排，周章曲折，故为甚难；而临到必须分手之时，只说得一声"珍重"，从此就要海角天涯，风烟万里了。别易之意，正谓匆促片刻之间，哽咽一言之际，便成长别，是其易可知矣。玉溪此句，实将古语加以变化运用，在含意上翻进了一层，感情绵邈深沉，语言巧妙多姿。两个"难"字表面似同，义实有别，而其艺术效果却着重加强了"别难"的沉重的力量。

下接一句"东风无力百花残"。好一个"东风无力"，只此一句，已令人置身于"闲愁万种""如花美眷，似水流年"的痛苦而又美丽的境界中了。

说者多谓此句接承上句，伤别之人，偏值春暮，倍加感怀。如此讲诗，不能说是讲错了。但是诗人笔致，两句关系，正在有意无意之间。必定将它扣死，终觉未免呆相。其实，诗是不好只讲"逻辑""因果"的，还要向神韵丰姿去多作体会。盖玉溪于首句之中已然是巧运了"逻辑性"，换言之，即是诗以"意"胜了。我国古代诗歌，既忌"词障"，也忌"意障"，所以宋代杨万里说诗必"去意"而后可，对于此旨，宜善于领会。就本篇而言，如果玉溪作诗，一味使用的是"逻辑""道理"，那玉溪诗的魅力就绝不会如此之迥异常流了。

百花如何才得盛开的？东风之有力也。及至东风力尽，则百卉群芳，韶华同逝。花固如是，人又何尝不然。此句所咏者，固非伤别适逢春晚的这一层浅意，而实为身世遭逢、人生命运的深深叹惋，得此一句，乃见笔调风流，神情宛婉，令诵者不禁为之击节嗟赏。

一到颔联，笔力所聚，精彩愈显。春蚕自缚，满腹情丝，生为尽吐；吐之既尽，命亦随亡。绛蜡自煎，一腔热泪，蒸而长流；流之既干，身亦成烬。有此痴情苦意，几于九死未悔，方能出此惊人奇语，否则岂能道得只字？所以，好诗是才，也是情，才情交会，方可感人。这一联两句，看似重叠，实则各有侧重之点：上句情在缠绵，下句语归沉痛，合则两美，不觉其复，恳恻精诚，生死以之。老杜尝说："笔落惊风雨，诗成泣鬼神。"惊风雨的境界，不在玉溪；至于泣鬼神的力量，本篇此联亦可以当之无愧了。

晓妆对镜，抚鬓自伤，女为谁容，膏沐不废，所望于一见也。一个"改"字，从诗的工巧而言是千锤百炼而后成，从情的深挚而看是千回百转而后得。青春不再，逝水常东，怎能不悄然心惊，而唯恐容华有丝毫之退减？留命以待沧桑，保容以俟悦己，其苦情蜜意，全从一个"改"字传出。此一字，千金不易。

"晓镜"句犹是自计，"夜吟"句乃以计人，如我夜来独对蜡泪荧荧，不知你又如何排遣？想来清词丽句，又添几多，如此良夜，独自苦吟，月已转廊，人犹敲韵，须防为风露所侵，还宜多加保重……夫当春暮，百花已残，岂有月光觉"寒"之理？此寒，如谓为"心境"所造，犹落纤曲，盖正见其自葆青春，即欲所念者亦善加护惜，勿自摧残也。若以"常理"论之，玉溪下一"寒"字可谓无理已极；若以"诗理"论之，玉溪下此"寒"字，亦千锤百炼、千回百转而后得之者矣。

本篇的结联，意致婉曲。蓬山，海上三神山也，自来以为可望而不可即之地，从无异词，即玉溪自己亦言"刘郎已恨蓬山远"矣。而此处偏偏却说：蓬山此去无多路，真耶？假耶？其答案在下一句已然自献分明：试遣青鸟，前往一探如何？若果真是"无多路"，又何用劳烦青鸟之仙翼神翔乎？玉溪之笔，正是反面落墨，蓬山去此不远乎？曰：不远。——而此不远者实远甚矣！

青鸟，是西王母跟前的"信使"，专为她传递音讯。只此即可证明：有青鸟可供遣使的，当然是一位女性。玉溪的这首诗，通篇的词意，都是为她而设身代言的。理解了这一点之后，再重读各句，特别是"东风无力"一句和颔颈两联，字字皆是她的情怀口吻、精神意态，而不是诗人自己在"讲话"，便更加清楚了。

末句"为探看"，三字恰巧都各有不同音调的"异读"，如读不对，就破坏了律诗的音节之美。在此，"为"是去声，"探"也是去声（因为在诗词中它读平声时更多，故须一加说明），而"看"是平声。"探看"不是俗语白话中的连词，"探"为主字，"看"是"试试看"的那个"看"字的意思。蓬山万里，青鸟难凭，毕竟是否能找到他面前而且带回音信呢？抱着无限的希望，可是也知道这只是一种愿望和祝祷罢了。只有这，是春蚕和绛蜡的终生的期待。

远天垂地外

——说贾岛《秋暮寄友人》

寥落关河暮，霜风树叶低。

远天垂地外，寒日下峰西。

有志烟霞切，无家岁月迷。

清宵话白阁，已负十年栖。

122

贾阆仙一生苦吟，把精神全用在诗上，所谓"刻意求工"，包含着他的察物之精，体理之微，笔不虚骋，字不苟下。他名句不少，我今却选此篇，亦可窥其风致之大齐。

关河寥落，霜风落叶，此盖其名句"秋风生渭水，落叶满长安"之又一别格，而不禁令人想及柳耆卿的"正霜风凄紧，关河冷落"，大约正是从阆仙处得来的机杼也。只此便极耐讽咏。树叶低，"低"即"洞庭波兮木叶下"之"下"字，非高低义也。

此诗最奇的一句，即是"远天垂地外"。盖自古不乏写到"天低四野""衰草连天"——即极目平野时可见天地"连接"的景象，亦即"地圆说"的最好证明也，然贾阆仙独独看出那天穹是垂于地"外"！一个外字已经打破亿万年来人们总说是天在地"上"的观念，何其伟耶！

这就足证诗人察物之精了。在"地平线"上望去，那天是低垂在大地的外边的，而不是相"连"相"粘"的。依我说，大约他早已悟到，地是随那"远天"而逐渐低垂下去的——不是平面，而是圆弧吧？

"有志"，昔年共友同所抱负者也，然用世之心与出世之愿相为矛盾。无家之人，终岁蓬飘，并节序亦失计数，以故回首与君曾夜话于白阁之上，转瞬十年，而世业道缘，两皆未就，蹉跎至此，反不若早与贤友同遂初心也。

秋暮日斜，肃杀之季，士怀更悲，用"齐"部韵，似有呜咽之音。"郊寒岛瘦"，其瘦在神，非文采不彰之陋耳。

尘香明日城南陌

——说吴文英《菩萨蛮》

　　落花夜雨辞寒食，尘香明日城南陌。玉靥湿斜红，泪痕千万重。

　　伤春头竟白，来去春如客。人瘦绿阴浓，日长帘影中。

梦窗词素来以凝重浓丽见长，偶有疏淡之笔，不甚为人拾取。而如此词，则非浓与非淡之间，自然与工致之际，沉痛笃至，情见乎辞，即更少知赏了。因举之以为历来选家开扩心目。

　　这种词原不待多讲，讲之无非提示多思。如首句，似为不用典实的"大白话"，但也要知道这与东坡的名句《寒食》诗（有墨迹传世）是暗暗关联的，那正是卧闻夜雨，好花落尽。梦窗以此起手，特觉大方，寓沉痛于潇洒，真是大手笔。更须细体那个"辞"字，尤不可及！

　　一番雨葬名花，寒食佳节从此别离而去。人辞节？节辞人？节辞花？花辞节？一"辞"字已是无限伤情，百般无奈。

　　第二句说的是好花既尽，万点残红都将变成路间之土——而虽土亦尚含香未泯，似乎生机犹在。然而尘虽香，空为行人践踏，岂复有念而惜之者哉。是可痛也。

　　玉靥，腮的代词。靥是古代妇女的面妆。"笑靥"俗呼"酒窝儿"，可知其在脸上的部位。斜红，正用罗虬诗"一抹浓红傍脸斜"之句意，指的是脸上的粉迹脂痕。注家引东坡"欲把斜红插皂罗"，以为是指簪花斜插之义，误矣！

　　靥上而使红湿者何物？下句答之，曰泪痕千重万重也。泪至于此，则情之伤、恨之重可知。义山句曰"刻意伤春复伤别"，非刻意伤春者，不能有如许之泪也。

　　过片点出惜花伤春之真情，深伤痛惜，不唯泪流，抑且头为之白！此为虚喻，亦是实写，两者兼而有之。头白，不必拘为一夕之遽变，盖年年岁岁，总因辞春饯花而致人之渐老，然虽老而又伤春惜花之不已也。义山句云"地下伤春亦白头"，梦窗用之。

李白尝云："光阴者，百代之过客。"春光乍来忽去，真如过客一般。然词人之意若曰：非唯春如客，人亦如客。惜花，惜春，亦惜己也。

"人瘦绿阴浓"，"浓"则"瘦"之对，本是"肥"字，因协韵而变之者也。此全从易安居士之"绿肥红瘦"化出，特以又隐去"红"字，故令人不觉。人瘦，亦即红瘦，亦即花瘦。所谓"小径红稀，芳郊绿遍"，其致不殊，而语意曲折深至，味遂益厚。

日长帘静，春暮之光景；所谓"人家帘幕垂""日长蝴蝶飞"者略同。但在本篇，则特写伤春之人，透帘而望，但见一片新绿阴浓，而残红殆尽——此其所以为啼红怨绿，绿本生机之色，然于爱惜春红者，眼中心中，则皆"一带伤心碧"也。

之三

为君持酒劝斜阳

东城渐觉风光好

——说宋祁《木兰花》

东城渐觉风光好，縠皱波纹迎客棹。绿杨烟外晓寒轻，红杏枝头春意闹。

浮生长恨欢娱少，肯爱千金轻一笑。为君持酒劝斜阳，且向花间留晚照。

宋子京因此词而得名，正如秦少游之为"山抹微云学士"，他则人称"红杏尚书"。古人极善于把事物"诗化"，连一个仕宦职衔也可以化为非常风雅的称号，传为佳话，思之良可粲然。这佳话指的就是此词的上阕歇拍之句了。但吾人学文，不可贵耳贱目，切须自具心眼，即如本篇传颂千载，究竟好在哪里？难道只一个"闹"字便作成了一段故事？倘如此，"红杏尚书"者，为何不径呼他"闹尚书"？岂不更为一矢中的，直截了当？大约古往今来，落于"字障"的学子，半为此等浅见俗说引错了路头。

要赏此词，须看他开头两句，是何等的光景气象。不从这里说起，直是舍本而逐末。

且道词人何以一上来便说东城？普天下时当艳阳气候，莫非西城便不可入咏？有好事者答辩说：当时当地，确实以东城为美。又有的说：只因宋尚书住在东城，所以他不写西城。这自然都言之成理。然而，寒神退位，春自东来，故东城得气为先，正如写梅花，必曰"南枝"，亦正因它南枝向阳，得气早开。此皆词人诗客，细心敏感，体察物情，含味心境，而后有此诗心诗笔，岂真为"地理考证"而设置字样哉。古代春游，踏青寻胜，必出东郊，民族的传统认识，从来如此也。

真正领起全篇精神的，又端在"风光"二字。

何谓风光？词书词典上说就是"风景"。科学家若来解释，定然说，就是"空气和阳光"。这原本不错，只是忘记了我们的语文特色，它比"物理化学名词定义"包涵的要丰富得多。风光，其实概括了天时、地利、人和三方面的关系;它不但是自然景色，也包含着世事人情。正古人所谓"天气澄和，风物闲美"，还须加上人意欣悦。没有了后者，也就什么都没有了。

一个"渐"字，最为得神。说是"渐觉"，其实那芳春美景，说到就到，越看越是好上来了。

这美好的风光，分明又有层次。它从何处而"开始"呢？词人答曰："我的感受首先就眼见那春波绿水，与昨不同；它发生了变化，它活起来；风自东来，波面生纹，如同纱縠细皱，粼粼拂拂，漾漾溶溶，招唤着游人的画船。春，是从这儿开始的。"

然后，看见了柳烟；然后，看见了杏火。

这毕竟是"渐"的神理，一丝不走。晓寒犹轻，是一步；春意方闹，是又一步。风光在逐步开展。

把柳比作"烟"，实在很奇。"桃似火，柳如烟"，这译成外文，无论如何引不起西方读者的"美学享受"。然而在我们感受上，这种文学语言，这种想象和创造，很美。美在哪里？美在传神，美在造境。盖柳之为烟，写其初自冬眠而醒，嫩黄浅碧，遥望难分枝叶，只见一片轻烟薄雾，笼罩枝梢——而非呛人的黑烟也。桃杏之为火，写其怒放盛开，生气勃发，如火如荼，"如喷火蒸雾"，全是形容一个"盛"的境界气氛——而非炙热灼烫之火也。

领会了这，或者不难进而领会"闹"字矣。

闹，安静、萧寂之反词。词人用它，写尽那一派盎然的春意，蓬勃的生机。王静安论词主"境界"之说，曾言："着一闹字，而境界出矣！"但也有学者强烈反对这个闹字，说：闹并非好字，亦非佳事（如吵闹、闹事……），写良辰而用此等字眼，无理甚矣。这就是忘记了"闹元宵"，连那头上戴的也叫"闹蛾儿"呢！秋光大好，但着不得"闹"字，其理自当有在。

上阕写尽风光，下阕转出感慨。

人生一世，艰难困苦，不一而足；欢娱恨少，则忧患苦多，岂待问而后知。难得开口一笑，故愿为此一掷千金亦在所不惜，正见欢娱之难得也。千金，千金，宋尚书定是富豪，常人怎得如此——这何啻痴人说梦。这里的事，并非算账目，不过讲情理，须知书生大言，每每若是。倘真是富豪必不作此寒酸语。欢娱恨少，至于此极，书生无力挥鲁阳之戈，使日驭倒退三舍，只能说劝斜阳，且莫急急下山，留晚照于花间，延欢娱于一晌！读词至此，哀耶乐耶？喜乎悲乎？论者或以为此宋祁者肠肥脑满，庸俗浅薄，只一味作乐寻欢，可谓无聊之尤，允须"严肃批判"。嗟嗟，使举世而皆如是读文论艺，岂复有真文艺可存乎？

红杏尚书——莫当他是一个浅人不知深味者流，大晏曾云"一曲新词酒一杯""夕阳西下几时回"，面目不同，神情何其相似：岂恋物之作，实伤心之词也。

本词调亦名"玉楼春"。

簌簌衣巾落枣花

——说苏轼《浣溪沙》

簌簌衣巾落枣花，村南村北响缫车，牛衣古柳卖黄瓜。

酒困路长唯欲睡，日高人渴漫思茶，敲门试问野人家。

词者，具名曲子词，即今日所说的"唱词儿"是也。初起民间，后落于文士之手，遂为雅制。然而花间酒畔，艳丽为多。创新境者：李后主，柳耆卿，苏东坡，皆另辟鸿蒙，沾溉百世。然能创新境犹易，创奇境更难。所谓奇，非荒诞怪谲之义，但出人意表，全在常流想外，使人击赏赞叹，此即奇境。在词境中复乎未有，乍开耳目，不禁称奇叫绝者，如坡公此作，可谓奇甚。

常说天风海雨，一洗绮罗香泽之习，足令诵者胸次振爽，为之轩朗寥廓，此犹是不寻常之为奇者也。若坡公此等词，则唯以最寻常最普通最不"值得"入咏的景物风光写之为词，此真奇外之奇！

可知千古未有之奇境，正在无奇之中。

试看他首句即奇：花落衣上，簌簌有声，何花也而具此斤两？曰：枣花。枣花者，无丽色，无浓馨，形状屑细，最不惹人注目，而经东坡一写，其体琐而质重，纷纷而飘落于过路人，使之衣巾皆满，飒飒如闻声响。此境已极可喜矣。此簌簌之枣花声，旋即为另一嘈嘈之妙音所夺。又何音也？曰缫车。昔者农家，耕织两重，盖衣食双营，皆由己手，而采桑育蚕，缫丝纺织，则妇女之重要工课。当枣花洒落之时，正缫丝忙迫之际，家家户户，响彻村周。范石湖所谓"缫车嘈嘈似风雨"，足资想象。行人至此，不禁驻足。为欲追凉，先寻老柳，却见绿阴覆地，早有着牛衣之卖瓜人占尽清凉福地矣。

以上，写尽村农风物。

过片以下，便笔端一换，专属行人。农家缫丝，时在初

133

夏，然大麦已然登场，天已甚热。酒困途长，日高人倦，触暑烦劳之状跃然纸上。看来，古柳下之黄瓜，早已试过，了不济事，唯思茶浆，方能解渴。然而又何处可得甘露？当此之时，乃知农野之人家，远胜于大士之洞府，于是叩其门而求焉。古所谓"乞浆"，正此义此情也。

在《全宋词》中，月露风花，比比皆是，寻此奇境，唯有坡公，所以为千古独绝。

然而，东坡又何为而写此词耶？盖他自家那时正做"使君"。元丰元年（1078），东坡在知徐州任上，地方春旱，因至城东二十里石潭乞雨。既得喜雨，故复至石潭谢焉，于路中作此等小词五章，此其第四也。一片为民忧喜之心情，于此写之。其境之奇，其笔之奇，方知并非无故。

然而又有一义，亦复不可不知：东坡口不明言，却笔笔是赞美野人，句句是感叹自己。东坡之意若曰：野人家尚能赐我一杯粗茗，缓我喝苦；而我可以赐农家者又何物耶？！岂不愧煞，岂不痛煞。有如此胸襟，方写得如此词曲。至于文辞音节之美，尚待细究乎？

背西风酒旗斜矗
——说王安石《桂枝香》

登临送目，正故国晚秋，天气初肃。千里澄江似练，翠峰如簇。征帆去棹残阳里，背西风酒旗斜矗。彩舟云淡，星河鹭起，画图难足。

念往昔，繁华竞逐，叹门外楼头，悲恨相续。千古凭高，对此漫嗟荣辱。六朝旧事随流水，但寒烟衰草凝绿。至今商女，时时犹唱，《后庭》遗曲。

古来有学识、有抱负的文士，一旦登高望远，便引起了满怀愁绪，那愁又不是区区个人私情，而常常是日月之迁流，世途之坎壈，家国之忧患，人生之苦辛，……一齐涌上心头，奔赴笔下，遂而写成了名篇佳作，历久长新。此等例真是举之不尽，而王半山的这一阕《桂枝香》，实为个中翘楚。

作者这次是在南朝古都，金陵胜地，而时值深秋。天色傍晚，他在此景此境之间，临江览胜，凭高吊古。他开门见山，表明时地。试看他虽以登高望远为主题，却是以故国晚秋为眼目。一个"正"字领起，一个"初"字吟味，一个"肃"字点醒。笔力遒举，精神振敛，无限涵泳，皆从此始。

以下两句，已尽胜概。然而如此江山，如何刻画？不过一借六朝谢家名句，正如太白诗所谓"解道'澄江净如练'，令人长忆谢玄晖"；一出自家随手拈举。即一个"似练"，一个"如簇"，形胜已是赫然，全是大方家数，盖在此间容不得半点描眉画鬓。然后即遗山光而专江色，纵目一望，只见斜阳映照之下，数不清的帆风樯影，交错于闪闪江波之上。更一凝睛细审，却又见西风紧处，那酒肆青旗高高挑起，因风飘拂。帆樯为广景，为"宏观"；酒旗为细景，为"微象"，而皆江上水边之人事也。故词人之领受，自以风物为导引，而以人事为着落。然而，学文之士，却莫忘他一个"背"字，一个"矗"字，又是何等神采，何等警策！

写景至此，全是白描高手。为文采计，似宜稍稍刷色。于是乃有"彩舟""星河"两句一联，顿增明丽。然而词拍已到上片歇处，故而笔亦就此敛住，以"画图难足"一句，抒赞美嗟赏之怀，仍归于大方家数，不肯入于镂镌饾饤一路；虽曰"刷色"，亦非外铄之比。即如"彩舟云淡"，写日落之江天；"星河鹭起"，状夕夜之洲渚，仍是来自实景，而非但凭虚想也。

词至下片，便另换一副笔墨，感叹六朝皆以荒乐而相继覆亡。其间说到了悲恨荣辱，空贻后人凭吊之资；往事无痕，唯见秋草凄碧，触目惊心而已。"门外韩擒虎（敌已逼门），楼头张丽华（犹恋美色）"，用古句以为点染，亦简净之法则所在。

词人走笔至此，辞意实已两尽。我们且看他王介甫又以何等话语收束全篇？不意他却写道：时至今日，六朝已远，但其遗曲，犹似可闻。"商女不知亡国恨，隔江犹唱《后庭花》！"此唐贤小杜于"烟笼寒水月笼沙，夜泊秦淮近酒家"时所吟之名句也，词人复加运用，便觉尺幅千里，饶有有馀不尽之情致，而嗟叹之意，于以弥永。

王介甫只此一词，已足千古，其笔力之清遒，其境界之朗肃，两宋名家竟无二手，真不可及也！

雁横南浦人倚西楼

——说张耒《风流子》

　　木叶亭皋下，重阳近，又是捣衣秋。奈愁入庾肠，老侵潘鬓，漫簪黄菊，花也应羞。楚天晚，白蘋烟尽处，红蓼水边头。芳草有情，夕阳无语，雁横南浦，人倚西楼。

　　玉容知安否？香笺共锦字，两处悠悠。空恨碧云离合，青鸟沉浮。向风前懊恼，芳心一点，寸眉两叶，禁甚闲愁。情到不堪言处，分付东流。

开头五字点时序，明地望，爽然已揽情景于一句之中。此何时何地也？落木萧萧，川原极望，千里惊心。本是"亭皋木叶下"，为是音律须协，故曰"木叶亭皋下"。读词，知其为音乐文学，此例极多，必宜在意。亭皋者何？水旁平地也。语出司马相如《上林赋》，所谓"亭皋千里，靡不被筑"。木叶下，则用屈子《九歌》"洞庭波兮木叶下"。老杜云："无边落木萧萧下。"一叶落而天下知秋，况怅望川原，萧萧者无际乎？全篇神情已摄于此语，不待下云节近重阳，捣衣天气矣。

然则点重阳，点捣衣，莫非词费语剩乎？非也。重阳乃聚会之佳节，捣衣乃闺中之情事。"捣衣"二字最重要，最吃紧。秋闺念远，捣衣为谁，所以寄离人于千里之外者也。天涯游子，一闻砧杵，离别之苦，日月之迈，满腹缠绵，一齐触发矣。此情难任，已经几番？须看他一个"又"字，便又将年年此际之情肠，提挈一尽。

庾肠，以北周庾信（《哀江南赋》千古不朽）自喻羁迟异地。潘鬓，用又一赋家潘安仁"年三十二，始见二毛"（头发有了黑白两色了）的故事感叹年华之易逝。黄菊乃重阳典俗，"菊花须插满头归"是矣，然而"漫簪"莫戴，何也？深恐"年老簪花也自愁，花应羞上老人头"，岁月不居，转头老大，风情才调，渐非当年意绪。至此，句句找足，无复馀墨矣。然而笔端一转，便又归到此际平芜极目、对景怀人的地望上：白蘋洲，红蓼渚，照映开首"亭皋"，一丝不乱。温飞卿写念远盼归之词云："梳洗罢，独倚望江楼。过尽千帆皆不是，斜晖脉脉水悠悠，肠断白蘋洲！"倘知合看，会心不远矣。然而这一切，全由"楚天晚"三字过脉，最是文心词笔细密超尘之处。只此三字，便引出了"过拍"的那四句十六字的千古风流、名世不朽的警句。

且道"芳草有情，夕阳无语，雁横南浦，人倚西楼"十六字毕竟有甚佳处？切莫只想"画境""化境"那些陈言，也切忌只会讲什么"形象性""性格化"这一派时兴的但无助于任何艺术领悟力的俗套。须看他"有情""无语"是何等深致，"雁横""人倚"又是何等神态！

芳草何以有情？难道是"拟人性格化"的事吗？讲中国的文学，要懂很多事情。"萋萋芳草忆王孙"，"春草年年绿，王孙归不归？"（本源更早出于《楚辞》）方知芳草与怀人，为伴生情事。再问芳草何以引起念远怀思之情？则可细玩白香山"远芳侵古道，晴翠接荒城"之句。盖芳草绵延，连天无际，只有她是通连天涯的可见之痕迹，最是触动离人积恨的一种物色。明乎此，方晓"有情"二字的真谛。

夕阳何以无语？难道又是"拟人性格化"？也不相干的。词人所云，是指时至暮天（楚天晚），人对斜曛。当此之际，万感中来，而又无由表述，相望无言，默默以对，乃是两方面的事情。相对夕阳者何？即下句独倚西楼之人是也。"无语"者何？即下片"情到不堪（无法）言处"是也。

雁则横，人则立，又一动一静，相为衬映。一有情，一无语，实亦互义对文，盖愈无语，愈含情；愈有情，愈默默也。斜阳芳草，一红一绿，又复相为衬映。至于一个雁横南浦，上应楚天晚照，而又遥引下片"香笺共锦字，两处悠悠"，尤为针线密细。吾华学文之士，不于此等处降心参会，只讲什么形象、性格之类，岂不毫厘千里哉。

由"芳草有情"以至"人倚西楼"，十六字画所难到，何其美极！

"两处悠悠"，证明此词从单面起（庾肠潘鬓），而以两面结。怀人者，被怀者，彼此交互写照想象，而非始终一方望远怀人之情景也。"日暮碧云合，佳人殊未来"；"青鸟不传云外信，丁香空结雨中愁"，如是如是。

"向风前"以次，笔致自精整渐归疏纵，慨然萧然，高情远致，于此俱备。"芳心""寸眉"，补足上文"玉容"之义。一结谓此情无计可能表于言说，只有无限深衷，寄东流而共远。"自是人生长恨水长东"，后主名句，可合看，而又不尽同。细玩自得，岂待一一道破耶！

风和闻马嘶

——说欧阳修《阮郎归》

南园春半踏青时，风和闻马嘶。

青梅如豆柳如眉，日长蝴蝶飞。

花露重，草烟低；人家帘幕垂。

秋千慵困解罗衣，画堂双燕归。

142

词中伤感悲凉之音多，愉悦荣和之境少。欧阳公独有自家擅场处，即如本篇正可为例。首句点明时序，芳草过半，踏青游赏，戏罢秋千，由动境而归静境，写其季节天色之气氛，闺阁深居之感受，读之如置身风和日丽之中，而"困人天气日初长"之意味，溢于毫端，中（zhòng）人如醉。

以吾所感而言，次句"风和闻马嘶"五字最为一篇关键，其用笔闲闲，不扬不厉，而造境传神，良不可及。然于青年学子，"风和"自不难解，"闻马嘶"即未必尽得其理。盖不知古时游春，车马并重，车则香车，马则宝马，雕鞍绣辔，骏足随花。读唐贤诗："大道直如髮，春来佳气多。五陵贵公子，双双鸣玉珂。"想象尔时骄马贵介，为一特色；此时此境，宝马之振鬣长嘶，乃是良辰美景之一种不可或少的"声响标志"。当风日晴和中，传来声声嘶马之音，顿觉春和游兴，加倍恋人矣。

时节已近暮春，春梅结子，小虽如豆，已过花时，柳尽舒青，如眉剪黛；而日长气暖，蝴蝶自来，不知从何而至，翩翩于花间草际，是又为此一季节之"动态标志"。虽曰动态，而愈令人觉其动中静极，所谓"蝴蝶上阶飞，烘帘自在垂"，可以合看。

果然，过片即言"人家帘幕垂"，极写静境。然而"花露重，草烟低"，何也？岂亦与写静有关乎？正是，正是。花而觉其露重欲滴，草而见其烟伏不浮，非在极静之物境心境下，不能察也。学词之人，能知蝶飞帘垂，尚易；能写露重烟低，则难。难易之间，浅深之际，最要用心寻味。

写静已至精微处，再以动态一为衬染，然亦虚笔，而非

143

实义。出秋千，似动态矣，然既日长气暖，只觉慵困，不欲多荡，可见未必真戏秋千。罗衣再减，已是归来之后。既归画堂，忽有双燕，亦似春游方罢，相继归来。不说人归，只说燕归，以燕衬人。然而燕亦归来，可知天色近晚，一切动态，悉归静境。结以燕归，又遥遥与开篇马嘶构成辉映。于是春景融融，芳情脉脉，毕现于毫端纸上。"状难写之景，如在目前；含不尽之意，见于言外。"古人佳作，皆到此境界，洵不虚也。

小楼西角断虹明
——说欧阳修《临江仙》

柳外轻雷池上雨，雨声滴碎荷声。小楼西角断虹明。阑干倚处，待到月华生。

燕子飞来窥画栋，玉钩垂下帘旌。凉波不动簟纹平。水精双枕，傍有堕钗横。

此词甚奇，奇在所取时节、景色、人物、生活，都不是一般作品中常见重复或类似的内容，千古独此一篇，此即是奇，而不待挟山超海、揽月驱星，方是奇也。所写是夏景，傍晚阵雨旋晴，一时之情状，画所难到，得未曾有。柳在远处近处？词人不曾"交代"，然而无论远近，雷则来自柳的那一边，雷为柳隔，声似为柳"滤"过，分明已经音量减小，故是轻雷，隐隐隆隆之致，有异于当头霹雳。雷在柳外，而雨到池中，是一是二？亦觉不易分疏。雨来池上，雷已先止，唯闻沙沙飒飒，乃是雨声独响。最奇者，是"雨声滴碎荷声"。奇不在两个"声"字叠用，奇在雨声之外，又有荷声。荷声者，其叶盖之声也。奇又在"碎"，雨本一阵，了不可分，而因荷承，声声清晰。此为轻雷疏雨，于一"碎"字尽得风流，如于耳际闻之。

雨本不猛，旋即放晴。"人间重晚晴"，晚晴之美，无可着笔。"夕阳无限好"，而断虹一弯，忽现云际，则晚晴之美，无以复加处又加一重至美，无可着笔处乃偏偏有此断虹，来为生色，来为照影。晚晴之美，至矣极矣！

断虹之美，又无可写处，难于落笔，词人又只下一"明"字，而断虹之美，斜阳之美，雨后晚晴的碧空如洗之美，被此一"明"字写尽，再无可写矣！"明"乃寻常之字，本无奇处，但细思之，此处此字，实又甚奇！因为它表现了那么丰富的光线、色彩、时间、境界！

断虹现于何处？乃在小楼西角。小楼西角，引出上片闻雷听雨之人。其人独倚画阑，领此极美的境界，久久不曾离去。久久，久久，一直到天边又见了一钩新月，宛宛而现。

"月华生"三字，继"断虹明"三字，奇外添奇，美上增美，其笔致之温丽明妙，直到不可思议处，此方是无奇处真奇。盖词人连一个生僻字、粉饰字也不曾使用，而达此极美的境界，方是高手，也是圣手。

下片词境继"月华生"而再进一层，写到阑干罢倚，人归帘下，天真晚矣。凉波以比簟纹，已妙极，又下"不动"字，下"平"字，力写静处生凉之境。水精枕，加一倍渲染画栋玉钩，大似温飞卿"水晶帘里玻璃枕"，皆以精美华丽之物以造一理想的人间境界（水精即水晶）。而结以钗横，大似东坡《洞仙歌》之写夏夜："绣帘开，一点明月窥人，人未寝，欹枕钗横鬓乱。"末四字为俗流妄用为亵词，其实坡公止是写热甚不能入寐，毫无他意。欧公此处，神理不殊，先后一揆。若作深求别解，即堕恶趣，而将一篇奇绝之名作践踏矣。

梦绕神州路

——说张元幹《贺新郎》

梦绕神州路。怅秋风、连营画角，故宫离黍。底事昆仑倾砥柱，九地黄流乱注？聚万落、千村狐兔。天意从来高难问，况人情、老易悲难诉！更南浦，送君去。

凉生岸柳催残暑。耿斜河、疏星淡月，断云微度。万里江山知何处？回首对床夜语。雁不到、书成谁与？目尽青天怀今古，肯儿曹、恩怨相尔汝？举大白，听《金缕》。

当北宋覆亡、士夫南渡的这个时期，悲愤慷慨的忧国爱国的词家们，名篇叠出。张芦川则有《贺新郎》之作，先以"曳杖危楼去"寄怀李纲，后以"梦绕神州路"送别胡铨，两词尤为忠愤悲慨，感人肺腑。高宗绍兴十二年（1142），因反对"和议"而遭贬在福州的胡铨，（请斩秦桧等！）再获重谴，编管新州（在今广东境），芦川作此词相送。

"梦绕神州路"，言我辈魂梦皆不离那已沦陷于金兵的中原故土。"怅秋风"三句，写值此素秋，金风声里，一方面听此处吹角连营，似乎武备军容，十分雄武；而一方面想那故都汴州，已是禾黍离离，一片荒残，已是亡国景象。此一起即将南宋局势，缩摄于尺幅之中。以下便由此严词质问，绝似屈子《天问》之体格。

首问：为何一似昆仑雄莽的中流砥柱，却自家倾毁，以致浊流泛滥，使九州之土全归沉陆?！又因何而使衣冠礼乐的文明乐土，一旦变成狐兔盘踞横行的惨境?！须知狐兔者，既实指人民流析，村落空虚，唯馀野兽，又虚指每当国家不幸陷于敌手之时，必然群凶肆虐，宵小得志，古今无异。郑所南所谓"地走人形兽，春开鬼面花"，自国亡家破之人而视之，真有此情此景，笔者亲历抗战时期华北沦陷之境，故而深领之。

下言天高难问，人间又无可共语者，只得如胡公者一人同在福州（胡铨贬官之所），而乃公又遽别，悲可知矣！上片一气写来，全为逼出"更南浦，送君去"两句，其笔力盘旋飞动，字字沉实，作掷地金石之响。

过片便预想别后情怀，盖饯别在水畔，征帆既远，犹不忍离去，伫立以至岸柳凉生，夜空星见。"耿斜河"三句，亦如孟襄阳、苏东坡写"微云淡河汉"，写"疏星渡河汉""金波淡，玉绳低转"，何其神理之相似！而在芦川，悲愤激昂之怀，忽着此一二句，益见其感情之深挚，伫立之良久。如以"闲笔"视之，即如只知大嚼为食，而不晓细品为饮者，浅人难得深味矣。

下言此别之后，不知胡公流落之地，竟在何所，想象也觉难及其荒远之状毕竟何似；相去万里，更欲对床夜话，如兄弟之故事，如手足之情长，岂复可得？语云雁之南飞，不逾衡阳，而今新州更去衡阳几许？宾鸿不至，书信将凭谁寄付？不但问天之意，直连前片，而且痛别之情，古今所罕。以此方接极目乾坤，纵怀今古，沉思宇宙人生，所关切者绝非个人命运得失穷达，而为邦国大事，岂肯为区区私家恩怨而费计较哉。"相尔汝"，谓对面指名詈斥争吵也。

情怀若此，何以为词？所谓辞意俱尽，遂尔引杯长吸，且听笙歌。此姑以豪迈之言，聊遣摧心之痛，总是笔致夭矫如龙，切莫以陈言落套为比。

凡填《贺新郎》，上下片有两个仄起七字句，不得误为与律句全同，"高难问""怀今古"，"难""今"二字，皆须平声（与上二字连成四平声）方为协律。又两歇拍"送君去""听（tīng）金缕"，头一字必须去声，此为定格。然至明清后世，解此者已少，合律者百无一二。故拈举于此，以示学人。

柳外斜阳水边归鸟

——说辛弃疾《念奴娇》

　　我来吊古，上危楼赢得，闲愁千斛。虎踞龙蟠何处是？只有兴亡满目！柳外斜阳，水边归鸟，陇上吹乔木。片帆西去，一声谁喷霜竹？

　　却忆安石风流，东山岁晚，泪落哀筝曲。儿辈功名都付与，长日唯消棋局。宝镜难寻，碧云将暮，谁劝杯中渌？江头风怒，朝来波浪翻屋！

顾随教授在讲词时说过几句话，只记得大意是："千古英雄志士，定是登高望远不得；登了望了，那满腔经济学问、见识抱负，便要一起'发作'，弄得不可开交。"这断语下得对不对？南宋辛稼轩的这首《念奴娇》，倒确是一个好例证。

稼轩（1140—1207）名弃疾，字幼安。他的词，慷慨纵横，不可一世。爱国思想是他一生创作的基调。他不仅在填词方面有卓绝的成就，而且文经武纬，满腔经济学问、见识抱负。然而由于一生都处在不得意的政治环境中，所以当他登高望远之际，自然就流露出无限的感慨，满怀的愁绪。

他这首《念奴娇》，是乾道五、六年间（1169 年前后）之作，其时稼轩才不过三十岁，正做建康府（今南京）的通判。他的上司长官是知建康府事、兼行宫留守、兼沿江水军制置使史正志。这位史留守字致道，扬州人氏，也是一位主张积极抗战卫国而厄于时世的有义气的志士。那建康府又是何等之地呢？所谓"南朝佳丽地""金陵自古帝王州"，是历史上的形胜名城，也是南宋国防上的"北门锁钥"，无比重要。在此名城要地的"下水门"之城上，有一座楼亭，名曰赏心亭，下临秦淮，登高纵目，最尽观览之胜致。

这首《念奴娇》，就是稼轩在建康府任上，登上赏心亭，写给史留守致道的。

论词者好以苏、辛并举，已成老生之常谈。也有人不尽同意此说，以为两家未可同日而语。自然，苏、辛二家，无论性情、风格、气质、才调……都不一样，大家习惯地笼统地称之为"豪放派"，原是并不尽妥的。不过有一点也是分明的，辛稼轩（至少早期创作）之学坡词，是不可否认的事。

稼轩集中有一首《霜天晓角》，咏的表面是"赤壁"，而写的实际是他和东坡的"关系"，试看：

> 雪堂迁客，不得文章力。赋写曹刘兴废，千古事，泯陈迹。　　望中矶岸赤。直下江涛白。半夜一声长啸，悲天地，为予窄！

读此可见"雪堂迁客"（苏东坡于元丰二年［1079］贬黄州，寓居临皋亭，筑雪堂，即"东坡"所在地）及其作品（以"赤壁赋""赤壁词"为代表）给他的影响之深巨。然而论者却很少指出。上引《念奴娇》，其实也是受了东坡的影响才写成的。

东坡有一首《渔家傲》，其题是："金陵赏心亭送王胜之龙图。王守金陵，视事一日移南郡。"其词前半云：

> 千古龙蟠并虎踞，从公一吊兴亡处。渺渺斜风吹细雨。芳草渡，江南父老留公住。

稼轩正是登上了东坡登临作词的那同一个赏心亭，而同样对着那"龙蟠虎踞"的江山形胜，凭吊那"三国六朝"的兴亡往事，就连他眼前所见的"柳外斜阳，水边归鸟，陇上吹乔木"的风物，也仿佛有东坡词中"渺渺斜风吹细雨"的神情在内。更为重要的是（笺注家们从来还未指出）：稼轩此时的"呈史留守致道"，也正是和东坡"送王胜之龙图。王……移南郡"有着相类似的"情节"联系。

不过，虽然"小创作背景"，一时的写作条件略有相似，而"大创作背景"，整个的历史时代却是大不相同了。东坡所吊的兴亡，那真的只是历史上的渺渺茫茫的兴亡陈迹而已；而稼轩所吊的兴亡（尽管他表明是"吊古"），却是当前的活生生的无情现实！

稼轩自幼勤学，文学造诣很高；又自幼深受祖父辛赞的爱国思想的教养，尝两次亲至金都燕山，实地考察，是以深晓敌我情实以及兵家利害。而且，他投抗金义军首领耿京后虽然是为耿京"掌记室"，可是他却不同于只会"纸上谈兵"的那种书生，他能赤手缚取敌人于五万众中，如挟麑兔，衔枚疾驰，至通昼夜不进粒食！他的这种英声壮概，震动远近，使懦夫亦为之兴起，称得起是一位才兼文武、能说能行，而且精明智略、磊落英姿的真英雄。

可以想见，这样的一个青年，一旦得遂夙愿，重入祖国的怀抱，该是如何地满腔兴奋，无限激励，以为"靖康耻"的仇愤，指日即可雪纾，国家民族的前景，正是如朝阳乍升，秋潮再起。可是，没有多久，只不过七八年间，稼轩就领受尽了南宋朝廷的腐败不堪的真情实况，尝尽了那个社会里令人难以忍受的滋味。

实际上，稼轩在南宋所"得"的是，他所率领的义军多归遣散，朝廷只给他一个江阴签判之职，以为敷衍，实际等于置散投闲。更令他伤心的是，他归来的第二年，孝宗嗣位，伐金不利，自撤长城，竟尔与金人"议和"——投降了，南宋以"侄国"自居，投降派重新用事。在此以后的期间，稼轩居无用之地，一度并曾流落为"江南游子"！不难想见，这位爱国志士的心情当是多么失望和难过。

　　他由乾道四年（1168），二十九岁时来做建康通判，在此遇到了具有"英雄表"的史正志。他觉得史留守还是一位有为而可与之谈的人士，因此他几次作词，都对史留守致其景仰兼寓勉励之意，要他"袖里珍奇光五色（谓五色石），他年要补天西北（谓恢复河山）"，即作应酬寿词时，也不忘记祝他"从容帷幄去，整顿乾坤了"。这，总还是两人初会，词气犹豪，心情未减。及至日时稍久，当他看到史留守虽然锁钥北门，而朝廷掣肘，也只能坐困职曹，一筹莫展，并且史留守即将任满，恐要迁调，于是他的满怀郁结再也隐藏不住，便借着登上赏心亭的题目，整个在这首《念奴娇》中抒写出来。

　　此词上片临近歇拍之处，写出了"片帆西去，一声谁喷（"喷"字要读去声）霜竹（笛子）"的句子，此仍是承上文斜阳归鸟（日暮群生，各寻归宿）而来，续写即景所见，然而已微微道出心绪。到得下片，遂由笛声而引到筝曲，一笔就过渡到史留守身上。他写道："却忆安石风流，东山岁晚，泪落哀筝曲。"这里用的典故是东晋名相谢安的事：谢安先是屡违朝旨，高卧东山，放情丘壑；及后仕进，值苻坚侵晋，诸将败退，谢安乃遣弟侄谢石、谢玄等征讨强敌，应机克捷——就是历史上极有名的淝水之战。谢安大功虽就，而东山高隐之志始终不渝；孝武帝末年酒色昏溺，小人又以谢安功名盛极，加以谗构，君相之间，嫌隙遂成。有一天，孝武帝召桓伊饮宴（桓曾与谢玄同破苻坚有功，善音乐，为江左第一），谢安侍座，孝武帝命桓伊吹笛，笛罢，桓伊又自请

155

弹筝，于是抚筝而歌怨诗，那词句是："为君既不易，为臣良独难！忠信事不显，乃有见疑患（平声）！周旦佐文武，金縢功不刊。推心辅王政，二叔反流言！"声节慷慨，俯仰可观。谢安对景伤情，泣下沾襟，至于越席而捋桓之须曰："使君于此不凡！"孝武帝因此甚有愧色。（我看孝武帝还知自愧，倒有"可取"，那不知愧的正多呢！）稼轩用了这一故实，寥寥数语，才不过一两笔点染，便不仅说到史留守的心上去，而且也概括地道尽了南宋朝廷打击一切爱国有为之士的事实本质。

下面接着说："儿辈功名都付与，长日唯消棋局。"表面仍是运用谢安下棋的故事，而主旨却实是说，国家大事乃凭小人之辈去倒行逆施，自己只好以弈棋消遣时日（兼用《幽闲鼓吹》所载唐宣宗之言："比闻李远诗云'长日唯消一局棋'，岂可以临郡哉？"），充分道出了当时仁人志士不获其用的深痛！

"宝镜"以下三句，意思是假拟与一位女性的情事来比喻"相投""遇合"之难。宝镜是佳人所用，碧云是用六朝名句"日暮碧云合，佳人殊未来"；而劝酒（杯中酒）在唐宋时都是指歌伎。但我想词人的联想也许还与杜诗"勋业频看镜，行藏独倚楼"的句意有一定的关系，切合登楼，说明流光不待。国计因循，英雄坐老，终恐强敌益张，大仇难复。"谁劝杯中渌？"不要真的以为稼轩是"叹息"无人劝酒，那意思十分曲折，实在是说：愁来唯有饮酒，有酒亦怎能消此沉忧？更何况连一个情投意合的劝酒之人也难得遇到呢！

一结"江头风怒，朝来波浪翻屋"，全篇振起，天地变色。词人惯在"棋""酒"等貌似"闲适""暇豫"的掩盖下抒写他的内心深处的郁怒，而蓄其笔势到饱满时，一声振响，高揭云霄，有雷霆万钧之势。笺注者或引陆游《南唐书》"史虚白传"所记虚白以"风雨揭却屋，浑家醉不知"的诗句来警讽南唐皇帝的事，其意盖以为稼轩此处乃是譬喻南宋的处于危亡而不自知云。然而若依我个人的看法，稼轩这两句，实是写出了他的满腔爱国激情之盘郁槎结，当其面对江山形势，中怀不觉心绪之如潮，心潮随江波而怒愤翻倒！要细细体会为何"风"下用一"怒"字？假如稼轩原来是"江头风'恶'"，那么解者引"史虚白传"的意思或许才稍能符合；稼轩一生心事，是抗金救国，他怎么能把危及宋国的势力说成"怒"呢？读者不妨参看陆放翁谒少陵祠堂诗："夜归沙头雨如注，北风吹船横半渡。亦知此老愤未平，万窍争号泄悲怒。"两处诗词，正可互为印证。

这篇《念奴娇》，是辛词编年中最早的一首正式抒怀的作品。然而，它的内容、气势已然笼罩了全部辛词，代表了他的平生的胸怀，也概括了那个历史时代。理解稼轩的词曲，就要这样地去体会；如果想在辛词中去发现"杀敌""灭虏"的口号字眼，而且只从这等字眼中去寻求爱国思想的表现，那肯定是会失望的。事实上，稼轩词连陆放翁那种"欲请迁都泪已流""欲报天家九世仇"式的表现方法也绝不肯用。稼轩词是极曲折、极深婉、极沉着而又极鲜明地反映时代问题和爱国意志，却并不是一种肤浅显露、剑拔弩张的寻常笔墨。

稼轩另有一首"登建康赏心亭"的《水龙吟》，内容思想感情，以至结尾想唤取佳人，都差不多，其词云：

> 楚天千里清秋，水随天去秋无际。遥岑远目，献愁供恨，玉簪螺髻。落日楼头，断鸿声里，江南游子。把吴钩看了，阑干拍遍，无人会，登临意。
>
> 休说鲈鱼堪脍，尽西风、季鹰归未？求田问舍，怕应羞见，刘郎才气。可惜流年，忧愁风雨，树犹如此！倩何人唤取，红巾翠袖，揾英雄泪？

这首词，一般选本大都不肯忘掉，可说是大家公认的一篇名作了。然而鄙意以为，它实在不及《念奴娇》。可是选家们多取此而舍彼，此亦见解难同之例。我觉得，《念奴娇》虽然是辛词开卷的一首，却是字字有斤两，语语见情性，并无一点浮声泛响存乎其间，也没有"作态""自赏"的习气，有其代表性，必须先读懂它。因此不惮辞费，先就此词从各种关系上试为浅说如上。

【附记】

这篇讲宋词的小文，是六十年代写的；承索稿，因实在忙乱，遂将它检出塞责，或可供读者参考之用。当时写它，另有用处；对我自己来说，要留存一时的笔墨痕迹，故此也不想再作改动（只极个别的地方增删了几个字）。文中讲词意占了大部分篇幅，而艺术分析不足，这也是历史时代的痕迹吧？今亦不及补充。应当说明一下的是，引录原词时，句读以词调的格律为断，遇有个别句法读来似乎"别扭"，须以意变通，不必硬加争辩（如一定将第一韵三句改读为"我来吊古，上危楼，赢得闲愁千斛"）。此词是入声韵，这些字，南方人读来很方便；北方语音中入声已消失，本难谐耳了，若再按"规范化"的"标准音"（即北方的"普通话"语音）去读，就更加难听。本篇"斛""目""木"……等，问题还不太显，若像苏词"大江东去"的"物""壁""发"……那就麻烦了！最好能找一位南方口音的同志读一下听。词是音乐文学，不讲音律是不行的；学习古代韵文之学，必须具备一点古音韵常识，这和推广普通话标准音是两回事，不必扯在一起纠缠，也无须乎担心会"产生混乱"。

酒旗风飐村烟淡

——说秦观《踏莎行》

晓树啼莺，晴洲落雁。酒旗风飐村烟淡。山田过雨正宜耕，畦塍处处春泉漫。

踏翠郊原，寻芳野涧。风流旧事嗟云散。楚山谁遣送愁来，夕阳回首青无限！

160

词中常见的是花前酒畔、绣幕雕栏等等物色，写村景的稀如星凤。若在苏、辛，还不为奇；说及秦、柳，更恐难得。这首《踏莎行》，倒是选家很少加以青睐的佳作。

这显然是南土的风光，而且是山村的物色。上来写晓莺啭于春林，晴雁落于暖渚，而一句酒旗招展，便见不是榛莽荒原，而是民家住处。然而最好好在"村烟淡"三字。不教有此三字，则莺树雁沙，以至风漾酒帘，都不过是老生之常谈而已了。

却说"村烟淡"好处端的何在？下一"淡"字，春之神味盎然纸上。老杜曾用过"淡淡"二字形容好春，不浓不媚，而春乃恰如人意。或有人以为，此淡，谓人烟未密，空气新鲜也。也得也得，那淡也就不俗气不讨厌了。

以下"山田过雨"直到"春泉漫"，实在好极了！令人如闻雨后土香，如见溪流活活，而农家乐生，山村好景，尽收眼底心头了。

"漫"字更好！令人想起"野塘春水漫，花坞夕阳迟"来。一片溶溶漾漾的气息出焉，意境生焉。

下片由景入情，追念昔年同来踏青拾翠之游，而旧侣星散，此度重游，孑然一身，踽踽独行。山村如彼之美好，适足以引惹伤怀恨绪。于是抬头一望，乃见山来入目，一似有人教它特地供愁送恨者。何也？

于此，有人或许又说了：山本无愁，是人愁而觉山愁——此乃"文艺理论"中的"移情说"是也。掩耳掩耳，俗套俗套。倘皆如此赏词，词之风流扫地尽矣。

问题的关键一点儿也不在什么"移情"不移情。诵秦郎这词，通篇精彩全在煞拍结尾一句，真好一个"夕阳回首青无限"！

也许有人说，周美成写过"烟中列岫青无数"，秦学周也。是吗？即使真是那样，这两人两句也还是各言一义，断不同科的。倒是必须温习一下钱公的"曲终人不见，江上数峰青"与柳公的"烟销日出不见人，欸乃一声山水绿"才是。

钱、柳名句，千古流传，不绝于人口，而讲"神韵"，讲"意境"，讲"诗与禅"，讲"言有尽而意无穷"……的，都忘不了引据钱、柳——但似乎无人齿及秦郎这句"夕阳回首青无限"——事则很是奇怪了！

什么叫作"青无限"？难道还另有"青有限"的山不成？笑话笑话。青就是青罢了，哪里又有个有限无限？然而，那样说是世情常理，一般见识，而诗人词人则另有一种感受功能与感受尺度。对他来说，此时此际那山青得简直是没法形容了！此之谓"无限"。

此时此际者，又何谓也？君不见"夕阳回首"四个大字乎？落照是盏灯，能衬得万物特明特美。夕阳西下，回首再望时，乃觉那青山是真青透了。

新晴锦绣文
——说杜甫《晴》

久雨巫峡暗，新晴锦绣文。
碧知湖外草，红见海东云。
竟日莺相和，摩霄鹤数群。
野花乾更落，风处急纷纷。

老杜是河南人，中原的语音有一个特点，是把入声字读作平声，而依中原音的诗人有时也径以入声字当平声用，其例不少，本篇起句"峡"，正是如此（仄仄平平仄，第四字作平也）。

巫峡那地方，我经过一次的，真是"巫山巫峡气萧森"，简直非语言文字所能形容或"描写"！其地不雨也够阴的，何况久雨。一个"暗"字，道尽了那气色，令人难以为怀。在此，忽然一朝放晴，其欣快畅悦，可以想见！老杜正要写此情怀——且看他如何落墨——

新晴是一个最令人高兴的时刻，古来的"钟鼓报新晴""新晴细履平沙""欲登高阁眺新晴"这些佳句表明了人们的心情。但老杜此时却下了"锦绣文"三字。是其放晴之后满目所见的景色，真如一片锦绣之"文"——文即俗常所说的花纹、花样、图案……之义。虽然锦是机织，绣是针工，而其共同点却是用五颜六色的彩丝组合而成的，——说"五"颜"六"色，那是太少了，那诸般色彩，足有几十种层次，所以才堪称绚丽二字。老杜于是才说：这新晴之后的景色，简直是绚丽得如锦似绣一般。

在诸般色彩中，何者最有头等"代表性"？曰丹碧，曰红绿。所以老杜在锦绣文上，也只举这两个真色。但他却又并不死写实物，而是出以丰富的想象。他写这碧绿，是推想而"知"那湖外的芳草，一望无际。他写这丹红，是如同看到那海东的朝霞，铺满天地！

这就是他对新晴的阔大的绚丽气象而综括了一联两句。

然后，——在这种气象中，且看动物如何呢？他写道，那黄莺是整日地对啭和鸣，极其欢跃。和，读去声，就是此呼彼应，共鸣共语之义。而那仙鹤们也在晴空万里中冲霄而遐举，飘逸而超俗脱尘，得大自在。

对此般般色色，诗人与之同怀而共感，但高兴之馀，却又与它们的心情稍有不同。他并无人可与和鸣而畅叙，也无力翱翔而自由。他只能欣喜而又感慨，悦目而复伤情。

何以言此？你只看他结联二句，便不难领悟那复杂的心绪，使得他在观察了海阔天空之后，却把目光集注于那些最不惹人重视的微小的野花：它们并不一定已经开到精华泄尽的时节，但又为久雨所败，虽到新晴，无奈生机难复，红紫枯萎，经一阵山风吹过，只见无数落红，纷纷凋谢，一刻难停，其势岂独为不可挽，而且是为不可缓。以故，老杜乃于"纷纷"之上，下一"急"字。于是，这流落蜀中的老诗人的面对新晴的万种情怀，都在这一字上向人透露了端倪。

"纷纷"二字似太寻常，太一般。唯老杜用之最神，他曾写道："凉月白纷纷。"怎么讲？盖纷纷者，非独物也，实诗人之心也。

朱门柳细风斜
——说欧阳修《越溪春》

三月十三寒食日，春色遍天涯。越溪阆苑繁华地，傍禁垣，珠翠烟霞。红粉墙头，秋千影里，临水人家。

归来晚驻香车。银箭透窗纱。有时三点两点雨霁，朱门柳细风斜。沉麝不烧金鸭冷，笼月照梨花。

欧公的这种词，在全集未必能算是出色的名作，选家也是不多顾睐的。但写北宋盛时寒食佳辰的景色气氛，还是超出庸手陋笔十倍，读来令人深深领受一种美感，与常见的那些凄苦、悲伤的意绪总不相类。这大约关乎时代的背景，也关乎作者的性情。我总以为，多读欧词，可以悦生，可以治"病"——文家的"病"，其实是很多须求良医的。

这首词至少有四个好句，须当认取。

第一就是开头大方家数，明点月日节气，跟上一句"春色遍天涯"，好极了。真是大地皆春，满腔高兴！东坡曾说"一看郊原浩荡春"，那是一种无边无际的充满天地间的恢弘浩大的春，人的胸次，觉得装它不下。这感受，如何落笔写得？难。欧公所写的五个字，正是要抒此感。他用这五个字，算成功之句吗？也许你还觉得不够警动心目，然而你试换五个字，看看可以胜过原句否？未必，未必。

第二处，便是"临水人家"。

那遍满天涯的春色，从何写起呢？先写的是帝城宫禁左近的"珠翠烟霞"，此乃游人贵盛繁华景象。越溪与阆苑（仙境），皆拟喻而非实指。词人之笔，从那游赏聚集处引向另一境界，即隔墙可见盛开的春红，可见近墙高架的秋千（秋千是寒食清明可以临时架立的节令风俗），那儿，水边，有一个静静的深院，——谁家？词人也不曾知晓，而赏遍春光，独于此院人家是最难忘怀的。

记得另一家也有一词，其中写道是"门外秋千，墙头红粉，深院谁家"三句，用字，构想，何其与此相同！不知是否即从欧公"偷艺"而来？那不过小小变换，却也还是十分出色，引人入胜，令你想象追寻，觉其意味无尽，真是比画还好的神笔。

第三处，好句何在？莫认"香车"（读若"叉"），莫认"窗纱"，只看那三点两点雨过的"朱门柳细风斜"！这纯是高手白描，而却在白描中透出一派风神，绝世韵致。

门是朱漆，柳乃碧染，相互的映衬，正是芳春艳阳的标准色彩。然而色不如神——传神却在那一个"细"字，一个"斜"字。

风自流动，活泼无滞，又焉有"正""斜"之分？是故非风之斜，实柳之态也。柳何谓"细"？难道还另有"粗柳"不成？盖柳丝之细，叶未全舒，长条拂披，愈见其纤也。

摹绘物色，不难见长，词人大抵能之；但写景物而令有风神，则非高手不办。高手又是什么？胸次不俗，笔下超然，方有神有采，有韵有味。

沉麝，香也；金鸭，炉也。芳春踏遍，归来洞房，香亦慵焚，怅然独坐，——遂意乎？失意乎？回味乎？留恋乎？总难清楚。于是起视空庭，将圆之月，皎然如玉，而投光于梨花之上。梨花何似？洁白如雪也。皎月何似？皓素如银也。二者相交，大异于朱门绿柳之芳艳生发，只见它一片缟纻，无所沾附！

此何色也？或曰：无色。非也。此谓之"寂寞色"。

大凡人在十分寂寞难遣之中，最是怕见此种无色之色、寂寞之色。

欧公另有一词，其结句云："寂寞起来搴绣幌，月明正在梨花上！"恰恰是为本篇结处作一注脚。

此一结句，便又是这首词的第四处眼目。大家风范，其美在自如，绝不描眉画鬓、搔首弄姿耳。

惜春常怕花开早

——说辛弃疾《摸鱼儿》

　　淳熙己亥，自湖北漕移湖南，同官王正之置酒小山亭，为赋

　　更能消，几番风雨，匆匆春又归去。惜春常怕花开早，何况落红无数！春且住。见说道、天涯芳草无归路，怨春不语。算只有殷勤、画檐蛛网，尽日惹飞絮。

　　长门事，准拟佳期又误。蛾眉曾有人妒。千金纵买相如赋，脉脉此情谁诉？君莫舞。君不见：玉环飞燕皆尘土。闲愁最苦！休去倚危栏，斜阳正在，烟柳断肠处。

169

这是稼轩名作，选家们很少遗而不录的。但我早先却不怎么真喜欢它。曾自疑大约是由于年纪还轻，人生阅历太浅，体味不够之故。如今承认：这种词也确有他人不可及处，是大手笔。但我之并不从打内心深处喜欢它，依然如旧。那么，为何又来讲它赏它呢？也只因：要看稼轩的用笔，看那种不平、不缓、不弱、不塌的挺拔轩昂之气，这与吴梦窗，有貌异而神理却正相通的妙趣。学文习艺，总勿忘此一要领。

淳熙己亥，是六年（1179），那时稼轩已是四十岁，仍然浮沉下僚，难展怀抱——漕，是简称，实指他所任之官是一个"路"（略如元代以来所称之"省"）的转运副使，管运粮饷租赋的佐史。此词标题，引人误会，大都以为是稼轩移官（有人考明，他十年中换了十二个地方），同僚钱行，因而发抒满腹的牢愁悲慨，忧国忧民，不满于当政的君主宰相……但如此解者总未解说那"文不对题"的奇怪现象：一不提惜别，二不提钱行——感谢同僚的厚意，三不提小山亭一字——只一味说些别的，"大发牢骚"！要知道，如此为文，在古时是很无礼了！最怪的是那题中"为赋"二字，试问为什么为谁而赋？一不言别，二不"理睬"设宴的东道主人，那又"为"了何人何事何物呢？

其实，并不难懂，宋代官员们的"置酒"，例有官妓——叫作"乐籍"的——在筵席上歌舞，那叫"侑酒"。稼轩此词，是"为"那时的离筵中一位他所熟悉的官妓而作，故曰"为赋"——为此侑酒人而作也。宋代做官的名家诗客词人，此等例举不胜举，即东坡居士，也"未能免俗"。

因此，通首词都是向那官妓讲话——或代她讲话的。这其间自然是不排除流露自家感触，但是绝不能误为是稼轩以女人自比。

本篇的上片写得最为奇突，最为出色——也最为沉痛悲哀。

"更能消"，犹言更禁得起，更容得。消，须也，不消，即无须。"白话"即是：再用得了闹几回坏天气，这一春便算完了！盖一番无情风雨，春已狼藉，更何待再加一番乎？此语已是可痛之至——其笔，自一开头即从千回百转后而落于纸上也！

其下，有一千古奇句，即"惜春常怕花开早"。此真多情种子的痴语亦痛语。世上常人莫不想早些花开，早些赏玩。但此位沦落风尘的侑酒人不然，她说，怕花开了，春也随即逝去，所以宁愿花晚晚地开，缓缓地放——此真珍惜芳春之极致，自古不曾有人道得出！

然而，一切徒然，经风历雨，转头春尽，老杜云："一片花飞减却春，风飘万点正愁人！""落红成阵，情何以堪？""无数"，正"万点""成阵"之谓也。

泪洒残红，痛惜之至，因欲劝春，且稍留驻——而春不答。可异可异。春其最无情乎？初则疑，继则怨之矣！

一个"怨"字，泄露天机。稼轩此作，所以被人解为"怨词"，自然也是有以致之的。

春无言而不答，寡情太甚——多情的还有谁呢？只有檐下的蛛网，情深意笃，只它整日地费功夫将飞絮沾住——想要留下这春之最后痕迹。殷勤，即深情厚意之义。

蛛丝的"力量"能有几多？它虽"尽日"而沾絮留春，又能留得几何？此事本身已极其脆弱"矛盾"之至了，更加上词人偏把蛛网与画檐写在一起，给人的感觉尤为奇特！盖画檐本佳丽之建筑也，蛛丝则荒凉、残废的标记也，此二者连写一处，异样难堪——甚至令人有啼笑皆非之感！此为稼轩有意调侃？还是当时实写真景？是在读者自会可也。

这上片写得真好！真是奇笔！

下片一连串的话，就是我不太喜欢的部分了。

那些话，说的只是：汉代曾有个陈皇后，失宠被废于长门宫，乃以黄金百斤求司马相如作了一篇赋，以期讽喻汉皇，挽回旧欢；而如今的"长门事"，大文豪的赋也打不动人心，无济于事了，脉脉之情竟无可诉处。——在此，讲解者遂多以为此皆词人自寓也，云云。我倒十分置疑：难道稼轩会如此以妾妇自居，而卑辞乞怜于"主上"乎？实在肉麻得可以。窃以为大英雄如辛公，必不肯为此口吻笔调。

此分明是指别人的语势。何以为证？其下紧接的是"君莫舞""君不见"也。此际在酒间而舞者谁耶？难道是同官王正之？辛公自己？都是笑话。此非为指席上乐妓而何哉？

是故接云，不必效燕瘦环肥，以姿容乞宠，而终归死不得所，徒留恨记。亦正不必因他人之妒己而忿忿不平也。

虽然，此亦开解之意而已。实际上，这一种有才遭嫉的大问题，可以说是中国历来难解的重大社会问题、道德问题、"国民性"问题。在女性世界固然如此，男子天地里又何尝有异？是以稼轩因感于乐妓之遭遇而借事寓怀，手挥目送，是相怜于牝牡骊黄之外，彼此有相视莫逆之心——如此解词则可，亦最贴切。如直谓稼轩以陈后、杨妃、赵姬而自比，说"蛾眉人妒"，说"莫舞"，说"尘土"（死于非命），……岂不文理难通，抑且真个令人浑身起栗了。

全篇的结穴、眼目、警句，又在哪里？有人单单认定那斜阳烟柳。当然那结尾实在是好。有目共赏，何待表扬？但大抵又忘了这"闲愁最苦"四个大字。

此四字，方是全篇精华总聚处！更要认取：一个"闲"字，反语益见悲切。又一个"苦"字，——此字真真苦极，直如黄连入口，难以下咽也。

学文之人，在这等地方了无体会，只知看看那平平庸庸的"串讲"，便昏昏而欲睡，稼轩之美安在？岂不糊涂煞人。

落日塞尘起

——说辛弃疾《水调歌头》

落日塞尘起，胡骑（去声）猎清秋。汉家组练十万，列舰耸层楼。谁道投鞭飞渡？忆昔鸣髇血污（去声），风雨佛狸愁！季子正年少，匹马黑貂裘。

今老矣，搔白首，过扬州。倦游欲去江上，手种橘千头。二客东南形胜，万卷诗书事业，尝试与君谋。莫射南山虎，直觅富民侯！

宋绍兴三十二年（1162）辛稼轩率五十骑，于五万众中擒获叛徒张安国，带领经他鼓励反正的大批义军，由济州（治今山东巨野）出发，水米不暇沾唇，昼夜疾驰，直渡长淮，来到南土。彼时他才二十三岁。这一段少年英雄事迹，不但使当时的士气民心获得了鼓舞，使爱国人士发生无限的赞佩之情，就连稼轩自己日后追忆起来，也还是豪情壮志，历久弥新。在现存稼轩词集中，我们就还能看到他不止一次地追怀这段往事的痕迹；而每一次追怀，自然又都和彼时当前的事势有所联系，因此他这种追怀，就并不是单纯的忆往，而是内容丰富的感今，乃至瞻望将来了。

宋孝宗淳熙五年（1178），稼轩作了这首《水调歌头》，其时稼轩正是由南宋行都杭州、大理寺少卿任上出为湖北转运副使，溯江而上，舟次扬州；而这首词又是因和江西词人杨炎正之韵，兼感往事而落笔的。杨炎正（忠义烈士杨邦义之孙，诗人杨诚斋之族弟）的原作，是写登上高楼，秋空眺远，面对着江山如画，风露凄然，满怀激动，连江水鱼龙，也好像有感于衷，悲啸应答。于是不禁"忽醒然，成感慨，望神州！可怜报国无路，空白一分头。都把平生意气，只做如今憔悴，岁晚若为谋？此意仗江月，分付与沙鸥"。这种情怀，正触动了稼轩的满腔忠愤，自然就同声相应，写下了自己的感慨。

稼轩此词，上片全是追忆往事。一上来，就写宋高宗绍兴三十一年（1161）金主完颜亮的大举南侵。金兵来犯，宋人常常说成是"胡马南牧"，稼轩所谓"胡骑猎清秋"，正亦此意。"组练"，是用《左传》古语，即指甲兵。"列舰"，

175

则是指南宋名臣虞允文指挥水军，采石之役御敌制胜的史实。完颜亮此来，其势汹汹，且易视宋朝，自谓江南指日可下，所以稼轩用前秦苻坚谋攻东晋时所说"虽有长江，其能固乎？以吾之众旅，投鞭于江，足断其流"的话而反诘之。（参看杨诚斋的《海鳅赋》写此事，也正说完颜亮"既饮马于大江，欲断流而投鞭"。）接云鸣镝血污、风雨佛狸，则又是用《史记·匈奴传》头曼单于（王）太子冒顿以鸣镝（响箭）射杀头曼的事，和《宋书·臧质传》所引童谣"虏马饮江水，佛狸（北魏太武帝拓跋焘的小名）死卯年"的话，来指后来完颜亮侵宋未逞、为其部下所杀的史实。然后，这才接着转入"季子正年少"两句，这就是稼轩用战国时苏秦（字季子）西入于秦的典故来叙自己当时奉表南归的往事。

试看稼轩此处的忆昔，只是略略提起，随即轻轻抹去。他对他自己那段英声壮概的义举，毫不作细节介绍。特别是稼轩在当时并无法预料后来的读者能不能从"季子正年少，匹马黑貂裘"区区十字之中窥见那么丰富的内涵。

词入下片，正面转入当前即事。稼轩此时虽只不过三十九岁，但回首前尘，已经是一十七年之久，追念那时才只是一个二十刚过的少年，故此有"今老矣，搔白首，过扬州"的叹慨。词人遣言寓意，着重"徒伤老大"的心情，不可以辞害义，以为此时稼轩真个已经"庞眉皓首"。下面只"二客"一句，就把倡和者联系在一起，二客就是指原倡者杨炎正和同时另一位和韵者周显先。稼轩夸奖他们两位是"东南形胜"之士，所以要把"万卷诗书事业"，相与商量。可是商量的结果——稼轩自己的"结论"是什么呢？是："莫射南山虎，直觅富民侯！"

南山射虎，是用汉代李广的典故。李广一生与匈奴大小七十馀战，匈奴甚畏之，称为"飞将军"，但是竟然不得以功封侯，最后武帝时从卫青击匈奴，竟至因"失道"受责，愤而自尽。富民侯也是汉武帝时的故事。据《汉书·食货志》所载，武帝末年，悔征伐之事，乃封丞相为富民侯。意思是"偃武修文"，要以"内政""民生"为事了。稼轩在此用这两个典故的含意是：南宋朝廷，看来再也不想恢复河山、抗敌雪耻了；有经纶抱负的人才，只去做"富国安民"的事情吧！至于像我这样的"武人"，那只有像李广一样，无功有过，空抱赤心而蹉跎以至老死罢了。

这几年，金国正是灾荒洊臻，各地人民纷纷反抗，有的甚至杀其官府而投归祖国。而宋朝不知自强，却一心安于"和议"与"太平"；士大夫们正是要做"富民"之侯，他们自己除了"求田问舍"之外，也完全不知尚有国家民族之大事在。稼轩的深忧大恨，就在于此。

稼轩第二篇追忆往事的词，是一首《鹧鸪天》，其词云：

> 壮岁旌旗拥万夫，锦襜突骑（去声）渡江初。
> 燕兵夜娖银胡䩮，汉箭朝飞金仆姑！　追往事，
> 叹今吾，春风不染白髭须。却将万字平戎策，换得
> 东家种树书！

壮岁两句，写出当时率众归国的一片英勇气概。襜是蔽膝，这在戎装上讲，想来就是后世所谓的战裙。骑，音

177

"寄"，就是骑士。而这两句又是分用黄庭坚（山谷）"春风旌旗拥万夫"的诗句和张孝祥（于湖）"少年荆楚剑客，突骑锦襜红"的词句。以下两句，更需要作些解释。

娖，是修治、整理，即准备的意思。银胡䩮，是箭袋名；这是当时的实际名称，五代时割据幽州的刘仁恭的军队中，就有"银胡䩮部"的编制单位。金仆姑，是箭名，这则是用古，因为这名称早见于《左传》。这都好讲，唯有"燕兵"二字，说者颇有不同的解法，却要费几句话来交待一下。

燕，凡作地名，都读平声如"烟"。因为当时金国占据燕山之地，所以解者遂以燕兵为指金兵。其实这是值得商榷的。燕兵、汉箭两句，语气完整一体，并非对立句，更无褒一贬一的意思，稼轩而夸写敌人曰"燕兵夜娖银胡䩮"，这是很难想象的。（他说到敌人时，只说"髭胡膏血！"）再说，这"兵"也并非"兵士"的兵，而是"兵"字本义"兵器"的兵。"汉箭"即"金仆姑"，同样，"燕兵"亦指"银胡䩮"，这种对仗严格而鲜明。若解"燕兵"为"燕地的兵卒"，不合稼轩句法，亦即失掉稼轩的原意。这两句实在是说：北方民军一夕竖起义旗，凌晨即开始了抗敌战斗，一"夜"字一"朝"字，极写其士气之壮，声势之雄，行动之捷！

说到这里，也就可以体会到，这两句正是进一步、加一倍地传写那"旌旗万夫""锦襜突骑"的精神。（如果解成了敌兵夜里准备武装，宋兵早起才应战，这种完全被动的军事行为，还有什么神情意气值得一写呢？）

词到下片，也是和《水调歌头》一样，随即转入当前即事。"春风不染白髭须"，正是略如"今老矣，搔白首，过扬州"的感慨；而"却将万字平戎策，换得东家种树书"，也正是略如"倦游欲去江上，手种橘千头"的叹息。不过，此时的稼轩，真正已经老大，而欲去种橘的愤激语此时竟已成了无情的现实——稼轩果然废置不用、闲居度日了。这"种树书"虽然另有典故，但其实际意思仍是和"种橘"相同。据《襄阳耆旧传》载，李衡做丹阳太守，遣人于武陵洲上作宅，种橘千株，以为家计。这就是说，宋朝不用稼轩去做抗敌救国的大事业，只给他相当优厚的待遇，叫他过享受的生活，以消磨他的壮志。这就是宋朝麻醉士大夫的一贯政策。

稼轩第三篇追怀少年往事的词，是一首《永遇乐》。那词写道：

千古江山，英雄无觅、孙仲谋处。舞榭歌台，风流总被，雨打风吹去。斜阳草树，寻常巷陌，人道寄奴曾住！想当年，金戈铁马，气吞万里如虎。

元嘉草草，封狼居胥，赢得仓皇北顾。四十三年，望中犹记，灯火扬州路。可堪回首，佛狸祠下，一片神鸦社鼓。凭谁问，廉颇老矣，尚能饭否？

此词是稼轩在宋宁宗开禧元年（1205）出守京口（今江苏镇江）时所作，其年稼轩已六十六岁，据岳飞将军的后裔岳珂所记，他镇守京口时已是"多病谢客"。巧得很，这首词也是一首登高望远、怀古感今之作——是因登上镇江城北北固山上的北固亭而写的。据清代爱国历史地理学家顾祖禹说，"北固山在镇江城北一里，下临长江，三面滨水，回岭陡绝，势最险固。晋蔡谟起楼其上，以贮军实，谢安复营葺之，即所谓北固楼，亦曰北固亭。大同十年，（梁）武帝改名北顾"。正是由这"北顾"一名，才引起了稼轩的联想，决定了这首词里的一些典故内容和其他艺术手法的运用。

上来先提孙仲谋（权），因为他建立吴国，始于丹徒置京口镇①。然后提起刘寄奴——南朝宋武帝刘裕，刘氏自其高祖随东晋南渡，即居京口。再次，"元嘉草草"三句，就接到宋文帝（武帝之子刘义隆，年号元嘉）的事。南朝宋时，也正是常受北魏的侵逼，因此当北魏攻陷滑台后，王玄谟每陈北征之策，以致宋文帝说："闻王玄谟陈说，使人有封狼居（胥）意！"封狼居胥山，是汉朝大将霍去病出征获胜而封山纪功的典故。可是后来王玄谟领兵北征时因刚愎自用，不纳众言，将士离怨，又营货利，多所剋剥，以此倍失人心，遂至大败，兵士"散亡略尽"，他自己亦几被其主将萧斌杀掉。这就是稼轩所谓"元嘉草草，封狼居胥，赢得仓皇北顾"的意思。宋文帝在元嘉八年（431）滑台失陷时曾作诗云："逆虏乱疆场，边将婴寇仇。……惆怅惧迁逝，北顾涕交流！"稼轩这里用"北顾"，指此而又双关亭名，讽词见意。

然而，词人表面一片话都是在咏怀往古、凭吊南朝，实际他的目光所注却完全是当前的国事。稼轩始来京口之年，四月间宋边兵数入金境，六月诏诸军密为行军之计，已准备北伐，七月即以力主此计的韩侂胄为平章军国事（官职名），位在丞相之上，独揽军政大权。但韩侂胄的北伐动机更多是

千秋一寸心：周汝昌讲唐诗宋词

为他个人打算的。杀敌救国，是稼轩平生志愿，他绝不会反对，可是与金作战却要冷静估计，充分准备，而不是草率盲目、凭意气之勇而能就事的，因此他力陈"应变之计"，主张将此事委寄于才干足以胜任的元老重臣，只有这样才可操胜算。他自己一到镇江任，就派侦探深入敌地，调查其军事一切详情，一面赶制戎装，招募壮士，充分准备，以待大举。

稼轩此际而登上形胜高楼，凭轩北望，不禁又想到四十三年前少年英雄的往事，这就是他写下"望中犹记，灯火扬州路"的缘故。四十三年以来，无日不在渴望出师灭虏，此时虽已六十六岁高龄，焉能因老病而稍减其壮志豪情？这就又是他接着写下"凭谁问，廉颇老矣，尚能饭否"的用意。廉颇是赵国名将，一生多遭谗废，及赵为秦欺，始思廉颇，遣人去探视他，看是否尚可为用。廉颇当使者之面，食饭斗米，肉十斤，被甲上马，以示不老。而赵使受贿，诬廉颇以"与臣顷之三遗矢（屎）矣"，终不得召还。稼轩用此自比，巧妙地流露了自己一生的遭遇，表示了自己迄无改易的大志。

此词写后二年，即开禧三年（1207），韩侂胄北伐的"事业"，果如稼轩所料，竟遭到同当年王玄谟一样的惨败，而韩侂胄的人头，也作为议和的条件交到了敌人面前！也正就是在这一年的秋天，六十八岁的伟大的爱国词人辛稼轩，满怀愤恨、大愿不酬、赍志而殁了！

综观本文所举的这三首追往叹今的词，虽然仅仅三首，也无异是稼轩一生志业的一个缩影。我们透过这三首词，可以看到，稼轩的情怀，从始至终，是和南宋的存亡，和对入侵金人作斗争的大事紧密联系在一起的。他的词，抒写了他平生的报国志愿，洋溢着极为深厚的爱国热情。这种热情，使千百年下的读者仍然受到感动，受到激发、鼓舞和启迪。

【注】

①稼轩说"英雄无觅孙仲谋处"，用意并不仅仅在于追溯京口的建置人，这要参看他同时所写的另一首"登京口北固亭有怀"的《南乡子》：

> 何处望神州？满眼风光北固楼。千古兴亡多少事，悠悠。不尽长江滚滚流。　　年少万兜鍪，坐断东南战未休。天下英雄谁敌手？曹刘。生子当如孙仲谋！

《三国志》注说："曹公出濡须，……（孙）权以水军围取，得三千馀人。……公见舟船器仗，军伍整肃，喟然叹曰：'生子当如孙仲谋。刘景升儿子，若豚犬耳！'"稼轩正是借此慨叹南宋皇帝皆豚犬耳，安得有雄才大略如孙仲谋者乎。

摇断吟鞭碧玉梢

——说辛弃疾《鹧鸪天》

扑面征尘去路遥，香篝渐觉水沉销。山无重数周遭碧，花不知名分外娇。

人历历，马萧萧，旌旗又过小红桥。愁边剩有相思句，摇断吟鞭碧玉梢。

评论稼轩词的，往往爱引南宋末年刘克庄（后村）的话："公所作，大声鞺鞳，小声铿鍧，横绝六合，扫空万古，自有苍生以来所无。其浓纤绵密者亦不在小晏（晏几道）秦郎（秦观）之下。"而不知稼轩门人范开为《稼轩词》作序时早就说过：

> 世言稼轩居士辛公之词似东坡。非有意于学坡也；自其发于所蓄者言之，则不能不坡若也。……其间固有清而丽、婉而妩媚，此又坡词之所无，而公词之所独也。昔宋复古、张乖崖，方严劲正，而其词乃复有浓纤婉丽之语。岂铁石心肠者类皆如是耶？

可见当时人早已看到，稼轩作词，并非只是擅场于豪情壮语一种风格，实在还能写所谓"婉约"一派的作品。

不过，我们说"婉约"，是借用旧名词，却不可以拘执辞意，"死于句下"，认为稼轩既然能作"浓纤婉丽"之语，那一定也就是"滴粉搓酥""剪红刻翠"那一类东西。

试读稼轩的这首《鹧鸪天》（东阳道中），全写征途行旅之思。笔下的四围山色，遍野花光，以及彩旗红桥、蹄声鞭影，都写得十分精炼而生色。这其间，写及情怀的，只有"相思"二字，轻轻一点，如此而已。

若是俗手，要写相思，一定就竭其所能在"相思"本身上来刻画，来纠缠，及其究竟，也不过是写得来一片的"嗐声叹气""愁眉泪眼"罢了，不会有多大意味可言。稼轩写相思，只用了一个衬托手法，即是，为相思之句而吟鞭摇断，然而这就写尽了吟者的情怀之深、构思之苦，更不必再赘一词。这是一点。其二，大意的读者可能只向一结两句上去着眼，而忘掉了一起两句。为了体会词人的意思和手法，这开头两句却是不应放过。香篝者何？熏衣之具也（竹编，可覆罩于炉火之上）。水沉者何？所燃之香也。"扑面征尘去路遥"，并不难懂；但是下面接以"香篝渐觉水沉销"者，却是何意？词人是说，行人在路上，征尘扑面，素衣化缁，而衣上馀香，也随着征途之渐远而渐减。换言之，在家时，临别时，闺人为之准备行装，衣有馀熏，而走上征途，却是满身尘土将衣香替尽。这才真正是稼轩用意刻画"相思"的笔法。

稼轩的"婉约"之作，可以由这个例子来体会。这种词代表了稼轩在这一方面的风格，使人读去，一点也不感觉浮浅滑腻，只觉十分朗爽清新，朗爽清新之中却又有深一层的内涵。

一部稼轩词，风格是多种多样的。其实，稼轩的更多的作品，是既不能用"豪放"来标示也不能用"婉约"来归类的。不妨另举一首《鹧鸪天》，恰巧也是行途"道中"之作（黄沙道中即事〔黄沙在江西上饶县西〕）：

> 句里春风正剪裁，溪山一片画图开。轻鸥自趁虚船去，荒犬还迎野妇回。　　松共竹，翠成堆，要擎残雪斗疏梅。乱鸦毕竟无才思（去声），时把琼瑶蹴下来！

词人在此为我们展开了一幅美的图画。这是一幅溪山景色，可是它不同于许多山水画家的作品，一味表现"世外"之境。这里除了溪山花木，还有动物，有人物。轻鸥之趁虚船，荒犬之迎野妇，是动态，也就是生机生趣，这就完全不同于那些"无复人间烟火"的境界了。

说"生趣"，好懂；说"生机"，是什么意思呢？莫非有些"玄虚""神秘"否？不，一点也不。单看这词开头第一句，就已把主旨标明了：句里春风正剪裁。"春风"二字是眼目。词人正在"剪裁"（构思、吟味、推敲）"春风"之句，恰好峰回路转，眼前一片溪山画境迎上来，展开去，正和词人心中的境界凑泊在一起。其时正是残冬已尽，春色将回，疏梅缀红，松竹增翠，而鸥鸟虚船，荒犬野妇，也已经度过严冬"闭塞"之期而开始活动。这一切，都是腊尽春回、阴极阳复的动象，词人所要"剪裁"的"春风"之句，也就是要为这一意思作出写照。这一切，不称之为"生机"，将称之为什么呢？所以，我们用此名词，毫无玄虚神秘之旨。

时当冬春之交，尚有残雪。词人写得好：松竹无花可与疏梅比美，可是它们却用枝叶"托"住了馀雪，来和梅花对映争辉。这种想象和表现，也是美妙得很。

有的读者看到这里，不禁点头赞同，说道："真是呢，怪不得稼轩到结尾时埋怨那些不懂事、煞风景的老鸦，好端端的却把松竹上的残雪给蹬下来，破坏了这种辉映，诚然是太无'才思'了！"

假如真有读者这样想，我却要"自矛攻盾"，说："不，不，不能这样看问题。这样看，纵使不是'死于句下'，也是'被作者瞒过'了。"何以故？因为，松竹栖鸦，为行人惊起，踏落琼瑶（雪），也正是一种动态和生机，也正是词人所要"剪裁"的"春风"的表现和暗示之一。词人这样写，并不是真有所不满于乱鸦。有了这样的一结，不但使全篇更活，更有意趣，而且也使他所要表现的那一内容和神情更加完整、更加精彩了。

说到这里，我们再把话归到"风格论"上去，就不妨向主张"豪放""婉约"派别的词论家请问：像稼轩这种写景抒情而见意的小令，到底算"豪放"之作呢，还是算"婉约"之词呢？可见这两个陈旧的概念，都不能范围稼轩的作品风格。要想用两个字来概括稼轩，事实上是办不到的。

在黄沙道中，稼轩又写下过一首《西江月》，这词是夜行时所作。其文云：

> 明月别枝惊鹊，清风半夜鸣蝉。稻花香里说丰年，听取蛙声一片。　　七八个星天外，两三点雨山前。旧时茅店社林边，路转溪桥忽见！

这首词是稼轩的名作。此作容容易易，明明白白，看去无甚"出色过人"之处。既如此，又何以得"名"？大约因为此词已经写到"真切"的境地了。真切的意义，是不事雕琢，有所体会。不雕琢，才真；有体会，才切。这就迥异于一般粉饰造作的词家。

但是，仅仅这样说，还不够，总要看他体会的是些什么思想，什么感情。篇幅所限，这里只就其一点略加解说。试看，词中所写，乃是旷野夏夜之景；虽是明月清风，却非一片沉寂；其间，鹊因月明而惊醒，移栖别枝，蝉以风清而意适，吟声未断。这仍旧是像我上文所指，静中含有动态，含有生趣。而更值得注意的，尤在"稻花香里说丰年，听取蛙声一片"两句。江南水乡，稻花已秀，水田中无数蛙声，联成一片，如吠如沸。凡是经历过这种情景的，一定能领略稼轩之笔，不但传景，而且传神，使人如耳边听到那种大夏之夜的静中之喧声，鼻端闻到那种大夏之夜的热中之清气。而这一片热闹喧哗、滚滚鼎沸的蛙声，在词人感觉起来，却又不是无意义的吵闹，它们分明在讲话。它们在讲说什么？词人毫不含糊地告诉我们是：说丰年！

词人的话，最有"魔力"，一经他感染，我们读者也就真实同意：对，对！在广阔的良田美土上，风清月白的夏夜中，千顷稻花的香气里，那群蛙鼎沸的歌唱，不是在说丰年，是在说什么呢？

丰年，对南宋时代的人民来说，其重要不待絮絮词费。稼轩此时的喜悦，其实就是南宋广大人民的喜悦，其胸怀情感已不同于琐琐个人哀乐。于此，我们还不妨参看稼轩的另一首小令，"己酉山行，书所见"的《鹊桥仙》：

> 松冈避暑，茅檐避雨，闲去闲来几度。醉扶怪石看飞泉，又却是、前回醒处。　东家娶妇，西家归女，灯火门前笑语。酿成千顷稻花香，夜夜费、一天风露。

前首《西江月》作时，尚是夏季预兆丰年；此首《鹊桥仙》作时，已是秋天丰收落实，其同为道中所见夜景，则正复相同。人民获得有秋之年，于是乃能有婚嫁喜事，而灯火门前笑语，更一笔写尽了丰年之下人民乐生的意趣。然而大词人同时也必然是大思想家，稼轩面对种种景象，不禁推想开去：这丰年，是平白无故、轻松容易地就能得来的吗？恐怕不是的。他因此写下："酿成千顷稻花香，夜夜费、一天风露。"

稼轩只写出"一天风露"，好像他只指自然条件是致成丰年的唯一因素。不过在这里我就不必再说什么"死于句下"了，任何读者也能看到，词人所指，当然并不是如此简单。

从现代的科学眼光来看问题，稼轩对这一大事的分析和认识也许并不完全正确，可是谁也不能否认，稼轩为此大事用了心，走了脑子，作了探索。其思想感情，是博大的，为众人的，而不是渺小的，为个人一己的。我们于此或可明白，没有伟大的思想而成为伟大的词人，这是不可能的事情。

词这一文体，多为"花外尊前""歌儿酒使"所占断。开头以大力革新、以小令来写农村田野的，还要推东坡一手。稼轩于此有继承，有发展（同时范石湖亦然，此外诚不多见）。试再读一首《鹧鸪天》（游鹅湖醉书酒家壁）：

> 春入平原荠菜花，新耕雨后落群鸦。多情白髮
> 春无奈，晚日青帘酒易赊。　　闲意态，细生涯，

牛栏西畔有桑麻。青裙缟裤谁家女，去趁蚕生看外家。

又一首（鹅湖归，病起作）：

> 着意寻春懒便回，何如信步两三杯。山才好处行还倦，诗未成时雨早催。 携竹杖，更芒鞋，朱朱粉粉野蒿开。谁家寒食归宁女，笑语柔桑陌上来。

又一首（代人赋）：

> 陌上柔桑破嫩芽，东邻蚕种已生些。平冈细草鸣黄犊，斜日寒林点暮鸦。 山远近，路横斜，青旗沽酒有人家。城中桃李愁风雨，春在溪头荠菜花。

这种词，引用前人的旧话头来说，真是"虽不识字者亦知其可爱"。

至于"城中桃李愁风雨，春在溪头荠菜花"两句，包涵了深沉的哲理，表现了词人的感情爱憎，这就更是不待烦言而可解的了。

稼轩另有一首"博山道中即事"的《清平乐》，其词云：

> 柳边飞鞚，露湿征衣重。宿鹭窥沙孤影动，应

有鱼虾入梦。　　一川明月疏星，浣纱人影娉婷。笑背行人归去，门前稚子啼声。

又"博山道中书王氏壁"的《江神子》云：

> 一川松竹任横斜，有人家，被云遮。雪后疏梅，时见两三花。比着桃源溪上路，风景好，不争多。　　旗亭有酒径须赊，晚寒些，怎禁他。醉里匆匆，归骑（去声）自随车。白发苍颜吾老矣，只此地，是生涯。

这看起来，虽非一味闲适，也有消极避世的味道，然而又不尽然。他在"独宿博山王氏庵"的《清平乐》中就笔墨一换，写出了另一幅景象：

> 绕床饥鼠，蝙蝠翻灯舞。屋上松风吹急雨，破纸窗间自语。　　平生塞北江南，归来华发苍颜。布被秋宵梦觉，眼前万里江山！

在这种境界里，词人的身世之感，英雄的报国之志，便都在秋夜孤怀中一齐兜上心头。饥鼠饿蝠，破窗冷被，于稼轩眼中何有，其眼中所见者，乃是江南塞北的万里江山！

夫于是，或能证明我上面所说，只有有伟大思想的人，才能够成为伟大的词人，写出伟大的作品。卑琐之辈，在稼轩所处的境界中，岂非只能产生一些"愁眉泪眼""嗜声叹气"的文字，而"万里江山"之事几何能到其眼前心上哉。

开禧元年（1205），稼轩题京口郡治的"尘表亭"，有一首《生查子》，写道：

> 悠悠万世功，矻矻当年苦。鱼自入深渊，人自居平土。　　红日又西沉，白浪长东去。不是望金山，我自思量禹。

不计矻矻个人之苦，乃成悠悠万世之功。大禹一生胼手胝足，走遍九州，领导人民治平洪水，从此人民才永有安居之乐，其舍己为人的精神为何如乎？稼轩站在尘表亭上，所见者红日又是西沉，江流终古东逝，所想者却不是什么"尘表""天外"的出世之念，乃是缅怀大禹治水的伟业（南宋时代的"洪水"问题实际就是抗金保国的问题），则稼轩之精神又为何如！

"不是望金山，我自思量禹。"明白了这一层意思，然后再读稼轩的词作，则见其在在处处爱祖国、爱人民的精神之跃然纸上，也愈更能见其词笔之力透纸背。

菡萏香销翠叶残
——说李璟《浣溪沙》

菡萏香销翠叶残，西风愁起绿波间。还与韶光共憔悴，不堪看。

细雨梦回鸡塞远，小楼吹彻玉笙寒。多少泪珠无限恨，倚阑干。

南唐中主李璟，今存词曲仅得四篇，而以《浣溪沙》二首最为世人称赏。其词工致深婉，清丽天然，比之后主李煜，感情激荡奔放处不如，然刻意填词，亦无其信手率意之失。盖深得陆士衡"绮靡"二字之真谛。（"绮靡"者，六朝用语，以丝织品之精致细密喻拟诗歌之质之法。后世误解为"艳丽淫靡"俗义，失之千里矣！）

评赞此词者，首推王静安，以为世人徒赏"细雨"两句一联，而不知首句大有众芳芜秽、美人迟暮之感，故知解人已不易得，其言最为有识。传世名篇大抵于开端得神，笔致情境，并臻高绝；顾常人往往着眼于其组织工秀之字句间，而于神理高明，不能领会。李易安女词人，有起句云："红藕香残玉簟秋"，即从本篇学得，而已加之琢磨工夫，不无闺阁气息矣。若本篇，亦写闺中情愫，然而并无一毫脂粉气，所以为难到。

吾服王静安论此词独拈起拍二句，为有卓识，盖王氏具有很高的艺术审美能力。然而起拍二句，虽如王氏之言，若一深寻细按，则其神理关键，并不在首句而在次句。"西风愁起绿波间"，方是令人顿生众芳芜秽之感的真正源头。盖"风行水面"，池塘为得"风气之先"，西风一起，万籁知秋，而池上荷花，红裳褪减，翠盖离披，顿觉夏令之盛意佳情，至此一变，而凄然之感生焉。以此之故，词笔方出"愁起"二字，而上句之香销叶残之"销"字、"残"字，脉络悉通矣。

凋零离披，韶华憔悴，非复盛时容光焕发之境界。时光憔悴，人亦随之，着一"与"字、"共"字，于是荷也，人也，一时俱化而为一。若论笔力，又须体认端让"还与"第三句最为一篇之关纽，非具大神力，其笔不会如此运掉也！王静安先生于此则未有一言，或所措意因时因境而各有不同，原不必责贤者以备；但为学子计，则不容置而不论。以吾之见，本篇最重要的神理在于开端二句，而最重要的笔法则在紧承二句之第三句。

"不堪看"，谓憔悴之容，自己不欲看之，非指他人。"看"，平声，在诗词中"看"十之八九皆然，读口语去声者甚少。

过片一联，虽盛炙脍，实不待讲解，总写闺人念远之寂寞伤情。此一联见出中主之工致绮靡，过于后主。梦中远至朔方边塞，以觅所思之人，而细雨生寒，罗衾不暖，以至梦破神回，方觉鸡塞实在千里之外！一"远"字极精极细。独处小楼，欢日笙歌今已停歇，强以为遣，亦不成欢，笙簧寒涩，不复谐悦耳音。一"寒"字又精细之至。（盖古代吹笙，先暖其簧，其声方清悦也。）

至末句，方点出原是夜来梦远，晓起弄笙，俱无聊赖，出倚阑干，一观池台之景，方见西风愁起，荷翠离披，而人与韶光之憔悴，两不忍看矣！末三句是眼目，而非趁韵之常言。

此词神远而境清，思密而笔胜，了无后世习气，其为高品，固非虚誉。

胭脂泪留人醉

——说李煜《相见欢》

林花谢了春红，太匆匆。无奈朝来寒雨晚来风。

胭脂泪，留人醉，几时重？自是人生长恨水长东！

196

南唐后主的这种词，都是短幅的小令，况且明白如话，不待讲析，自然易晓。他所"依靠"的，不是粉饰装做，扭捏以为态，雕琢以为工，这些在他都无意为之；所凭的只是一片强烈直爽的情性。其笔亦天然流丽，如不用力，只是随手抒写。这些自属有目共见。但如以为他这"随手"就是任意"胡来"，文学创作都是以此为"擅场"，那自然也是一个笑话。即如首句，先出"林花"，全不晓毕竟何林何花；继而说是"谢了春红"，乃知是春林之红花，而此春林红花事，已经凋谢！可见这所谓"随手""直写"，正不啻书家之"一波三过折"，全任"天然"，"不加修饰"，就能成"文"吗？诚梦梦之言也。

且说以"春红"二字代花，即是修饰，即是艺术，天巧人工，总须"两赋而来"方可。此春红者，无待更言，乃是极美好可爱之名花无疑，可惜竟已凋零！凋零倘是时序推迁，自然衰谢，虽是可惜，毕竟理所当然，尚可开解；如今却是朝风暮雨，不断摧残之所致。名花之凋零，如美人之夭逝，其为可怜可痛，何止倍蓰！以此可知，"太匆匆"一句，叹息中着一"太"字；"风雨"一句，愤慨中着一"无奈"字，皆非普通字眼，质具千钧，情同一恸矣！若明此义，则上片三句，亦千回百转之情怀，又匪特一笔三过折也。讲说文学之事，切宜细心寻玩，方不致误认古人皆荒率浅薄之妄人，方能于人于己两有所益。

过片三字句三叠句，前二句换暗韵仄韵，后一句归原韵，别有风致。但"胭脂泪"三字，异样哀艳，尤宜着眼。于是我想到老杜的名句"林花著雨胭脂湿"，难道不是南唐

197

后主也熟读杜诗之证吗？后主分明从杜少陵的"林花"而来，而且因朝来寒"雨"竟使"胭脂"尽"湿"，其思路十分清楚；但是假若后主在过片竟也写下"胭脂湿"三个大字，便成了老大一个笨伯，鹦鹉学舌，有何意味？他毕竟是艺苑才人，他将杜句加以消化、提炼，只运化了三字而换了一个"泪"字来代"湿"，于是便青出于蓝，而大胜于蓝，便觉全幅因此一字而生色无限！王静安说后主是"乱头粗服"，意思是与那盛饰、严妆之流一比，纯属丽质天成之选。但他不思，"胭脂泪"三字，又岂是乱头而粗服可喻者乎？

"泪"字已是神奇，但"醉"也非趁韵谐音的妄下之字。此醉，非陶醉俗义，盖悲伤凄惜之甚，心如迷醉也。

末句略如上片歇拍长句，也是运用叠字衔联法，"朝来""晚来""长恨""长东"，前后呼应更增其异曲而同工之妙，即加倍具有强烈的感染力量。先师顾随先生论后主，以为"问君能有几多愁，恰似一江春水向东流"，其美中不足在"恰似"，盖明喻不如暗喻，一道破"如""似"，意味便浅。如先生言，则窃以为"自是人生长恨水长东"，恰好免去此一微疵，使尽泯"比喻"之迹，而笔致转高一层矣。学文者于此，宜自寻味。美意不留，芳华难驻，此恨无穷，而无情东逝之水，不舍昼夜，"淘尽"之悲，东坡亦云，只是表现之手法风格不同，非真有异也。

【附说】

南唐李后主的另一首《相见欢》："无言独上西楼，月如钩。寂寞梧桐深院锁清秋。……"也为人传诵。试读宋词人朱敦儒的一首同调词：

> 金陵城上西楼，倚清秋。万里夕阳垂地大江
> 流。　　中原乱，簪缨散，几时收？试倩悲风吹泪
> 过扬州。

我们立刻可以感到，宋词人是在接受了南唐词人的影响（熟诵于胸中口中）而又加以脱化而来，遂成为一种悲壮雄伟、苍凉激越的绝唱。把李后主的词看得一文不值、彻底"批判"的词论者，大概是永远不能理会文学史发展的脉络的，即就欣赏这个角度来说，那种"单打一"的思想方法也绝不能多给人以启牖沾溉，欣赏我国文学的左右逢源之乐，也就无从说起。因此，我深盼能出现一部新型的中国文学史，打破陈套，撇开那些死板一律的模式，真正给人以文学的史的知识和享受。

之三　为君持酒劝斜阳

轻送年华如羽

——说吴文英《喜迁莺·福山萧寺岁除》

江亭年暮。趁飞雁、又听数声柔
橹。蓝尾杯单，胶牙饧淡，重省旧
时羁旅。雪舞野梅篱落，寒拥渔家
门户。晚风峭，做初番花讯，春还
知否。

何处。围艳冶、红烛画堂，博簺
良宵午。谁念行人，愁先芳草，轻送
年华如羽。自剔短檠不睡，空索桃
符新句。便归好，料鹅黄，已染西池
千缕。

大年夜，家家团聚欢乐之时，也总有行人游子，飘泊他乡，凄凉旅舍，思前想后，忆昔感今，万端心绪。唐贤名句："乱山残雪夜，孤烛异乡人。"诵之令人为之黯然愁绝！在宋词中，举梦窗此阕，且看他如何着笔？

题目是"萧寺岁除"，却从"江亭"写起，江亭与萧寺无涉，是犹未入寺院寄顿之先的情景。其来也，是小舟入吴（福山在常熟境，古名覆釜山），所以有听橹之句。——摇橹的声响，咿咿哑哑，好似雁鸣，故以之互喻。如古人旧句"咿轧雁声哀"是也。

此下，未言弃舟入寺，是"暗渡"法，只说除夜独饮，还有一点儿糖物，便是度岁了。——这已是寺中之事，因为蓝尾（婪尾）酒即除夕之饮，家人聚酌，从年小者逆次而引杯，年最大者反居其末，故谓"婪尾"。这可证明：写此句，已是萧寺客房中了。

胶牙饧（胶读去声如"轿"，即粘固之义也），即麦芽糖，古代没有今日之"糖果"，只有这种民间自制的"土糖"，是过年的美食品。北京人叫它"关东糖"，天津人称之"大糖"，至今犹是过年的特色食品。（蓝尾酒、胶牙饧，用白香山诗也。）

其下，接言此种况味，并非今番初历，而是早就经过了——"重省"，即"回忆"，"省"音如"醒"。

然后，转笔换景，写那寺边景色，不独萧寺凄凉，抑且水村寂寞。然而寒冷之中，却已野梅萌动——梅是第一番"花信"，所谓"廿四番风"，吹开了二十四种名花，即三春芳意皆在了。雪舞寒拥，焉有春意？梅魂已醒，或许连春神也还不曾感知吧？

过片则在孤寂中想象家庭除夜之乐，绛蜡联辉。闺中儿女也在此时以"博"为戏（如掷骰子、玩骨牌……，形似"赌"，实家人戏乐也）。

然后笔又一转——她们定会想到天涯羁旅之人吧？"愁先芳草"者，暗用"春草年年绿，王孙归不归"的语意，翻进一层，说不待草绿方念人之未归，早已生愁了。年年不归，光阴如箭，轻轻断送了年华，岂不堪痛？

然后挽笔复归自身，此时情景——短檠正对红烛，其馀可推。桃符，至宋时已是春联之代称了，这写独身守岁，一无乐事，只好自撰春联好句以慰乡思。

末尾便出拟归之计，与"芳草"呼应。鹅黄千缕，谓故园春柳渐生新黄嫩绿也。

至此，一片愁思，稍稍振起，使人怀抱一为宽朗，而不徒悲叹之音、感伤之绪——此乃梦窗词之一大特点，其例举之难尽。

学梦窗词，要看他字字挺秀，笔笔递换，不平，不缓，不弱，不疲，不塌，不赘。其用笔选字，具有神力，而如只见他"华丽"与"晦涩"，则俗常陋评，误人甚矣。

老杜云："字向纸上皆轩昂。"梦窗似之。最难得也。

否，协韵，音如"府"。

残红几点明朝知在否

——说张扩《殢人娇》

深院海棠，谁倩春工染就？映窗，烂如锦绣。东君何意，便风狂雨骤？堪恨处，一枝未曾到手。

午日乍晴，匆匆命酒。犹及见，胭脂半透。残红几点，明朝知在否？问何似，去年看花时候？

海棠在千芳万艳中，其美独绝，已不知引动过几多诗家词客，锦心绣口，给以咏叹。今我独选此词，未经人顾者，未必不惹君疑着。此词确无奇特警动俗常耳目之处，也不雕镂刻画，只是随意写去，还似乎有些粗豪直率之感——然则选来讲它，毕竟所为何也？

吾人学文，大抵首先须措意于学那用笔。笔忌平，忌缓，忌散，忌塌。中华之文，凡入诵而能传者，未有犯此诸忌的例外。因此，特以这等小词入卷，借它"说法"，而初未计其是否脍炙的名篇、选本的共取者也。

上来四字，平平点题，一口"道破"——深院的海棠！既如此，且看他下面怎生运笔？哪料跟着就是一问，他问道：是谁这般神力，请来了春工大匠，用这般妙手染成的这样的美色？此花光彩照人，直映得满窗满户，灿烂如同锦绣？此一问，应贯到此句，都用"问号"才是。

彩丝织锦，彩线绣花，也是极美的典型代表了，然而这是人工。人工纵巧，终逊春工——盖春工者，天巧也，以人工"仿造"海棠花，能否乱真酷似？大约答句是"不行"，"不成"！市上卖假花（古谓象生花）的，可以从中去求取验证。

这，就是上来一问的主旨。——又哪料，紧跟着，又是一问！

词人问道：不知春之神是何肺肠？既造化出了如此美不可言的好花，却又立即施以狂风骤雨，加之摧残？真真令人难解。

这是千真万确的：我年年"试验"过的，凡海棠花，只要一开，正到好处时，必然是极坏的天气就来了！活像专与此花为仇作对！

此实为天地间一大恨事。但词人却说：所恨者是连一折枝也没得到。这听起来有点儿欠文雅吧？折损花枝，如今公园里常见，是最不道德、少教养的行为，怎么还要写入词里去？岂不应当大大地批评他一番？

原谅吧。大概这就是爱之极、恨之甚，无可如何之际的一种自悔的设想吧？其实，纵使真折得一枝，好似"到手"，那又何救于映窗照户的锦绣整体呢？这自然是经不住"科学逻辑"的推理反驳的。然而，词人痴语，大抵不属于"逻辑范畴"。

还好还好，谢天谢地——近午之时，那残暴的风雨竟然歇息了，天色展晴！大喜大喜。于是词人赶紧呼酒对花，想要追补挽救一下失花的憾怀。自然，可怜极了，只见剩下来的总共不过是残红数点了。

以上，笔已数转。到此句，似已词意俱尽。又谁料，那支笔又是一转——它倒挽全篇，真如"万牛回首丘山重"之力！——

他说：天幸。我的福命未至薄极，总算还赶上了这海棠含苞绽蕾的时刻！

你看，这是何等的神思与笔力？

然后，方可赏这"胭脂半透"四字。

单看（即孤立起来对待）这四个字，在诗词中也就十分之平常直白了，并无多少文采可言。但是奇怪得很：等到我们被他那支妙笔领到此处时，却实实觉得这四个字真是写尽了海棠之美！

他那笔似已转到无可转换处了——又谁料，妙笔如环，九曲再折，不但挽回到名花初放之时，而且追溯到去年赏花之际。他拿这来一比一问，其意何居？有人或许叹惜，他何以不作明言？去年何似？也只他知道，我们如何能晓？这又实在要成为一则疑案而引致争论了吧？

词人既无呆字死句，我等何必胶瑟而刻舟，也许他是说，去年看花何等赏心悦意；也许他是说，去年今岁，总难避这场恨事，正如东坡的诗句"年年欲惜春，春去不容惜。卧闻海棠花，泥污胭脂雪"吧？此恨年年而有，也即李后主所谓"胭脂泪，……几时重？自是人生长恨水长东"吧？

这一切，当随各人仁智，自为选择。但有一点须记：若真是简单易答的一个比较课题，那词人又何必设此一问呢？

此词无甚大惊人处，固不必张皇溢美；但其奇处，端在通篇是由几问联成，不啻小小《天问》也。观其用笔，句句转，层层换，而又前推逆挽，运掉连环，如不费力，岂非大是神通，大是本领？每见今之写文者，从头到尾，只会一支呆笔那么平拖、平拖下去，拖得人昏昏欲睡，而自以为"文"也，"文"也。中华之文，自有中华独擅的一种"文脉"，岂可昧而不知，徒令此脉自今断绝乎？

故此词虽小，亦不小也。

之四

一上高城万里愁

写意溅波传愁蹙岫

——说吴文英《探芳新·吴中元日承天寺游人》

九街头，正软尘润酥，雪消残溜。禊赏祇园，花艳云阴笼昼。层梯峭，空麝散，拥凌波，萦翠袖。叹年端，连环转，烂熳游人如绣。

肠断迴廊伫久，便写意溅波，传愁蹙岫。渐没飘鸿，空惹闲情春瘦。椒杯香乾醉醒，怕西窗，人散后。暮寒深，迟回处，自攀庭柳。

这是一首写逛庙的词，此种题意，很是罕见，而庙会游观，倒实在是华夏民间的文化生活的一个重要部分。逛庙者，是俗语。若说"上庙"，还是较为庄重的口吻，因为可以是为了礼佛进香，虔诚祈祷。说逛庙者，就连那点儿宗教味的信仰心也并不存有，而只是去看风光，逐热闹——就是群众性的一种娱乐活动方式而已。这，只要赏会一下本篇小词，就知而不疑了。

太平岁月，物阜年丰，人们有兴致，忙过年忙得手脚"朝天"，还要守岁熬夜，深宵不眠，可是天明大年初一，还无喘息之工，却又拥拥挤挤，联联贯贯，去逛庙了！此乃姑苏旧风。大家逛的那庙，叫作承天寺。此寺建自六朝梁代，已几易其名了，"承天"之称，始自宋朝——其先又叫能仁寺，是吴中有名的古刹，坐落郡署的西北。寺有高阁凌云，唐诗人刘禹锡曾登临赋诗，说一上此阁，方见吴郡之大！气象可想矣。

词人怎么写逛庙？他先从街景写起。

九街者，犹言条条街陌，到处皆然也。软尘，借用京华软红尘以渲染繁盛也。韩退之诗"天街小雨润如酥"，此借写吴中岁旦微雨，残雪已消，化为水溜也。此一片南国物候。禊赏，据《玉烛宝典》，元日至晦日士女湔裳度厄。故知词人正用此义，与三月上巳无涉。祇园，祇树给孤园，佛曾在此说法，故以喻佛寺之地。通篇写承天寺，只此二字，一点即足，更不多及，可证我上文所说"逛庙"之举全不在宗教迷信耳。是日，微雨初停，痴云未散，词句明白——但

209

那"花艳"者何也？正月初一，哪儿来的可以称艳之花？其意或在暗写如花的游女乎？

"层梯峭"一句即游人争登高阁的景色，凌波微步，翠袖红裳，则游女之盛已由暗喻转入明文了。于是感叹年华递转，冬尽春来，如环往复之无尽，而每逢此"端"（元日也），则必见此烂熳如绣的盛况，真令人暗生无限的思潮意绪。

至此，"游人"二字方见点睛——而亦即戛然乐止，已到上片歇拍处。此乃中调词曲两片分界之笔法规律。

上片写景毕，下片全归感怀情事。

词人面对如此锦绣之景观，不见几多喜慰之怀，却只觉肠断，何也？而且他不逐如云之善男信女，去蹈层梯，却独自一个在那迥廊间久立——久，久，不动，则又何也？盖正如辛稼轩之"众里寻他千百度"，心有所系，而"虽则如云，匪我思存"也。是以接下去两句，一篇警策，道是："写意溅波，传愁蹙岫。"此真梦窗独擅之字法句法，他家万万学之不到者也。

且道此两句毕竟说得甚底？写意，即表达心曲也，正如李后主诗云"春风传意水传愁"也。溅（平声）波，谓送目也。蹙岫，谓颦眉也。

这方是中华汉字文学中特有的文采。不悟文采为何事者，齐来着眼。

文采，非粉饰乔妆之谓。若差之毫厘，便难从千里外回到汉语文的妙境中来了。

可惜，可惜！迴廊久立的代价，只换来了这一刹那的目光互对，心波暗通，转眼之间，那人已远！所谓渐没于天际的飘鸿（亦从曹子建《洛神赋》"翩若惊鸿"化来），再不可觅。其人已不在"灯火阑珊处"，此情更难于稼轩也。剩下来的，只是一场春瘦！

试问：这"春瘦"二字，又如何"译成"白话？你有大才，不妨一试看。注家或引李义山诗中有"春来瘦"之语。然是否即梦窗之本意？恐怕还是不同吧？

以下"椒杯"，仍挽回到元旦饮椒花酒之故俗，又是点醒题目。梦窗曾云："东风临夜冷于秋。"则此元日之夜深，可想而知。一个"迟回"，一个"自攀"，写尽日间历遍繁盛而此际孤寂萧凉、怀人不寐的物境心境。

柳而下一"攀"字，唐诗固多，如温飞卿"赠远聊攀柳"等是也。然窃疑此与晋人桓大司马之攀条（柳也）陨涕之义有连，所谓"树犹如此，人何以堪"也。

"人散后"，正对"游人如绣"。于鹄诗"黄昏人散东风起"，盛况已终，乃觉风起——风固早在也。"自攀庭柳"，直承"迴廊伫久"——盖此庭者，犹似寺中庙院，而迟回正即伫久之另一措语也。

读词至此，方悟词人之笔妙，词人之情挚，而词人之心尤痴也。

梦窗另有《浣溪沙》，也题作"观吴人岁旦游承天"。其词云：

211

千盖笼花鬥胜春，东风无力埽香尘。尽沿高阁步红云。　　闲里暗牵经岁恨，街头多认旧年人。晚钟催散又黄昏。

两相对照，可悟繁简异同之间，笔趣各有所胜，而其情怀则始终如一也。

相失万重云

——说杜甫《孤雁》

孤雁不饮啄，飞鸣声念群。
谁怜一片影，相失万重云。
望尽似犹见，哀多如更闻。
野鸦无意绪，鸣噪自纷纷。

213

诗圣因见空中有一孤雁,感触良多,遂写下这首五律。杜老的五律数量最大,举不胜举,即就"咏物"一类而言,这首也未必为选家常取。然而我觉这首五言八句,最能令千载以下读者想见其为人,为之感动,为之痛惜,为之崇敬,为之向往。

在杜老笔下,写雁全不在皮毛"形象"上轻下一字,而只是一派空际传神。这孤雁不饮不食,只是飞鸣不已,而苦念其群侣。

孤雁之孤,不但飞禽中无有见怜者,即在大地之上,号称"感情动物"的人群之中,也难得有谁对它给以注视与同情。颔联全发此叹,而笔法上则是"流水对",即本是一句较长的语句,而在诗的形式上分为两句表达,并且能构成工致的对仗句法。一片影,万重云,相为比照,令人无限凄惶,回肠荡气。而一"怜"字,始入诗人自身;一"失"字,复由己身推向孤雁,辗转推求了去,这才铸成了这动人肺腑的十字两句一联。

然而,精彩犹不在此。下面颈联,又出警策。诗人为此孤雁,伫立痴望,极目追寻其一片远影,至于渐没渐杳,终于了不可复见——谁想在诗人的感觉上,却是还像能见其片影一般,并未全灭。而其声之哀,亦早随影没,不可复闻——但在诗人的感觉上,则又如同还是耳边尚有馀音!

何以如此,诗人解曰:只因孤雁之哀深,之情重,使我如此也。是否?是否?自然是不差的。但在吾人千载下读来时,则不独孤雁之哀深,之情重,实亦诗人之哀更深,情更重。的的确确,杜老的一副仁人的肺肠,崇高伟大精神境

界，偶缘孤雁入目萦怀，不禁彻底倾倒而令世人痛感其所以
公认为诗圣者，圣在何处也。

结末，更引人深入一层更大的叹慨：孤雁之孤，已是极
度可怜，然而若无群鸦乱噪，犹未尽显其高洁超尘之品格。
"无意绪"者何？非谓鸦之"情绪不佳"，乃是杜老狠批它
们的"好没意思"，"真是乏味，真是俗不可耐！"

野鸦群噪，所为何事？八成儿是为争巢夺食。鸦虽不
孤，何其鄙且卑哉！"纷纷"二字，慨叹万千！

李义山有一首七绝，写道是：

> 花明柳暗绕天愁，上尽重楼更上楼。
>
> 欲问孤鸿向何处，不知身世自悠悠。

其感慨亦极深切，然而若与杜比，风致加多，而微欠深挚厚
重，固不同矣。

乱入红楼低飞绿岸

二社良辰，千家庭院。翩翩又见新来燕。凤凰巢稳许为邻，潇湘烟暝来何晚？

乱入红楼，低飞绿岸。画梁时拂歌尘散。为谁归去为谁来？主人恩重珠帘卷。

　　欧公《破阵子》云："燕子来时新社，梨花落后清明。"古人以为燕子春社来，秋社去，故称社燕。二社者，春社、秋社也；然在本篇，实以春社为主眼。社日燕来，乃是一年芳春的真正开始，谓之良辰，的实不虚。蘅皋芳甸，春色还人（杜句："明年春色倍还人。"），烟景撩人，风光照眼。——此二社良辰之无限美好也。

　　然而，妙在下接对句：千家庭院。

　　问：此有何妙？答曰：不着此句，一片自然风物而已；着此一句，便见社也，燕也，良辰也，美景也，皆与人的生活息息相关，所谓天人之际，不在玄虚处，即此可参。有此"庭院"二字，立时生活气息盎然；再益"千家"二字，写出大地春回，无分远近，已仿佛东坡"浩荡"之感（坡句："一看郊原浩荡春！"），而非一人一处之事矣。

　　"翩翩"一句点题。此篇实咏新燕之作。"凤凰"一句为伴为辅，衬托之法。"潇湘"一句，回溯兼葭，背面傅粉法。是点题之后，笔致必须推宕，思路允待恢弘——不然即点题遂成"死"句矣。

　　暝，去声 mìng，不得错读平声（如冥）。烟暝，犹言暮霭苍茫，或江天雾重也。

　　上阕一停，补出相思之切，相念之深。

　　下阕挽回本题，正面抒写。"乱入红楼，低飞绿岸"，八个字写尽燕子神情意态。乱者何？犹今言"随便"是也。盖红楼为闺秀之居，非可擅入，而独轻燕翩然，无烦禁钥。此"乱"字，下得极新极奇，也极大胆。若比"城上风光莺语乱"之"乱"字，又别是一番境界。又有秦郎（少游）"乱

217

分春色到人家"之"乱"字,皆词人奇思妙手、化腐俗为新警之例,未易效颦也。

红楼,富家女之绣楼,唐人句中屡见,如王昌龄、如白居易、如李义山、如韦端己……而在宋词中,此句洵为首例,值得大书特书,表而出之。

"画梁"一句,转出又一层意思,语似旧而意实新。何者?自字面观之,写赏心乐事,筵宴笙歌也,而骨子里则盛衰聚散,时世推迁之感怀,黯然可会。盖"歌尘"虽二字,实用善歌之音能使屋梁尘动,而忽着一"散"字,则隐隐以梁尘之纷落而喻盛会之不常也。细味此句,真令人遽兴"王谢堂前"之叹,是可惊而非可乐也。

纵笔至此,词意已尽——且看如何作结?乃代燕而自拟,其意若曰:燕本情深而义重,而非去住无常之辈可比;其所以年年社社,来觅旧巢,只缘红楼恩意,不下珠帘,留待绿岸飞归、柳花欲暝之剪剪乌衣,感激此情,而不忍忘旧也。

读词至此,曲终奏雅,恻然可思。燕乎人乎?笔乎心乎?吾不知其辨焉。

南宋咏燕名作,是史达祖《双双燕》一篇,脍炙人口。他写得自是细腻风流,名句间出;但人多不知其构想之源,实自陈公。看他第一句便是"过春社了",其下写"帘幕",写"尘冷",写"贴地争飞",写"红楼归晚""柳昏花暝",铸语似新,而处处从陈公脱化而来,痕迹宛然可按。此其一。若取两作比并而观,则陈厚重而史清轻,虽未至于薄,已逊陈作之斤两多多矣。学词者往往竞尚新巧,而昧于厚薄醇醨之际，故辞意尖新，而味浅韵短，可悦初赏而不耐三复者，终非上乘。陈、史之分，或在是乎？

此词"新来燕""来何晚""为谁来"三用"来"字。虽宋初词笔高简，不计琐屑雕镂，毕竟小令中不宜多效。又疑千年传写，容有讹误，亦宜未可知也。

今试举吴文英、史达祖两家咏燕词，合看互参，亦赏音会意之一途，谈艺学文之多助也。

吴文英《双双燕》

小桃谢后，双双燕，飞来几家庭户。轻烟晓暝，湘水暮云遥度。帘外馀寒未卷，共斜入、红楼深处。相将占得雕梁，似约韶光留住。　　堪举。翩翩翠羽。杨柳岸，泥香半和梅雨。落花风软，戏蘸乱红飞舞。多少呢喃意绪。尽日向、流莺分诉。还过短墙，谁会万千言语？

史达祖《双双燕》

过春社了，度帘幕中间，去年尘冷。差池欲住，试入旧巢相并。还相雕梁藻井，又软语、商量不定。飘然快拂花梢，翠尾分开红影。　　芳径。芹泥雨润。爱贴地争飞，竞夸轻俊。红楼归晚，看足柳昏花暝。应是栖香正稳。便忘了、天涯芳讯。愁损翠黛双蛾，日日画栏独凭。

此二首，后者独享盛名，前者多见语及。盖轻巧之笔易识，喜者为多，而笔味之厚薄，知者稀也。至两家之暗承陈公，则更无人为之揭橥。侈言创新者，往往数典而忘祖，以为新者只是凭空而生，自天陡降，亦不学之过乎。

依旧竹声新月似当年
——说李煜《虞美人》

　　风回小院庭芜绿，柳眼春相续。凭栏半日独无言，依旧竹声新月似当年。

　　笙歌未散尊罍在，池面冰初解。烛明香暗画楼深，满鬓清霜残雪思难任。

南唐后主词，选者甚多，最为传诵的名作如《相见欢》《浪淘沙》等，几乎人人尽能上口。至于此篇，则在次一等，或选或遗，正在重视与忽视之间。词人的另一首《虞美人》，即"春花秋月何时了"，那脍炙流传，更不待言。我觉这一首同调之作，应当比并而观，方为真赏。大家喜诵那一首春花秋月，不过因它引吭高歌，流畅奔放，甚且有痛快淋漓之致，自易为所感染；像本篇这样的，便觉"逊色"。实则畅达而含蓄自浅，痛快而沉着少欠，渊醇严肃，还让斯文。

风回小院者何风？即"小楼昨夜"的东风是也，所以风一还归，庭芜转绿。芜者又何？草类植物也，有时自可包括丛生灌木，要是野生自茂之品，丛丛杂杂，而不可尽辨，故转有荒芜一义。春已归来，原是可喜之辰矣，而心头倍形寂寞，情见乎词，正此之谓。庭草回芳，是一层春光；柳眼继明，是进一层春光，故曰相续。当此之际，深院自锁芳春，西楼无言独上，凭栏而观，而思，久之，久之。乃觉竹之因风，龙吟细细；月之破暝，钩色纤纤，这一切一切，俱与当年无异。而有有异者在焉！此所以为异者又究为何物耶？难言，难言。不易言，不肯言，不必言，皆言之难也。故曰无言。无言者，非谓无人共语也。

若自表面而察之，有笙歌侍宴，有尊罍美酒，池塘漾碧，春水乍溶，为欢正多，胡不排遣。然而心境不同，凄然不乐，笙歌杯杓，皆无所为用。夜色已深，回望所在之小楼，一片宝炬流辉，名香蕴馥，而揽镜自照，已是鬓点清霜，头生残雪了，境随年换，心与时迁，倚阑久久而思者，至此倍难自胜矣。

此词沉痛而味厚，殊耐咀含。学文者细玩之，可以识多途，体深意，而不徒为叫嚣浮华之词所动，则有进于文艺之道。

思，必读"四（sì）"；任，必读"仁（rén）"。倘昧此理，音乐之美尽坏，责将谁负乎？

照花前后镜

——说温庭筠《菩萨蛮》

千秋一寸心：周汝昌讲唐诗宋词

小山重叠金明灭，鬓云欲度香腮雪。懒起画蛾眉，弄妆梳洗迟。

照花前后镜，花面交相映。新帖绣罗襦，双双金鹧鸪。

224

飞卿为晚唐诗人，而《菩萨蛮》十四首乃是词史上的一段丰碑，雍容绮绣，罕见同侪，影响后来，至为深远。盖曲子词本是民间俗唱与乐工俚曲，士大夫偶一拈弄，不过花间酒畔，信手消闲，不以正宗文学视之。至飞卿此等精撰，始有意与刻意为之，词之为体方得升格，文人精意，遂兼入填词，词与诗篇分庭抗礼，争华并秀。

本篇通体一气，精整无只字杂言，所写只是一件事，若为之拟一题目增入，便是"梳妆"二字。领会此二字，一切迎刃而解。而妆者，以眉为始；梳者，以鬓为主，故首句即写眉，次句即写鬓。

小山，眉妆之名目，晚唐五代，此样盛行，见于《海录碎事》，为"十眉"之一式。大约"眉山"一词，亦因此起。眉曰小山，也时时见于当时词中。如五代蜀秘书监毛熙震《女冠子》云："修娥慢脸（脸，古义，专指眼部），不语檀心一点（檀心，眉间额妆，双关语），小山妆。"正指小山眉而言。又如同时孙光宪《酒泉子》云："玉纤（手也）淡拂眉山小，镜中嗔共照。翠连娟，红缥缈，早妆时。"亦正写晨妆对镜画眉之情景。可知小山本谓淡扫蛾眉，实与韦庄《荷叶杯》所谓"一双愁黛远山眉"同义。

重，在诗词韵语中，往往读平声而义为去声，或者反是，全以音律上的得宜为定。此处声平而义去，方为识音。叠，相当于蹙眉之蹙字义，唐诗有"双蛾叠柳"之语，正此之谓。金，指唐时妇女眉际妆饰之"额黄"，故诗又有"八字宫眉捧额黄"之句，其良证也。

已将眉喻为山，再将鬓喻为云，再将腮喻为雪，是谓

225

文心脉络。盖晨间闺中待起，其眉蹙锁，而鬓已散乱，其披拂之鬒缕，掩于面际，故上则微掩眉端额黄，在隐现明灭之间；下则欲度腮香，——"度"实亦微掩之意。如此，山也，金也，云也，雪也，构为一幅春晓图画，十分别致。

上来两句所写，待起未起之情景也，故第三句紧接"懒起"。"起"字一逗，虽曰懒起，并非不起，是娇懒迟迟而起也。闺中晓起，必先梳妆，故"画蛾眉"三字一点题，正承"小山"而来。"弄妆"再点题，而"梳洗"二字又正承鬓云腮雪而来。其双管并下，脉络最清。然而中间又着一"迟"字，远与"懒"相为呼应，近与"弄"字互为注解。"弄"字最奇，因而是一篇眼目。一"迟"字，多少层次，多少时光，多少心绪，多少神情，俱被此包尽矣。

梳妆虽迟，终究须有完毕之日，故过片重开，即写梳妆已罢，最后以两镜前后对映而审看梳妆是否合乎标准。其前镜，妆台奁内之座镜也；其后镜，手中所持之柄镜也，俗呼"把儿镜"。所以照者，为看两鬓簪花是否妥恰，而两镜之交，套景重叠，花光之与人面，亦交互重叠，至于无数层次！以十个字写此难状之妙景，尽得神理，实为奇绝之笔。

词笔至此，写梳妆题目已尽其能事了，后面又忽有两句，又不知为何而设。新帖，新鲜之"花样子"也，剪纸为之，贴于绸帛之上，以为刺绣之蓝本。盖言梳妆既妥，遂开始一日之女红：刺绣罗襦。而此新样花帖，偏偏是一双一双的鹧鸪图纹。闺中之人，见此图纹，不禁有所感触。

讲词至此，本已完毕。若有人必定诘问：所感所触，与全篇何涉？岂非赘疣，而成蛇足乎？答曰：假使不有所感所触，则开头之山眉深蹙，梦起迟妆者，又与下文何涉？飞卿词极工于组织联络，回互呼应，于此一例，足以见之。

【附说】

旧解多以小山为"屏"，其实未允。此由一不知全词脉络，误以首句与下文无内在联系；二不知"小山"为眉样专词，误以为此乃"小山屏"之简化。又不知"叠"乃眉蹙之义，遂将"重叠"解为重重叠叠。然"小山屏"者，译为今言，谓"小小的山样屏风"也，故山屏即"屏山"，为连词，而"小"为状词；"小"可省减，而"山屏"不可割裂而止用"山"字。既以"小山"为屏，又以"金明灭"为日光照映不定之状，不但"屏""日"全无着落，章法脉络亦不可寻矣。

只是当时已惘然

——说李商隐《锦瑟》

千秋一寸心：周汝昌讲唐诗宋词

锦瑟无端五十弦①，一弦一柱思②华年。

庄生晓梦迷蝴蝶，望帝春心托杜鹃。

沧海月明珠有泪，蓝田日暖玉生烟。

此情可待成追忆，只是当时已惘然。

这首《锦瑟》，是李商隐的代表作，爱诗的无不乐道喜吟，堪称最享盛名；然而它又是最不易讲解的一篇难诗，自宋元以来，揣测纷纷，莫衷一是。

诗题"锦瑟"，是用了起句的头二个字。旧说中，原有认为这是咏物诗的，但近来注解家似乎都主张：这首诗与瑟事无关，实是一篇借瑟以隐题的"无题"之作。我以为，它确是不同于一般咏物体，可也并非只是单纯"截取首二字"以发端比兴而与字面毫无交涉的无题诗。它所写的情事分明是与瑟相关的。

起联两句，从来的注家也多有误会，以为据此可以判明此篇作时，诗人已"行年五十"，或"年近五十"，故尔云云。其实不然。"无端"，犹言"没来由地""平白无故地"，此诗人之痴语也。锦瑟本来就有那么多条弦，这并无"不是"或"过错"，诗人却硬来埋怨它：锦瑟呀，你干什么要有这么多条弦？瑟，到底原有多少条弦，到李商隐时代又实有多少条弦，其实都不必"考证"，诗人不过借以遣词见意而已。据记载，古瑟五十弦，所以玉溪写瑟，常用"五十"之数，如"雨打湘灵五十弦"，"因令五十丝，中道分宫徵"，都可证明，此在诗人原无特殊用意。

"一弦一柱思华年"，关键在于"华年"二字。"一弦一柱"犹言一音一节。瑟具弦五十，音节最为繁富可知，其繁音促节，常令听者难以为怀。诗人绝没有让人去死抠"数字"的意思。他是说：聆锦瑟之繁弦，思华年之往事；音繁而绪乱，怅惘以难言。所设五十弦，正为"制造气氛"，以见往事之千重，情肠之九曲。要想欣赏玉溪此诗，先宜领会

229

斯旨，正不可胶柱而鼓瑟。宋词人贺铸说："锦瑟华年谁与度？"（《青玉案》）金诗人元好问说："佳人锦瑟怨华年！"（《论诗三十首》）华年，正今语所谓美丽的青春。玉溪此诗最要紧的"主眼"端在华年盛景，所以"行年五十"这才追忆"四十九年"之说，实在不过是一种迂见罢了。

起联用意既明，且看他下文如何承接。

额联的上句，用了《庄子》的一则寓言典故，说的是庄周梦见自己身化为蝶，栩栩然而飞……浑忘自家是"庄周"其人了；后来梦醒，自家仍然是庄周，不知蝴蝶已经何往。玉溪此句是写佳人锦瑟，一曲繁弦，惊醒了诗人的梦景，不复成寐。迷含迷失、离去、不至等义。试看他在《秋日晚思》中说："枕寒庄蝶去"，去即离、逝，亦即他所谓迷者是。晓梦蝴蝶，虽出庄生，但一经玉溪运用，已经不止是一个"栩栩然"的问题了，这里面隐约包涵着美好的情境，却又是虚缈的梦境。本联下句中的望帝，是传说中周朝末年蜀地的君主，名叫杜宇。后来禅位退隐，不幸国亡身死，死后魂化为鸟，暮春啼苦，至于口中流血，其声哀怨凄悲，动人心腑，名为杜鹃。杜宇啼春，这与锦瑟又有什么关联呢？原来，锦瑟繁弦，哀音怨曲，引起诗人无限的悲感、难言的冤愤，如闻杜鹃之凄音，送春归去。一个"托"字，不但写了杜宇之托春心于杜鹃，也写了佳人之托春心于锦瑟，手挥目送之间，花落水流之趣，诗人妙笔奇情，于此已然达到一个高潮。

看来，玉溪的"春心托杜鹃"，以冤禽托写恨怀，而"佳人锦瑟怨华年"提出一个"怨"字，正是恰得其真实。玉

230

溪之题咏锦瑟，非同一般闲情琐绪，其中自有一段奇情深恨在。

律诗一过颔联，"起""承"之后，已到"转"笔之时，笔到此间，大抵前面文情已然达到小小一顿之处，似结非结，含意待申。在此下面，点笔落墨，好像重新再"起"似的。其笔势或如奇峰突起，或如藕断丝连，或者推笔宕开，或者明缓暗紧……手法可以不尽相同，而神理脉络，是有转折而又始终贯注的。当此之际，玉溪就写出了"沧海月明珠有泪"这一名句来。

珠生于蚌，蚌在于海，每当月明宵静，蚌则向月张开，以养其珠，珠得月华，始极光莹……这是美好的民间传统之说。月本天上明珠，珠似水中明月；泪以珠喻，自古为然，鲛人泣泪，颗颗成珠，亦是海中的奇情异景。如此，皎月落于沧海之间，明珠浴于泪波之界，月也，珠也，泪也，三耶一耶？一化三耶？三即一耶？在诗人笔下，已然形成一个难以分辨的妙境。我们读唐人诗，一笔而能有如此丰富的内涵、奇丽的联想的，舍玉溪生实不多觏。

那么，海月、泪珠和锦瑟是否也有什么关联可以寻味呢？钱起的咏瑟名句不是早就说"二十五弦弹夜月，不胜清怨却飞来"吗？所以，瑟宜月夜，清怨尤深。如此，沧海月明之境，与瑟之关联，不是可以窥探的吗？

对于诗人玉溪来说，沧海月明这个境界，尤有特殊的深厚感情。有一次，他因病中未能躬与河东公的"乐营置酒"之会，就写出了"只将沧海月，高压赤城霞"的句子。如此看来，他对此境，一方面于其高旷皓净十分爱赏，一方面于

231

其凄寒孤寂又十分感伤：一种复杂的难言的怅惘之怀，溢于言表。

晚唐诗人司空图，引过比他早的戴叔伦的一段话："诗家美景，如蓝田日暖，良玉生烟，可望而不可置于眉睫之前也。"这里用来比喻的八个字，简直和此诗颈联下句的七个字一模一样，足见此一比喻，另有根源，可惜后来古籍失传，竟难重觅出处。今天解此句的，别无参考，引戴语作解说，是否贴切，亦难断言。晋代文学家陆机在他的《文赋》里有一联名句："石韫玉而山辉，水怀珠而川媚。"蓝田，山名，在今陕西蓝田东南，是有名的产玉之地。此山为日光煦照，蕴藏其中的玉气（古人认为宝物都有一种一般目力所不能见的光气），冉冉上腾，但美玉的精气远察如在，近视却无，所以可望而不可置诸眉睫之下，——这代表了一种异常美好的理想景色，然而它是不能把握和无法亲近的。玉溪此处，正是在"韫玉山辉，怀珠川媚"的启示和联想下，用"蓝田日暖"给上句"沧海月明"作出了对仗，造成了异样鲜明强烈的对比。而就字面讲，蓝田对沧海，也是非常工整的，因为沧字本义是青色。玉溪在词藻上的考究，也可以看出他的才华和功力。

颈联两句所表现的，是阴阳冷暖，美玉明珠，境界虽殊，而怅恨则一。诗人对于这一高洁的感情，是爱慕的，执着的，然而又是不敢亵渎、哀思叹惋的。

尾联拢束全篇，明白提出"此情"二字，与开端的"华年"相为呼应，笔势未尝闪遁。诗句是说：如此情怀，岂待今朝回忆始感无穷怅恨，即在当时早已是令人不胜惘惘了。

话是说的"岂待回忆",意思正在:那么今朝追忆,其为怅恨,又当如何! 诗人用两句话表出了几层曲折,而几层曲折又只是为了说明那种怅惘的苦痛心情。诗之所以为诗者在于此,玉溪诗之所以为玉溪诗者,尤在于此。

玉溪一生经历,有难言之痛,至苦之情,郁结中怀,发为诗句,幽伤要眇,往复低徊,感染于人者至深。他的一首送别诗中说:"庾信生多感,杨朱死有情。弦危中妇瑟,甲冷想夫筝!……"则筝瑟为曲,常系乎生死哀怨之深情苦意,可想而知。循此以求,我觉得如谓锦瑟之诗中有生离死别之恨,恐怕也不能说是全出臆断。

【注】

①一般说法,古瑟是五十条弦,后来的有二十五弦或十七弦等不同的瑟。

②柱,是调整弦的音调高低的"支柱",它把弦"架"住,却是可以移动的"活"柱,把它都用胶粘住了,瑟也就"死"了。有人把"柱"注成"系弦"的柱,误。"思"字应变读去声。律诗中不许有一连三个平声的出现。

233

之四 一上高城万里愁

233

咸阳古道音尘绝

——说佚名氏《忆秦娥》

　　箫声咽，秦娥梦断秦楼月。秦楼月，年年柳色，灞陵伤别。

　　乐游原上清秋色，咸阳古道音尘绝。音尘绝，西风残照，汉家陵阙。

这一篇千古绝唱，永远照耀着中华民族的吟坛声苑。打开一部词史，我们的诗心首先为它所震荡，为之沉思翘首，为之惊魂动魄。

然而，它只是一曲四十六字的小令。通篇亦无幽岩跨豹之奇情、碧海掣鲸之壮采，只见他寥寥数笔，微微唱叹，却不知是所因何故，竟会发生如此巨大的艺术力量！每一循吟，重深此感，以为这真是一个绝大的文学奇迹。含咀英华，揽结秀实，正宜潜心涵泳，用志覃研。

第一韵，三字短句。万籁俱寂，玉漏沉沉，忽有一缕箫声，来入耳际。那箫声，虽与笛韵同出瘦竹一枝，却与彼之嘹亮飘扬迥异其致，只闻幽幽咽咽（yè），轻绪柔丝，珠喉细语，无以过之，莫能名其美，无以传其境。复如曲折泉流，冰滩阻涩，断续不居，隐显多变，一个咽字，已传尽了这一枝箫的神韵。

第二韵，七字长句。秦娥者谁？犹燕姬赵女，越艳吴娃，人以地分也。必秦地之女流，可当此一娥字，易地易字，两失谐调，此又吾夏汉字组列规律法则之神奇，学者所当措意。

秦娥之居，自为秦楼，此何待言，翻成词废？盖以诗的"音组"以读之，必须是"秦娥——梦断——秦楼——月"，而自词章学之角度以求之，则分明又是"秦娥梦——秦楼月"，双行并举，中间特以一"断"字为之绾联，别成妙理。而必如是读，方觉两个秦字，重叠于唇齿之间（本音 cín，齿音，即剧曲中之"尖字"；读作 qín 者失其美矣），更呈异响。若昧乎此，即有出而责备古代词人：何用如此笨伯，而

235

重复一个"毫无必要"的"秦"字？轻薄为文，以哂作者，古今一慨，盖由不明曲词乃音学声家之事，倘假常人以"修改"之权，"润色"之职，势必挥大笔而涂去第二"秦"字，而浓墨书曰"秦娥梦断'高'楼月"了！

梦断者何？犹言梦醒，人而知之。但在此处，"断"字神情，与"醒"大异，与"梦回""梦觉""梦阑"亦总不相同。何者？醒也，回也，觉也，阑也，都是蘧蘧眠足，自然梦止，乃是最泛常、极普通的事情与语言。"断"即不然，分明有忽然惊觉、猝然张目之意态在焉。循是以言，"断"字乃非轻下。词人笔致，由选字之铮铮，知寄情之忐忑。

箫声幽咽之下，接以梦断，则梦为箫断耶？以事言，此为常理；以文言，斯即凡笔。如此解词，总是一层"逻辑"意障，横亘胸中，难得超脱。箫之与梦，关系自存，然未必如常情凡笔所推。吾人于此，宜知想象：当秦娥之梦，猝猝惊断，方其怅然追捕断梦之间，忽有灵箫，娓娓来耳根，两相激发，更助迷惘，似续断梦——适相会也，非相忤也。大诗人东坡不尝云乎："客有吹洞箫者，……其声呜呜然，如怨如慕，如泣如诉，馀音袅袅，不绝如缕。"此真不啻为吾人理解此篇的一个绝好注脚。四个"如"字，既得"咽"字之神，复传秦娥之心矣。

箫宜静夜，尤宜月夜。"二十四桥明月夜，玉人何处教吹箫？"言之最审。故当秦娥梦断，张目追寻，唯见满楼月色，皎然照人。而当此际，乃适逢吹箫人送来怨曲。其难为怀，为复何若！

236

箫声怨咽，已不堪闻，然尤不似素月凝霜，不堪多对。"寂寞起来搴绣幌，月明正在梨花上。"寂寞之怀，既激于怨箫，更愁于白月，于此，词人乃复再叠第三个"秦"字，而加重此一"秦楼月"之力量！练响凝辉，皆来传映秦娥心境。而由此三字叠句，遂又过入另一天地。

秦楼人月，相对不眠，月正凄迷，人犹怅惘，梦中之情，眼前之境，交相引惹。灞陵泣别，柳色青青，历岁经年，又逢此际。闺中少妇，本不知愁，一登翠楼，心惊碧柳，于是悔觅封侯，风烟万里，此时百感，齐上心头。可知箫也，梦也，月也，柳也，皆为此情而生，此境而设——四者一也。

春柳为送别之时，秋月乃望归之候。自春徂秋，已经几度；兹复清秋素节，更盼归期有讯。都人士女，每值重阳九日，登乐游原以为观赏。身在高原，四眺无际。向西一望，咸阳古道，直接长安，送客迎宾，车马络绎；此中宜有驿使，传递佳音？然而自晨及昏，了无影响，音尘断绝，延伫空劳，命局定矣，人未归也。

至"音尘绝"三字，直如雷霆震耸！"笔落惊风雨，诗成泣鬼神"，仿佛似之。音尘绝，心命绝，笔墨绝，而偏于此三字，重叠短句一韵，山崩而地坼，风变而日销。必具千钧力，发此三字声。

音尘已绝，早即知之，非独一日一时也，而年年柳色，夜夜月光，总来织梦；今日登原，再证此"绝"。行将离去，所获者何？立一向之西风，沐满川之落照，而入我目者，独有汉家陵阙，苍苍莽莽，巍然而在。当此之际，乃觉凝时空于一点，混悲欢于百端，由秦娥一人一时之情，骤然升华而为吾国千秋万古之心。盖自秦汉以逮隋唐，山河缔造，此地之崇陵，已非复帝王个人之葬所，乃民族全体之碑记也。良人不归，汉陵长在，词笔至此，箫也，梦也，月也，柳也，遂皆退居于次位，吾人所感，乃极阔大，极崇伟，极悲壮！四十六字小令之所以独冠词史、成为千古绝唱者在此，为一大文学奇迹者亦在此。

向来评此词者，谓为悲壮，是也。而又谓为衰飒，则非也。若衰飒矣，尚何悲壮之可云？二者不可混同。夫小令何以能悲壮？以其有伟大悲剧之质素在，唯伟大悲剧能唤起吾人之悲壮感、崇高感，而又包含人生哲理与命运感。见西风残照字样，即认定为衰飒，何其皮相？盖不识悲剧文学真谛之故。

论者又谓此词"破碎"，似"连缀"而成，一时乍见，竟莫知其意何居，云云。此则只见其笔笔变换，笔笔重起，遂生错觉，而不识其潜气内转，脉络井然。全篇两片，一春柔，一秋肃；一婉丽，一豪旷；一以"秦楼月"为眼，一以"音尘绝"为目，以"伤别"为关纽，以"灞陵伤别""汉家陵阙"家国之感为两处结穴。岂是破碎连缀之无章法、无意度之漫然闲笔乎？故学文第一不可见浅识陋。

此词句句自然，而字字锤炼，沉声切响，掷地俱作金石声。而抑扬顿挫，法度森然，无一字荒率空浮，无一处逞才使气。以是而言，设为太白之作，毋宁认是少陵之笔。其风格去五代花间已远，亦非乐工歌席诸曲之所能拟望，已开宋代词家格调矣。

凡填此词，上下片两煞拍四字句之首字，必用去声，方为合律，方能起调，如"汉"家、"灞"陵是，其声如巨石浑金，斤两奇重；一用平声，音乐之美全失。后世知此理者寥寥，学词不知审音，精彩迷其大半矣。

夕阳无限好

——说李商隐《乐游原》

向晚意不适，驱车登古原；
夕阳无限好，只是近黄昏。

玉溪诗人，另有一首七言绝句，写道是："万树鸣蝉隔断虹，乐游原上有西风。羲和自趁虞泉（渊）宿，不放斜阳更向东！"那也是登上古原，触景萦怀，抒写情志之作。看来，乐游原是他素所深喜、不时来赏之地。这一天的傍晚，不知由于何故，玉溪意绪不佳，难以排遣，他就又决意游观消散，命驾驱车，前往乐游原而去。

乐游原之名，我们并不陌生，原因之一是有一篇千古绝唱《忆秦娥》深深印在我们的"诗的摄相"宝库中，那就是："……乐游原上清秋节，咸阳古道音尘绝。音尘绝，西风残照，汉家陵阙。"玉溪恰恰也说是"乐游原上有西风"。何其若笙磬之同音也！那乐游原，创建于汉宣帝时，本是一处庙苑，应称"乐游苑"才是，只因地势轩敞，人们遂以"原"呼之了。此苑地处长安的东南方，一登古原，全城在览。

自古诗人词客，善感多思，而每当登高望远，送目临风，更易引动无穷的思绪：家国之悲，身世之感，古今之情，人天之思，往往错综交织，所怅万千，殆难名状。陈子昂一经登上幽州古台，便发出了"念天地之悠悠"的感叹，恐怕是最有代表性的例子了。如若罗列，那真是如同陆士衡所说"若中原之有菽"了吧。至于玉溪，又何莫不然。可是，这次他驱车登古原，却不是为了去寻求感慨，而是为了排遣他此际的"向晚意不适"的情怀。知此前提，则可知"夕阳"两句乃是他出游而得到的满足，至少是一种慰藉，这就和历来的纵目感怀之作是有所不同的了。所以他接着说的是：你看，这无边无际、灿烂辉煌、把大地照耀得如同黄金世界的斜阳，才是真的伟大的美，而这种美，是以将近黄昏这一时刻尤为令人惊叹和陶醉！

我想不出哪一首诗也有此境界。或者，东坡的"曲栏幽榭终寒窘，一看郊原浩荡春"庶乎有神似之处吧？

可惜，玉溪此诗却久被前人误解，他们把"只是"解成了后世的"只不过""但是"之义，以为玉溪是感伤哀叹，好景无多，是一种"没落消极的心境的反映"，云云。殊不知，古代"只是"，原无此义，它本来写作"祇是"，意即"止是""仅是"，因而乃有"就是""正是"之意了。别家之例，且置不举，单是玉溪自己，就有好例，他在《锦瑟》篇中写道："此情可待（义即何待）成追忆，只是当时已惘然！"其意正谓：就是（正是）在那当时之下，已然是怅惘难名了。有将这个"只是当时"解为"即使是在当时"的，此乃成为假设语词了，而"只是"是从无此义的，恐难相混。

细味"万树鸣蝉隔断虹"，既有断虹见于碧树鸣蝉之外，则当是雨霁新晴的景色。玉溪固曾有言曰："天意怜幽草，人间重晚晴。"大约此二语乃玉溪一生心境之写照，故屡于登高怀远之际，情见乎词。那另一次在乐游原上感而赋诗，指羲和日驭而表达了感逝波、惜景光，绿鬓不居、朱颜难再之情，这正是诗人的一腔热爱生活、执着人间，坚持理想而心光不灭的一种深情苦志。若将这种情怀意绪，只简单地理解为是他一味嗟老伤穷、残光末路的作品，未知其果能获玉溪之诗心句意乎。毫厘易失，而赏析难公，事所常有，焉敢固必。愿共探讨，以期近是。

隔叶黄鹂空好音

——说杜甫《蜀相》

　　杜少陵咏诸葛之作，集中屡见，若《武侯庙》，若《八阵图》，若《诸葛庙》，若《古柏行》，若《夔州歌十绝句》第九，若《咏怀古迹五首》第五，皆是也。诚如杜老自供："久游巴子国，屡入武侯祠。"夫蜀中祠庙，百姓千名，何独意屡属于一人？则国是日非，一腔忠愤，抚溪风而嗟汉祚，仰遗像而伫空山，先生抱负，概可知也。

　　虽然，老杜是题之作，固不可谓少；若持以相较，则《蜀相》一首，感人尤深。何则？上之所举，或短句，或长歌，或意未畅于篇中，或语已多于题外；雍容整肃，悲壮深沉，终推《蜀相》。托怀叙事，意备于两联；即景写心，神馀于四韵：评者有谓此真七律之正宗。"正宗"之事，非吾所知，谓为七律中十分完整十分精警之范例，或不夸也。

　　第一句，劈头即出"丞相祠堂"正题，单刀直入，开门见山，更不略作小家做作扭捏姿态；大题目，宜有大手笔。用"何处寻"三字领起"锦官城"，而只一"外"字架渡，已到灵山，情景跃然矣！

　　锦官城外，翠柏森森，夫此何处耶？不写丞相祠堂一字，而丞相祠堂如绘矣。或疑："柏森森"何其简率，倘非老杜偶然偷懒，于此顺手趁韵，得未经心乎？盖老杜者谁？能写木而道得"霜皮溜雨四十围，黛色参天二千尺"十四字

243

者也。夫十四字，可谓奇伟矣，壮丽矣。然此刻与"柏森森"三字作比，却觉张皇词费，固是诗题诗体不同，亦且此情此境各异。假使移十四字来此，纵使奇伟煞，壮丽煞，亦终无"森森"之境界，真切自然，直若凉飔振裾，黛色映面，使人飒然如临此深幽静肃也。

领联由柏而引到碧草映阶、黄鹂隔叶，所谓"承"也。颈联三顾、两朝，与草木、殿庭、禽鸟等似全不相接，所谓"转"也。盖直至转，而始正面写题。昔贤评诗，往往谓某段某句，将某人一生道尽，或抵得数百千言之传记云云。若此二句，诚可谓道尽武侯一生，而不愧于丰碑巨碣矣。倘求其伦，则"武侯庙"之"犹闻辞后主，不复卧南阳"，差足相敌；然而一为正笔赞铭，一为反笔唱叹，不独手法各殊，正自难易有别。及至"翊戴归先主，并吞更出师"，稍板矣；"三分割据纡筹策，万古云霄一羽毛"，稍泛矣：其为不逮，无俟烦言。

一结，亦正如一起，尽理竭情，更无讲求"不愁明月尽，自有夜珠来"之馀地，更无商量"有馀"与"不尽"之必要，盖此是何等情事而有赖乎"传神"与"远韵"乎？唯其情真志切，自深感慨，痛惜不尽，正不烦做作耳。"咏怀古迹"云："运移汉祚终难复，志决身歼军务劳。"与此相较，始为意尽于语，馀味盖稀矣。

至此，有致诘者曰：审如所说，头、尾、颈皆佳矣，然领联碧草黄鹂之谓何？观其映阶隔叶，虽是春色好音，究与诸葛无涉。咏蜀相而至此，若非赘疣，亦是败阙。顾不置一语以为贬，可谓公乎？

应之曰：唯唯，否否。吾等读诗，不可不属意上所举之六句，固矣。然若不能将此颔联二句加以体会，轻轻放过，纵非买椟还珠，亦成留花弃叶。何则？倘谓《蜀相》全篇之所以成其为诗者，亦即多赖此二句，亦不为过。莫止看他"祠堂""柏""阶""天下""老臣""身死""英雄"等字眼，若只是此等字眼，蜀相则处处斯在矣，然吾人何处更见他老杜踪迹耶？倘不见老杜踪迹，则"读其书，想见其为人"之谓何？然只缘有此"映阶碧草自春色，隔叶黄鹂空好音"十四个字，则亦如"空山精爽"之间，"遗庙丹青"之侧，活生生见这老头子负手仰头，低徊瞻顾于锦官城外之武侯祠矣！老杜怀此情，值此际，履此地，一颗寂寞心，满怀心腹事，俱为十四字说尽矣，使读者如置身武侯祠间与老杜共矣。夫空阶落寞，草色自春，而何关世事；密叶阴稠，鹂音空好，而讵解人怀。聆鸟鸣之更幽，睹池蒲之再绿，仰瞻庙貌，暗计兴亡，试问此时这老头子心内是何感触、是何滋味？末句云："长使英雄泪满襟。"且莫计较老杜"英雄"是否自己，单看他满襟之泪，倘无此十四个字在前面作用着，则泪来得岂不突然？来得岂不浮浅？老杜此处不写自己，不写孔明，而心与庙之间，事与情之际，尽于两句，传写诗人之心至矣尽矣！夫如此而谓此二句乃泛语充篇，为赘疣败阙，岂非既负古人，又负自己哉。《谒先主庙》云："竹送清溪月，苔移玉座春。"《诸葛庙》云："竹日斜虚寝，溪风满薄帷。"须知总是一般神情作用。学诗者不向此等处加以体会，轻轻放过，甚且以为是泛语充篇、赘疣败阙，岂亦所谓善学者乎？

又此种正大庄肃之诗，不用"东""冬""江""阳"响亮阔大之音，而独用"十三侵"，走颚穿鼻，呜咽如闻。古云："声音之道感人深矣。"如是，如是。"向来忧国泪，寂寞洒衣巾"，正老杜自为此诗此情下注脚也。

原诗见前文已引。

【小记】

本书所收有两篇同是说解杜甫《蜀相》一诗的文字。一题两作，原非有意如此；两作兼存，也不是敝帚难舍。盖其一篇作于五十年代中期，一篇则作于七十年代后半。两者相去二十馀年，前稿经过"浩劫"，觅之不可即得，而读《蜀相》感受之深，每每萦于心上，所以才提笔另写。这是"一题两作"的真正原由。如今编此小集时，无意中忽然检出前一旧稿。重阅之下，不禁感慨系之——当时我用那种文体、那种笔法、那种声调写这种文字，是找不着"知音编者"肯为刊布的。藏之敝箧，经历沧桑，幸而鼠牙蠹吻，都不曾将它作为"对象"。因思一题两作，两作兼存，自开新例，又有何不可？无论读者或我自己，都可以从中窥见二十年前后的见解和文字的异同之种种表现，也是不无意味可寻的。应该叙明原委，遂作"小记"。

乙丑孟冬

一上高城万里愁

——说许浑《咸阳城西楼晚眺》

一上高城万里愁，蒹葭杨柳似汀洲。

溪云初起日沉阁，山雨欲来风满楼。

鸟下绿芜秦苑夕，蝉鸣黄叶汉宫秋。

行人莫问当年事，故国东来渭水流。

这首诗题目有两种不同文字，今采此题，而弃"咸阳城东楼"的题法。何也？一是醒豁，二是合理。比如李德裕有《登崖州城作》，罗隐有《登夏州城楼》，有了一个"登"字，就一切明白了，再不致为后人误会是以"城楼"为题的"咏物诗"。然而，李义山也分明大书《安定城楼》一题，既不言登，也不说眺（此种例子不少，今特专举晚唐诗人也），作者、览者都认为题意自明，原不须像后来"试帖"诗家那等地拘墟小样。我因何又取这个啰嗦题呢？就只为那个"西"字更近乎情理，而且"晚眺"也是全诗一大关目。

提起义山的《安定城楼》，倒也有趣，那首诗，与许丁卯这篇，不但题似，而且体同（七律），韵同（尤部），这还不算，你再看那头两句怎么写的——

迢递高城百尺楼，绿杨枝外尽汀洲。

这实在是巧极了，就如同两人有个约会似的。最奇不过的是都用"高城"，都用杨柳，都用"汀洲"。

然而，一比之下，他们的笔调，他们的情怀，就不一样了。义山一个"迢递"，一个"百尺"，全在神超；而丁卯一个"一上"，一个"万里"，端推意远。神超多见风流，意远兼怀气势。

"一上"的"一"，和"万里"的"万"，本是两回事，并非"数字"的关系，但是我们汉字文学，特别是诗，离开汉字的特点特色，是根本无法理解，当然也无法讲解的。正如李义山的"相见时难别亦难"，两个"难"字，意思，用法，本不相同，却被诗人的巧思妙用联在一句之中，平添了无限的韵味。"一"上高城，就有"万"里之愁怀，也正是巧用了两个不同意义的数字而取得了艺术效果。这种妙趣，不要说译成外国文字，就是改成"白话"，那也"全完了"！

记得顾随先生在《苏辛词说》里讲一首登临眺望之作，说道：千古高人志士，定是登高望远不得；一登了望了，便引起无限感怀，满腔愁绪。（大意如此。随手行文，未能检引原书——那是用参采语录式的文体而讲说的。）此话当真不假。要在古代诗词中寻找例证，纵不汗牛充栋，怕也车载斗量。即如稼轩，不是就说"我来吊古，上危楼赢得，闲愁千斛"吗？虽说是"闲愁"（这听起来不太冠冕堂皇），却有千斛之多哪！词人岂好为夸大之语哉。

此理既明，则丁卯这诗的起句，就"有情可原"了。

辛稼轩千斛之愁，缘何而起？他自己上来就"交代"，很"坦白"："我这是来吊古"的。可以说，那是"时间"上的事情无疑了。丁卯此篇，吊古与否，须待"后文再表"，上来却是万里之愁，这应是"空间"上的事情才对。虽说是万里之遥，毕竟他也有个实指。其意中这是哪个范围？诗是活龙，你硬要打成死蛇看，未免太嫌呆相；然而诗人笔下分明逗露，并非讲者有意穿凿。你看李义山，他次句接写的是"绿杨枝外尽汀洲"，一个"尽"字，斑斑实景——据说安定泾洲东边果有一处名叫美女洲。既是实景，便为正笔，遂尔无多可说。若论许丁卯这句，他所紧接的却是"蒹葭杨柳似汀洲"，一个"似"字，早已分明道破，此处并无有什么真个的汀洲，不过是想象之间，似焉而已。既然似而非是，

249

为何又非要拟之为汀洲不可？须知诗人家在润州丹阳，他此刻登上咸阳城楼，举目一望，见秦中河湄风物，居然略类江南，于是笔锋一点，微微唱叹，万里之愁，正以乡思为始。盖蒹葭秋水，杨柳河桥，本皆与怀人伤别有连。愁怀无际，有由来矣。

以上单说句意。若从诗的韵调丰采而言，如彼一个起句之下，著此"蒹葭杨柳似汀洲"七个字，正是"无意气时添意气，不风流处也风流"。学诗之人，且宜体会。提笔作诗，处处是"意"，而不知有文采风流、高情远韵之事，那就只能始终是"意"而总非是诗了。再从笔法看，他起句将笔一纵，出口万里，随后立即将笔一收，回到目前。万里之遥，从何写起？一笔挽回，且写眼中所见，潇潇洒洒，全不滞呆，而笔中又自有万里在。仿批点家一句：此开合擒纵之法也。

话说诗人正在凭栏送目，远想慨然，也不知过了多久，忽见一片云生，暮色顿至；那一轮平西的红日，已然渐薄溪山，不一时，已经隐隐挨近西边的寺阁了。据诗人自己在句下注明："南近磻溪，西对慈福寺阁。"形势了然，却说云生日落，片刻之间，"天地异色"，那境界已然变了，谁知紧接一阵凉风，吹来城上，顿时吹得那城楼越发空空落落，萧然凛然。诗人凭着"生活经验"，知道这风是雨的先导，风已飒然，雨势迫在眉睫了。

景色迁动，心情变改，捕捉在那一联两句中，使后来的读者，都如身在楼城之上，风雨之间，遂为不朽之名作。何必崇高巨丽，要在写境传神。令人心折的是，他把

"云""日""雨""风"四个同性同类的"俗"字，连用在一处，而四者的关系是如此地清晰，如此地自然，如此地流动，却又颇极错综辉映之妙，令人并无一丝一毫的"合掌"之感，也并无组织经营、举鼎绝膑之态。名下无虚，岂傥幸邀誉哉。我说四个字的"关系"如彼，其清晰、自然而又流动，当然是指他写云起日沉、雨来风满，在"事实经过"上是一层推进一层，井然不紊。然而"艺术感觉"上，则又分明像是错错落落，参差有致，这不知是何缘故？岂即我个人的一种错觉乎？"沉"字，"满"字，着实斤两沉重，更加"日沉"舌，"风满"唇，音色各得其美。"起"之与"沉"，当句自为对比，而"满"之一字本身亦兼虚实之趣。曰"风满"，而实空无一物也；曰空空落落，而益显其愁之"满楼"也。

"日""风"两处，音调小拗，取其峭拔，此为常见之理趣，原不待多说；但今日年轻的学子，或有未明，还该略加申解。此一联，到第五个字上，上句当用平声字，它却是仄；下句当仄，它却是平——恰好掉反了。此盖律诗于精严不紊的音节规律中，偶于整齐中小加变化，且"风"既作平，适以兼救"来"字之孤平，变而非乱，规律益明，此之谓艺术——艺术岂有"乱来"就行的事情？

那么，风雨将至，"形势逼人"的情况下，诗人是"此境凛乎不可久留"，赶紧下楼匆匆回府了呢，还是怎么？看来，他未被天时之变"吓跑"，依然登临纵目，独倚危栏。

何以知之？你只看它两点自明。前一联，虽然写得声色如新，气势兼备，却要体味那个箭已在弦、"引而不发，跃

251

如也"的意趣。而下一联，鸟下平芜，蝉吟高树，其神情意态，何等自在悠闲，哪里是什么"暴风雨"的问题？

我意吾人读诗学句，不可一见"山雨"之二字，加上"来"之一字，即便"死于句下"。须看那诗人只说"欲"来，笔下精神，全在虚处，本来不是死语。假使山雨真个大降，而且还必定是"暴"，那下联当正面写雨，或"咏暴风雨"，我们大约应当看到天昏地暗呀、倾盆翻滚呀等等才是，如何还会只有什么鸟下绿芜、蝉鸣黄叶呢？

夫斜日云遮，危楼风急，以常理而推，地接溪山，可能雨即随之——此即不虚，然而，雨大雨小，雨久雨暂，谁又知之？甚至风势虽紧，云意未浓，数点沾洒之后，"人间重晚晴"，正恐不在情理之外。不然者，何以诗人置已"来"之"暴风雨"于鸟下蝉鸣之间乎？

以上纯为一己读时之感觉，未必即当。比如，云已乍起，雨即欲来，虽诗人不为境牵，依然屹立楼城，而虫鸟亦知天色之变，形势之迫，故一则不敢高翔，降于平地，一则风送声急，嘈嘈盈耳。凡此皆加一倍写风雨之势，非"悠闲"也。信如此解，则此全篇乃观察天时物象之作也，何以第七句能遽接"行人莫问"？夫秦苑之夕，汉宫之秋，此任何常时所能感者也，又何必定待疾风暴雨而后知乎？故我意此诗虽后来享名以颔联一句，当日诗人本旨实以颈联为重心。溪云山雨，阁日楼风，不过一时之暂，适逢其会，借为题目增一层色彩耳。

讲到此处，不禁想起，那不知名氏的一首千古绝唱《秦楼月》：

……乐游原上清秋节，咸阳古道音尘绝。音尘
绝，西风残照，汉家陵阙。

　　持此合看，虽然异曲难同，而其情景之间，岂无一点相通之
处？诗人许浑，也正是在西风残照里，因见汉阙秦陵之类而
引起了感怀。

　　咸阳本是秦汉两代的故都，旧时禁苑，当日深宫，而今
只一片绿芜遍地，黄叶满林，唯有虫鸟，不识兴亡，翻如凭
吊。"万里"之愁乎？"万古"之愁乎？

　　行人者谁？过客也。可泛指古往今来是处征人游子，当
然也可包括自家在内，但毕竟并非一己之情、个别之感。其
曰莫问，也请勿参死句，他正是欲问，要问，而且"问"了
多时了，正是说他所感者深矣！

　　"故国东来渭水流"，结束全篇，并不十分警策动人，却
也神完气足。吹毛求疵，颈联已嫌"合掌"（对仗太"工"
太板，而笔无跌宕之致）；此结句第四字"来"，与"山雨欲
来"句之第四字犯复。复犹可也，不合都用在同一个"第四
字"位置上，此真大病。

　　"故国"者何也？古都也；"东来"者何也？说者谓，咸
阳地枕渭水，渭水之流，自西而东也。是否？是否？

　　假如除此一解，实无别义可言，则其遣辞铸句，不已拙
乎？所以我也曾疑此"东来"字恐有千百年来传写之误，未
必即是诗人遂而失检一至于此耳。但另一合理之解应是：我
闻咸阳古地名城者久矣，今日东来，至此快览。而所见无

几，唯"西风吹渭水"，系人感慨矣。觉如此读去，文从字顺，于理最通。但问题是，许浑此次登上咸阳城，是否自咸阳以西之某地而到此者？这就牵涉到历史考证的事，非我辈空疏口议所能解纷了。

至于"山雨欲来风满楼"，为人传诵（甚至滥用得十分庸俗），固当击赏，却也不可忘掉它的上句"溪云初起日沉阁"；下句之好，全在上句辅成之，辉映之，而不是孤零零地"好"起来的。"蒹葭杨柳似汀洲"，也隐隐为下文的平芜高树牵引脉络。凡此细处，幸留意焉。

又不禁想起，词人柳三变，那一首千古绝唱《八声甘州》——

> 对潇潇暮雨洒江天，一番洗清秋。渐霜风凄紧，关河冷落，残照当楼。是处红衰绿减，冉冉物华休。唯有长江水，无语东流。……

你看他写得何等地苍凉激越，何等地警策动人！比较之下，笔力远胜许君。柳郎当日，也正是在暮雨潇潇、旋即复晴的情景下，"不忍登高临远，望故乡渺邈，归思（去声）难收"。但柳郎虽也触及了"时间"之感，其下半终归是停留在"空间问题"——"佳人凝望"上，却不像许君思绪由"万里"而转到"千年"。那么，这篇名作的价值，还在于它显示了一位诗人的感情在"时""空"两"间"的"交叉点"上的一种复杂的变化活动。

或者以为，此篇当有深意，盖许浑生当晚唐，预感唐朝局势也。诗无达诂，仁智之分所在恒有。陈子昂，一登上幽州台蓟北楼，就写下了前不见古人，后不见来者，以致天地悠悠之感，为之怆然涕下，那自然又是一番情景。然而陈乃初唐诗人，"文章高蹈"，他那又是"预感"的什么呢？

我在上文说，此诗结句，虽不见十分精彩，却也神完气足，如今还要略作补说。气足，不是气尽，当然也不是语尽意尽。此一句，正使全篇有"状难写之景，如在目前；含不尽之意，见于言外"的好处，确实它有悠悠不尽之味。"渭水"之"流"，自西而东也，空间也，其间则有城、楼、草、木、汀洲……；其所流者，自古及今也，时间也，其间则有起、沉、下、鸣、夕、秋……三字实结万里之愁、千载之思，而使后人读之不禁同起无穷之感。如此想来，那么诗人所说的"行人"，也正是空间的过客和时间的过客的统一体了。

莺语乱春拍岸

——说钱惟演《木兰花》

城上风光莺语乱，城下烟波春拍岸。绿杨芳草几时休，泪眼愁肠先已断。

情怀渐觉成衰晚，鸾镜朱颜惊暗换。昔年多病厌芳尊，今日芳尊唯恐浅。

钱惟演，词曲传世不多，以此首最为人所吟诵。《木兰花》即《玉楼春》，七言八句，整齐似诗，而韵律迥别。词笔大方流畅，如脱口而出，不假雕饰，也是宋词的早期风调。这不能不令人联想起南唐二主。惟演乃吴越王钱俶之子，入宋为节度使、枢密等官职，亦贵族显宦。然一读其词，便觉伤心人别有怀抱，南唐二主之后，接武者其在斯乎。

上来两句，神韵风流，可谓绝世。稍后宋祁"红杏尚书"，也曾写过一首《玉楼春》，开头便说："东城渐觉风光好，縠皱波纹迎客棹。"开笔便写风光，而皆以春波为眼目，何其相似乃尔。所不同者，钱公此处又有"莺语乱"三字，特为生色，莺簧自啭，春光最好，原不见得有甚稀奇，其下忽着一"乱"字，则妙处方显。着此"乱"字，呖呖圆声，错落交会，如在耳边。写莺而用"乱"，在早有"群莺乱飞"，两相比较，殊不逮钱公此"乱"大得神矣。若再与宋祁相较，则此"乱"字亦无逊于"红杏枝头春意闹"之"闹"字。斯皆吾华文字之奇致。如以常理推，"乱""闹"二字岂能状彼盎然春意？庸手强用，又岂能臻此美好的境界？不谓为文字之奇致，将谓之何哉？

两句以下，继以"绿杨芳草几时休"，又不为奇。盖写彼春光，谁个不会说绿杨，说芳草？然而末有"几时休"三字，便又不同一般。几时休，若解为无边无际，无穷无尽，便失词意。其意盖谓，方且无休——正是方兴未艾，未到春残景暮，众芳芜秽也。由此三字，方转出全篇一句最奇之语：泪眼愁肠先已断。解得"几时休"之原意，即解得"先

257

已断"之语味。词人是面对春光，当其美好，已为肠断。依此而言，方知上文以二主为比，犹觉鲁莽，盖中主必待"菡萏香销""西风愁起"，方感憔悴堪悲；后主必待"谢了春红"，方叹"匆匆"，无可复返之日——皆为浅人而短智矣。

在章法而讲，上来三句连写"正面"，第四句忽然一笔骤转，如万牛回首，如回戈挽日，其力何止千钧！谓之奇笔，岂虚誉哉。

过片以下，直抒胸臆，以情怀衰晚为眼目。鸾镜朱颜，又绝似后主之"只是朱颜改"。"芳尊"二句，笔又曲折。昔年犹顾多病伤身，今则并此亦不暇顾、不必顾。沉痛之心，出以雍容闲适之语，倍增其情痴一往之致。评家以为诗词有决绝语作结为特胜者，芳尊恐浅，亦决绝，亦柔婉，竟无以名之。

又不道流年暗中偷换
——说苏轼《洞仙歌》

　　冰肌玉骨，自清凉无汗。水殿风来暗香满。绣帘开，一点明月窥人，人未寝，欹枕钗横鬓乱。

　　起来携素手，庭户无声，时见疏星渡河汉。试问夜如何？夜已三更，金波淡，玉绳低转。但屈指西风几时来，又不道流年暗中偷换。

坡公的词，手笔的高超，情思的深婉，使人陶然心醉，使人渊然以思，爽然而又怅然，一时莫明其故安在。继而再思，始觉他于不知不觉中将一个人生的哲理问题，提到了你的面前，使你如梦之再再惊觉，如茗之永永回甘，真词家之圣手，文事之神工，他人总无此境。

即如此篇，其写作来由，老坡自家交代得清楚："仆七岁时见眉山老尼，姓朱，忘其名，年九十馀，自言：尝随其师入蜀主孟昶宫中。一日大热，蜀主与花蕊夫人夜起避暑摩诃池上，作一词。朱具能记之。今四十年，朱已死，人无知此词者。但记其首两句，暇日寻味，岂《洞仙歌令》乎，乃为足之。"这说明一个七岁的孩子，听了这样一段故事，竟是何等深刻地印在了他的心灵上，引起了何等的想象和神往，而四十年后（其时东坡当在谪居黄州），这位文学奇人不但想起了它，而且运用了天才的艺术本领，将只馀头两句的一首曲词，补成了完篇，而且补得是那样的超妙，所以要相信古人是有奇才和奇迹出现过的。显然，东坡并不可能"体验"蜀主与花蕊夫人那样的"生活"而后才来创作，但他却"进入了角色"，这种创造的动机和方法，似乎已然隐约地透露出"代言体"剧曲的胚胎酝酿。

冰肌玉骨，可与花容月貌为对，但实有高下之分、雅俗之别。盛夏之时，其人肌骨自凉，全无秽染之气，可想而得。以此之故，东坡乃即接曰：水殿风来暗香满。暗香者，何香？殿里焚焙之香？殿外莲荷之香？冰玉肌骨之人，既自清凉，应亦体自生香？一时俱难"分析"。即此一句，便见东坡文心笔力，何等不凡。学文之士，宜向此等处体会，方不致只看"热闹"耳。

以下写簾开，写月照，写攲枕，写钗鬓，须知总是为写大热二字，又不可为俗见所牵，去寻什么别的。自家将精神境界降低（或根本未曾能高），却说什么昶、蕊甚至坡公只一心在"男女"上摹写，岂不可悲哉！

上片全是交待"背景"。过片方写行止，写感受，写思索，写意境，写哲理。因大热人不能寐，及风来水殿，月到天中，再也不能闭置绣簾之内，于是起身而到中庭。以其无人，乃携手同行。所携者特曰素手，此本旧词，早见古诗，不足为奇，但东坡用来，正为蜀主原语呼应，其为冰玉生凉之手，又不待"刻画"，只一"素"字尽之。所以学文者若只以东坡"用传统词语"视之，便只得到"笺注家"能事，而失却艺术家心眼也。（所以好的笺注家须同时是艺术家，方可。）

既起之后，来至中庭，时已深宵，寂无人迹，阒无虫语，唯有微风时传暗香之夜气。仰而见月，由看月而又看银河天汉。盖时至六七月，河汉澄明，愈显清晰。银河亦如此寂静无哗，忽有疏星一点，掠过其间，似渡明波。此笔写得又何等超妙入神！不禁令人想起孟襄阳写出："微云淡河汉，疏雨滴梧桐。"当时一座叹为清绝！我则以为，东坡此一句，足抵孟公十字，不是秋夜之清绝，而是夏夜之静绝，大热中之静绝。写清绝之境不难，此境却实难落笔得神也。

"试问"一句，又从容传出二人携手大热中静玩夜空之景已久，已久。及闻已是三更，再观霄汉，果见澄辉皎魄，便觉减明；北斗玉绳，更垂低柄，真个宵深夜静，已到应该

261

归寝之时了。但是大热不随夜色而稍减，于是又不禁共语：什么时候才得夏尽秋来，暑氛退净呢！

以上一切，皆非老尼朱氏所能传述，全出坡公自家为他二人而设身，而处地，而如觉大热，而如见星河，而如闻共语……学词者，又必须领会：汉、淡、转三韵，连写天象，时光暗转，是何等谐婉悦人，而又何等如闻微叹！

东坡既叙二人之事毕，乃于收煞处，似代言，似自语，而感慨系之：当大热之际，人为思凉，谁不渴盼秋风早到，送爽驱炎？然而于此之间，谁又遑计夏逐年消，人随秋老乎？嗟嗟，人生不易，常是在现实缺陷中追求想象中的将来的美境；美境纵来，事亦随变；如此循环，永无止息。而流光不待，即在人的想望追求中而偷偷逝尽矣！当朱氏老尼追忆幼年之事，昶、蕊早已无存，而当东坡怀思制曲之时，老尼又复安在？当后人读坡词时，坡又何处？……是以东坡之意若曰：人宜把握现在。所以他写中秋词，也说"起舞弄清影，何似在人间""……此事古难全。但愿人长久，千里共婵娟"（此种例句，举之不尽）。故东坡一生经历，人事种种，使之深悲；而其学识质性，又使之达观乐道。读东坡词，常使人觉其悲欢交织、喜而又叹者，殆因上述缘故而然欤？

此义既明，强分"婉约""豪放"，而欲使东坡归于一隅，岂不徒劳而自缚哉！

风流儒雅亦吾师

——说杜甫《咏怀古迹》

摇落深知宋玉悲，风流儒雅亦吾师。
怅望千秋一洒泪，萧条异代不同时。
江山故宅空文藻，云雨荒台岂梦思。
最是楚宫俱泯灭，舟人指点到今疑。

诗圣老杜因过宋玉故宅而写下这首名篇，极耐咏味。请看他第一句便说深知宋玉的悲怀，的的确确，并无虚假。老杜生在唐时，对于一位先秦的赋家，如何便敢下"深知"二字？他有什么"理据"敢于这般自信？"轻薄为文哂未休"的评论家，说不定又要给他戴上一顶"唯心"高帽了吧？

笺注家认为，这要引宋玉的悲秋赋《九辩》，不是明明白白写着"悲哉秋之为气也，萧瑟兮草木摇落而变衰"吗？此即"理据"也。我说，别忘了更重要的事情：老杜亲经开元全盛，而遽遭乱离，漂泊西南，一身阻绝，值此深秋，满怀愁绪，所谓"不眠忧战伐，无力正乾坤"，天涯搔首，涕泗悲吟，所以是"老去悲秋强自宽"（《九日蓝田崔氏庄》），所以是"王师未报收东郡，城阙秋生画角哀"（《野老》），所以是"草木变衰行剑外，兵戈阻绝老江边"（《恨别》）……请你着眼：这儿点出了"草木变衰"四个大字，正是宋玉的那句警动心魂的"原文"，则可见老杜在乱离中每逢秋晚，必然有宋玉此语往来激荡于胸中——而这就是老杜敢下"深知"二字的真正"理据"。唯心云乎哉。

然后，这第二句，可就益发重要了。说得夸张点儿，也许真能透露一部中华文化史的精神命脉。

什么叫作风流儒雅？怎么下定义？见有一个"儒"字，不免有抓住它做文章的人，说无非是孔孟桃李门墙之下、樊篱之边的那一流人罢了。这倒有趣：宋玉的时代，就已将《论语》《孟子》定为必修课本了吗？老杜不至于那么糊涂。用俗言解之，大意即近于"有文化教养"，不粗不野，不愚不昧，有器宇风度之人。虽不中，当不远，我意不必死抠而蔓缠。倒是这"风流"二字，更要讲清——而更难讲清。

在此，不能端出一篇《风流考释》的大论文，不独体例难容，我也无此才力。我只想提醒你：李白说，"吾爱孟夫子，风流天下闻"；老杜说，"往来成二老，相对亦风流"；柳永说，"江山如画里，人物更风流"；东坡说，"大江东去，浪淘尽、千古风流人物"……凑泊起来，大约也可以恍然有悟，都是什么样的人才称得上这"风流"二字。枯槁迂腐，鄙陋庸俗，才智很差，语言乏味……这些"类型"的人，大约很难列入风流品目之内吧。

真正的传统的中华文化所孕育出来的文人、才士、诗客、艺家，都是具备着老杜所品评鉴定的四字特色的。

然而，老杜不敢径行以此自目自居。他只肯说：像宋玉这位风流儒雅之赋手才人，也是我所师法的前辈古人。

多么令人感动的语言啊。老杜的心灵与怀抱，于此而尽情说与世人知了。

只能有了这样头两句的"基础"，才会产生颔联接二句的沉痛呜咽之音。

千秋怅望，恨不同时，所思所慕者已往，杳不可接——此是千古仁人志士的一段大痛，也是炎黄后代延续中华文化的一种最强大的动力。清代宗室永忠因得读《石头记》而流泪感叹："可恨同时不相识，几回掩卷哭曹侯。"可为虽幸生同时而失之交臂的恨事作一佳例，但其实质，却是一个。永忠掩卷而哭芹，老杜怅望而泣玉，何也？爱之极，惜之极，复以一己之遭逢，体会才人之命厄，不禁为之一恸！老杜这洒泪，可不是轻易轻浮的一时激动，这泪的重量总括着一切中华才人志士的可贵与可痛。

宋玉风流，老杜儒雅，隔代相望，萧条相似。诗圣咏及北朝的庾信，也写道是"庾信平生最萧瑟，暮年诗赋动江关"。那萧瑟，亦即此萧条，不过因声律而小变平仄。这萧条，在老杜说来可是一个内容写不尽的两字词语，所谓"不堪人事日萧条"——如能领会此义，便悟何以老杜能从秋来草木摇落而深知宋玉之悲。是以欲为"深知"求"理据"者，仍须再向此等处自求心契。

此一联，文势行云流水，似不对仗而对仗，字字相敌，工致无比。此又是老杜擅场的诗法。

以上皆只属"咏怀"，以下方入"古迹"。

颈联文采益彰，情味转永。峡山长峙，江水自奔；故宅之迹尚存，文藻之灵不泯——而诗人忽于此处下一"空"字！此一字写尽宋玉，写尽中华才士。是以深为玉悲，亦为己悲——悲夫隔代相望，古有宋玉，今有自家，才智相侔，命途不异，而彼此不相及，故尔亦不相知。然则杜子美之文藻，异日空传，又岂有如我之于宋玉，虽不相及而幸相知者耶？嗟嗟，此所以为深悲大痛也。

云雨荒台，即因古迹而想及宋玉之《高唐赋》，所谓"旦为朝云，暮为行雨。朝朝暮暮，阳台之下（古音"虎"，协韵）"。此赋千古传流，脍炙人口，即宋玉之所以堪称风流儒雅之一端也。而老杜却说道：这难道是托于梦幻之辞吗？不，这是真实的。一"岂"字，极有意味，写出老杜本人确然也是一位风流儒雅之人，而绝不同于方巾气十足的道学家批判者——说宋玉那是一派胡云。此一"岂"字，极可宝贵，盖

千秋一寸心：周汝昌讲唐诗宋词

大诗人、大艺术家、大禅师之语言意旨，断不可以世间俗寻见解去解这一"岂"字（有人就解为"岂不是"，以为诗圣是"怀疑"宋玉的文赋云云）。

只此一联，"古迹"已然咏毕。

结末尾联，则是以为，宋玉所应对的那楚襄王的"故宅"宫室，却早已不复存其名与迹了，"泯灭"二字斤两甚重。我们莫把今人的"革命思想"加于千载以上的杜少陵，硬说他有"反对帝王"的意念！那无非是反历史的笑话罢了。但在此一具体诗例上来作具体赏析，那么确实老杜是把宋玉这位文家麟凤与楚王作出了一种客观对比。他仿佛指示给我们说：你看，宋玉故宅犹传，而楚王宫殿泯尽，《风赋》《九辩》《神女赋》《登徒子好色赋》这样宝贵的文藻犹然焜耀于人间，而楚王又给我们留下了什么呢？

自然，楚王到底留没留下什么？这问题应由历史学家、文化史家来回答。我们是读杜老的诗篇，就未必那么"宏通"了吧。

最末后，别忘了还有一个可爱的舟人，在为老杜指点江山古迹，与他共语。此一舟人，虽姓名不得而知，但经诗圣写入斯篇，也就足以随之而不朽——那是令人怀思的呢！

依约是湘灵

凤凰山下雨初晴，水风清，晚霞明。一朵芙蕖，开过尚盈盈。何处飞来双白鹭？如有意，慕娉婷。

忽闻江上弄哀筝，苦含情，遣谁听？烟敛云收，依约是湘灵。欲待曲终寻问取，人不见，数峰青。

山以凤凰名者，不一其地。且道东坡此词开拍即说凤凰山者，是哪里的风物？答曰：杭州西湖的凤凰山是也。何以知之？不见东坡自言"湖上"乎？湖者，西湖也。若还不信时，请看他同调之词，有一首起头也说"玉人家住凤凰山"，而词题中叙明："陈直方妾嵇，钱塘人也。"大约可以互证无疑。

此山也，伫秀于湖上江边，水云之境，所以坡云："玉人家住凤凰山，水云间，掩门关……"此山此水，已大是令人神往心依，而此时何时？偏偏又值"人间重晚晴"之千金时刻。时雨乍晴，微风徐至，何等境界？须看他只用得一个"清"字。雨霁天澄，馀霞散绮，又是何等境界？须看他也只用得一个"明"字。风得水而愈清，霞当晚而方明：一片空灵婉丽，令人读来，不禁心旷神怡，身魂超爽。然而若以为词人之意只在杭山范水，恰便是错了赏析的路头。且看当此之际，坡老又何所属意？难道就在这水秀山明之间，风清霞爽之下，便乐而不知其所之不成？

非也。坡老之心，在一朵芙蕖上，往来掂掇不已。

有人说，这东坡忒煞眼窄心小。谁个不知那湖上荷花之盛？所谓"接天荷叶无穷碧"，那荷花何止千朵万朵。如何不赏那万千，只见此一朵？答曰，词人不是统计师，何心于"全面"？千朵万朵之中，恰恰与此一朵相逢，方觉相逢不易。佛家谓之"有缘"是也。缘即是情，连释迦也怕桑下三宿。故坡老舍彼千朵万朵不著一语，而独对此朵细细端详。

当时他不看则已，一看时，方叹此花红处，已见离披。坡老当然不是杜牧之，然而于此也终究不免惘然。花乎人乎，各有其年华之盛时、容光之极致，盛时一过，容光减矣，岂不令人怅然而有所思乎。"石头"一"记"中，雪芹写宝玉，病起出门，见杏花之绿树成荫，不胜感慨，几何不与此同慨哉？

然而，坡老固是另有他自己的一番意思在。在他看来，如此好花，虽已开过，风韵未消，入目萦心，犹领略其盈盈之致。

盈，自然是韵脚字。然而坡老说是盈盈，便绝不可易。盈盈之美，已尽此花风度，更何用繁词加之"形容""刻画"乎？

才说盈盈，戛然便止。下面忽接一双白鹭飞来。此又何也？有人说是篇法至此，笔已当转。我说：非也。白鹭仍是接承，并非转换。只须看他紧跟"如有意，慕娉婷"两句，知他神识不远于花，便十分晓然了。

令人惊讶者，此一双白鹭，也不去赏那千朵万朵，也只来到此花之旁，徘徊瞻顾——岂不是留意于此花之盈盈不俗者，又何所为也？

有人说，此是东坡借他白鹭，加一倍写花之娉婷可念也。我说：极是，极是，可惜未尽其情。须看他白鹭何以定要是"双"，再重读词题，方解得词人意度。

过片忽然现出"忽闻"一句。一个"忽"字，立时将那山也水也，风也霞也，花也鹭也，一古脑儿推向一旁，隐向背后去了。不免令千古天下读词的人怪煞闷煞，说：东坡大师也，何以于词家章法了不知讲求？上片只说花，下片只说筝：好个两截的文章。我说：哪里，哪里。且须细心体会，莫轻下雌黄的好。

江上，如同湖上、海上、水上。上者何处？似分明，实不分明，弄，注家必曰"动词，弹奏也"。自然这不算错。然而坡词何以不说"奏哀筝"，也要细心体会。弄者，绝不同于一个死动词、宽泛语，不是毫无神情意味之可言的"字义"，而是一个活脱的"动作"和它的"效果"的传达表述。如不了然时，可以"参考"黄莺弄语、梅花三弄这些"弄"字的用法，然后大约不致再满足于一个"演奏"了。

哀筝者何？是筝音悲感启人哀思了？似亦不难理解。然而这样解词，总归似是而非，教人错会。不见古人所云"哀思豪竹"，又道是"叩之声如哀玉"乎？夫琼玉之声，清彻而悠扬，甚为悦耳怡神，何以为"哀"？弦索之曲万千，又何尝都是"悲音""丧乐"？由此可知，哀之与豪，原是说明吾华丝竹两大乐器分类所具有的鲜明的音质音色之特征异致：其一则婉转而幽深，其一则豪放而嘹亮；婉转而幽则启人之思怀，畅放而亮则舒人之意气。筝之为器，繁弦促节，吟柔抑咽，宛若莺簧。故坡老着一"弄"字，又着一"哀"字，非深于乐理者不能道。若一味向"悲哀""伤痛"上去理会，纵非南辕北辙，也是毫厘千里了也。

然后，只须看他"苦含情，遣谁听"两个小小迭音排韵句，要识坡老的精彩处，此等方是紧要之笔。

"苦"者又何也？莫非又是"悲苦""痛苦"之意？那是加一倍地非也。我意不知文言白话里何字何词能与这个"苦"相似相当？其意若曰：它是那等极度地执着地……如何如何。词人在此说的就是：这所闻的筝音弦语，竟是那样地充满了

271

深深的感情，动人心绪。但是，更要紧一句，却在下面接上一个"遣谁听"。至此，坡老之感触这才和盘托出，说向吾辈千载之下肯读坡词之人。

遣者何？约略有似今日之所谓"叫""让""给"也。筝音自好，却为谁弹？千古词心，在此一笔！念此筝人，不向那闹市广庭中去弹与众耳群座，何耶？独来江上，如浔阳夜月船上琵琶，岂尔心中意中另有其知音耶？或者无所见有知音而欲一求能赏者耶？抑或有意弹与吾辈之在此恰恰能闻者耶？嗟嗟，此所以词人为之往复寻求而不能已于怀，而又只以"遣谁听"三字尽之，三字而无异于百端交集也矣！

全篇临末，点出湘灵——须知这只是揣测之词，比拟之意，于"依约"二字可见。煞拍直用唐钱起《湘灵鼓瑟》诗意："曲终人不见，江上数峰青。"此人而能言之。于是笺家又有评论说道：试看东坡运古，何等大方，何等贴切……云云。余曰：倘如此赏析坡词，坡于何在？不如径去赏赞钱诗。盖坡老此际，全不是为了"用古"，只是为了"欲待问取"而不可得之惆怅耳。适于此时，哀筝送响，含情有意，如为余弹——谁耶？谁耶？人乎？仙乎？盖坡老以为求赏与能赏，艺家之大事，平生之至愿，皆在于斯。千载一逢，而不得执手相问，一道苦辛，岂非人间之至憾，而生灵之大痛哉？识得此意，则其能知坡老是用钱诗与彼全未能知者，诚非第一等要义矣。

至此，再说上下片"两截"的疑问。一朵芙蕖，已然开过，不胜其美人迟暮之感矣。而两白鹭，何其非"双"不可？岂非偶与苏子张公（张先，字子野，乌程〔今浙江吴兴〕

272

人，善诗词，时居杭州，坡公同他有诗酒唱和。此词为坡公通判杭州时作，确年无考）之同来巧合乎？而此两人闻筝，又岂非与两鹭慕花，有同等之感慨乎？何其相似乃尔！"两截"云乎哉。

当年杜陵叟，大笔如椽，不甚着意于桄写佳人，而出语曰："天寒翠袖薄，日暮倚修竹。"要识得此是何等胸怀意度，何等情操精神！诗人下笔，所怀万千，而神情意态、感触襟期，于十字两句尽之。坡老此处是一阕小曲，风格又自不同，然而两两相比而观，吾阅大诗人大词人之诗心词笔，岂不正是春花秋月，各极其致哉！

附

录

唐诗宋词的鉴赏

——在中国现代文学馆的讲座

我们今天是如此一个盛会，诸位来宾朋友，破费了假日宝贵的时间，坐在这里听我讲，我非常感谢。但是，我们今天定的这个题目，是"唐诗宋词的鉴赏"，这个题目不太好讲。如果让我讲《红楼》，我会心里有点儿谱。我说的都是老实话，不是客套，我能够讲到什么地步，能够使大家比较地满意，还不虚此行，我就太荣幸了。

我的本行，数十年来是弄诗词的，红学是我的业馀，带点玩儿票的性质，可是后来，涉足于红学后就不能够拔出脚来了，这是无可奈何的事情。我喜欢唐诗宋词，但是唐诗宋词讲起来是很困难的，我们首先要实事求是地认识这一点。这个困难存在几方面，比如说，你不但要有教材课本，甚至还要有一块黑板，你光听不行，遇见困难的、关键的地方，写一写，看一看，遇到是哪个字、什么词，就比较好办。现在完全凭我讲就受到限制。同时我是天津人，尽管我在北京住了几十年，我的天津口音还是很浓重的，诸位听起来可能也不大习惯。再一个困难也不是题外话，我们讲鉴赏，什么叫鉴赏？因为现在这个词通用了。自从上海辞书出版社开始编著了《唐诗鉴赏辞典》《宋词鉴赏辞典》，各类鉴赏集子就多得不得了。但是什么是真正的鉴赏？先说这个"鉴"字，什么叫"鉴"？我们要鉴赏唐诗宋词，首先要学会咬文嚼字。

276

书画、古玩、文物，是真是假，是好是坏，皆由学识渊博、经验丰富的鉴定家来鉴定，他们有如此的权威性。而我们对古人的唐诗宋词能够这样吗？太狂妄了！我们能懂几分呀？所以这个"鉴"字用起来，我觉得需要慎重一点。

【讲一讲"鉴"】

　　诸位不要忙着听我找一篇名作讲给大家听，那是一个很有限的小的形式。我今天讲的不是那个重点，我希望能够提出几点鉴赏当中需要注意的地方，请大家彼此交流、体会，这是我的目标，这一点请大家先给予理解。所以我认为，讲一讲"鉴"，也不是题外。

　　"鉴"字的本身为"监"，它的篆字非常有趣，如果从我这里说，左边一个大眼睛，像个新月形，当中有一个大圆圈，眼珠子；右边一个弯着腰的小胳膊，就是一个人的侧影，两笔就是一个人的侧影。我们的象形不是真的像标本画一样连细节都画出来，象形是我们汉字的一个创造，先民的智慧。底下一个盘子，盘子当中一个点，就是我们看见的那个对象：这个人弯着腰，瞪着一个大眼睛，看着盘子里他观察的这个对象，这就是鉴。这个字楷书化了以后，左边这个大眼睛，变成了君臣的臣，右边像个金字一撇一捺一个点，挪到上面来，底下是器皿的皿。今天通行的简体字，那个君臣的臣也不存在了，是两竖，您听听咱们这个汉字文化的这些变化。

　　我们今天讲的是唐诗宋词，一两千年的事情，你要我就

277

那么顺口说白话，实实在在我觉得不行，得打住。当中这个字、这个词，怎么回事？当时时代的风尚、生活习惯，一切一切，今天的人都不懂，我怎么办？我得打住，我对这个得先说几句话。

这个"監"字，最原始的意思就是细细审视，是动词，监视、监察、监管；加了"金"字旁成为"鑑"，是名词。古汉字的那个镜子，叫鑑、铜镜、明化镜、把儿镜，也是由这个"鑑"字发生的。风月宝鑑（鉴）嘛！盯着看着，诸多方面的这个意义，都由这个字发生。归到我们的主题，我们要对古人的诗词创作、好的名篇佳句，我们要鉴。我们读懂古人那个话了吗？古人那是说什么呀？一系列的问题。不是拿过一首诗，七言绝句："半亩方塘一鉴开，天光云影共徘徊。问渠那得清如许，为有源头活水来。"活，入声字，不要念huó，念huó就不好听了。就这么念这二十八个字，就叫鉴赏？孟子说过一句极其精彩的话，在我们中国文学史、文化史上必不可忘，他说："诵其诗，读其书，不知其人，可乎？"那行吗？不行，怎么办？孟子又说："是以论其世也。"所以，我们要论他那个世，他生活中的那个时代。这是我们先秦圣贤所说的话，对我们有启示。我们有一句成话，叫"知人论世"，就是把孟子这几句话浓缩简明而成的。这是我们汉字汉语最美的地方，大家要体会，我们那个汉字太可爱了，太宝贵了。

我们要真正读懂古人一篇作品，那需要我们很多先决条件，这是我今天首先要提出来和大家共同讨论的一个问题。中国向来有诗国之称，就是从上到下，古古今今，人人几乎都喜欢诗，甚至于作诗。世界上没有第二个国家的诗的普遍性、普及性有这么大，这是事实。但是我们中华诗是怎么产生的？我粗粗想来有三大方面：

第一，我们中华民族最高智慧创造了汉字语文，我们中华诗就是汉字文学，离开汉字，哪里还有中华诗词？汉字太美妙了，它是我们民族最高智慧的一个创造。一切鉴赏，各式各样的心得体会，正面的，反面的，都在汉字这个大根源那里发生、产生。

第二，我们中华民族的审美眼光与别人不同。他看宇宙、天地、山川、万物、草木，一切一切，有自己的审美观，别人看不出这里边的美，他看出来了，或者说，别人以为那样子美，他说，我们的美在这里。由于诗人他审美的眼、审美的心，才发生诗的。

第三，中华民族诗人的表现方式手法，极为独特。你有好的汉字，你有好的审美独特的眼光，你不会表达表现，能有好诗吗？那你写出来的是诗吗？能够打动我们的心灵吗？这样说起来，这第三点——表现才能，独特的表现手法，也极端重要。由这三大点组合起来，才构成了我们中华的高水平的极为美好的诗词。

由宏观来看，诗的发生、发展的历史，有几千年了，一直到今天，你们还不惜于宝贵时间坐在这里听我一个人来讲诗词，这不是偶然的。如果大家对于诗词不是真正的爱好，肯来吗？这是咱们大家的一个民族的大事情，我是这么看的，这么感受的。

宏观的说完了，应该说一说具体的。某一个诗人，他

279

是怎么样一个人？他作的诗是怎么一回事？什么叫诗人？诗人的定义是什么？会写诗，老式样的诗是五言七言，平平仄仄，新诗呢，是白话诗，自由体；我说的话都不连着，我把它一句一句排起来，我是诗人吗？诗人也太好当了！北大的一位老教授说过这么一句话，使我大为震动，他说他看完了《全唐诗》，里面只有一千多首是诗，其他那些不是诗。这话怎么讲？就是排列出来，句子整齐、压韵，这看起来像诗而不是诗，因为它里边没有那个质、那个素，而是采了诗这个形式来表达某些要说的话。这样看来，唐诗也不是每一首都好，确实是要鉴，那位老教授说的，就是从他鉴的、分析的看出来，有的根本不是诗。

　　唐诗我几乎没有很好地读过，但有两大盛名传遍世界的名家：唐代的白居易、宋代的陆放翁陆游，唯独这两位大家的全集，我耐着性子读，读得我昏昏欲睡。真正好的、能打动我的，确实很少很少。如果不承认这一点，就谈不到一个鉴字。这个鉴字是很实事求是、谨慎谦虚的鉴，而不是狂妄的，我们要培养自己一点真正辨别、审辨的能力。南宋大家杨万里的作诗理论，诸位听起来可能惊讶，他说：诗是文的一种，去文，把文去了才有诗，所以诗讲立意新。去意，把意去了才有真诗，诸如此类。去文！去理！去意！这样的才叫诗！我们怎么领会这位大诗人的用意啊？我们学古人的东西，不要死在他的句子下，你要活，你要体会他要说的是什么，你别跟他在字面上打架。他大概是说：真正的诗人，真正的诗，既不是要文字，也不是在那里跟你讲道理，也不是自己有那么一点意思，就把它用诗的形式写出来，统统不

千秋一寸心：周汝昌讲唐诗宋词

是，那都不是真诗。形式上写得像诗的，不一定是诗，会写这样的诗的人不一定就是真诗人。

【然后再谈"赏"】

什么是赏？——交流：古人的心和我的心碰在一起，有共同语言，有共同感情，还能够体贴，他是那么悲惨，我明白了，这才叫诗词的赏，赏心呀！你不要忘记我们汉语里的千百年来词句里的那个选词，那个含意，它不叫别的，叫赏心，是心的赏会，两者的交会、契合。作为真正的诗人，还有一个最重要的条件，我还是先说老词，诸位听起旧的老词来可能不太喜欢，没关系，我们有一个四字的成语，叫"多愁善感"。什么叫"多愁"？什么叫"善感"？这个"愁"当然包括忧患，我把它换一个字就明白了，就是"多情"。古诗词里的这个愁，时常就是情的代词，他不多情，他会用诗人的眼去看天地万物？去写诗？为这个，动心摇魄，呕心沥血，写出千古不朽的诗来吗？什么推动着他？推动他的就是那个情，多愁者就是多情。善感，是说他那个接受能力、感受能力特别强，敏感、敏锐，别人根本无动于衷，他受不了了。善感、多情这样的词句，如果你不喜欢，可以换成感情丰富。我们不要死于文字之下，要深入体会他那是说什么，有了培养自己的这个工夫，读古人的诗词，日益得到好的境界、好的体会、审美享受，否则的话，总是隔靴搔痒。什么叫多情？诗人在欧美有外号，叫疯子。说这个诗人的特性，跟那个疯狂已经接近了。我想也有道理。总之，他

附录

281

跟平常人不一样，性情乖僻，落落寡合，不合时宜，说的话、看的事，都跟世俗的意见不一样。但是不要歪曲，不要极端化，他也是一个人，他有人心、人的感情，不过特别强烈。说圣人贤人，不是诗人，他也多情善感吗？太多情、太善感了，如果不多情善感，他也做不了圣贤。我们可以举例子：孔子，有这么两句最简单的话，人人都知道："子在川上……"他在河上，川就是水，上，不是真正那个水之上，不是洋文的 over，是江上、湖上、海上，大多是说这个边。他看这个水，叹息道："逝者如斯夫，不舍昼夜。"水一直在流，白天它也不住，夜里它也在那里流。我们所有的一切流去的、逝去的，不就是这样吗？"逝者如斯夫"，不是个感叹词，他看见流水，说这样的话，是哲理的话？不，这是感情，他首先是感情，他动心了。

说到水和时光的关系，宋人有一句名言，可能是晏殊吧？他有两句说："可奈年光似水声，迢迢去不停。"他用可奈，无可奈何啊！迢迢是无穷无尽，这年光、这时间，像水一样，去不停，这还不就是孔子那句话"不舍昼夜"？我们一般人感觉到时间的消失，那得有声音吧？古人没有这个，他感觉时间的流失，就像江河一样，是水声，迢迢去不停。你看这有多可怕。我举这个例子是说，词人的感觉，对一个无形无止的、摸不着的时间，他是这么敏感。他拿水来比时间并不新鲜，而是他把声音挂上了。如果你的感觉能力、接受能力好，你就觉得词人告诉你：你听听，那个水在流呀，哗哗。这才叫诗，这才叫词。它不是说理，警告你：一寸光阴一寸金，寸金难买寸光阴。这是教导、教训，这不是诗。

这个分辨不是很清楚了吗？

孔子是个大艺术家、大音乐家。据说他的出身是个吹鼓手，大概距离事实不远。北大一个教授考证儒家，儒字本意是什么呢？是古代的艺术表演家。孔子的出身，是这么一个人，我想是有道理的，这不是侮辱圣人，也不是贬低圣人，是追寻一个了不起的人他的原始出身，也就是培养他成为一个圣人的那些历史、社会条件。我认为这都是应该做的学问，它给我们启发。《论语》里记录了孔子闻《韶》，在孔子时代大概会演奏的都不多了，有一次，他忽然听到《韶》演奏，听完了以后，回了家，三月不知肉味。这个韶乐，其美好是我们今天没法想象的。孔子都难得听一次。通过这个例子，你对孔子的认识是否加深了？圣人不多情吗？

再看唐代的大诗人，中国的诗圣，最伟大的杜子美杜少陵，人称杜甫，古人指称人的姓名是最狂妄、最无礼的，对某人稍微存在一点敬重之意，都要称他的字、表字，称他的号，称他的别的便称。你读读古代人的诗文、诗话、注解，永远是杜子美、杜工部、杜拾遗、杜少陵、杜老、老杜……今天则不然，看一部文学史，还有某些期刊，假如有一百篇文章研究杜甫，里边称呼杜甫的得有一千遍。一句话一个杜甫，杜甫在地下，肉身不安。因为古代这种称名是上边长辈用的。这都是中华文化的内容，要知道一点，不要那么轻薄。今天讲解杜甫的，就说伟大诗人反映了那个时代。我今天不来说这个，我接续我的主题，就是你认为杜甫是否也多愁善感呢？完全是。如果杜甫不多愁善感的话，他写不出那么好的诗来。你会问我：你举个例子，哪一个最多愁善感？

最好举的例子是他说了这么两句又简单又明了的话："一片花飞减却春，风飘万点正愁人。""一片花飞"是说这个春天万花齐放，是最好的时候，忽然有一个花片让风一吹飘落下来，这对诗人来说，不得了了，这一片一片的飘落，使得这个大诗人感情上都要震动，由这一片一片的飘落，开始了整个春天的从此一步一步消失，这样的感情，还不多情吗？一片飘落，他心里都动，现在这个"风飘万点正愁人"，他受不了了。多么深的感情！他不敏感，能够从一片一片落花开始落笔吗？这个开了后人很多继承、发展的门、窗、道路，它给人无限的营养。

这后面的例子太多了，连林黛玉的《葬花吟》也是由这而来："花落花飞花满天"，有的版本作"花落花飞飞满天"，那个"飞"，是从杜甫那儿来的。还有一个秦少游写的一句词，说"飞红万点愁如海"。"飞红""万点"，四个字整个儿是老杜的，"愁"，也是老杜的。"如海"是说我看见这万点飞红，我这个愁有多大呀！这又是词人的一个感受：愁如海。秦少游作词作得最美，我喜欢他的词。有一次我在北大讲《红楼梦》，有同学提问，说林黛玉的父亲叫林如海，这个"如海"怎么讲？是不是从秦少游"飞红万点愁如海"而来？你不要轻估今天的青年学生，第一，他读过秦观的词，第二，他能够联系。红学家还没有能够解释林如海的，好像旧式的评点里说过，如海是说他的学问博大，像海一样。不对了，这没有北大的同学高明。这个，说起来好像是说闲谈，有点趣味而已，不然！我希望诸位想一想，我们的诗歌里的薪火相传，前人给后人的影响，后人怎么运用变化，又造出这么多美好的句子，一直到曹雪芹那些句子里边，有很多都是从《西厢》那儿来的。

【还有一个字就是"悟"】

今天我们没有时间讲这些，我们鉴赏唐诗宋词，也应该包括这一方面。我们鉴赏古人诗词的时候，应该像一个电插销，左右逢源，一个感，感是受，光受不行，还有一个字就是"悟"，明白了它那是怎么回事。这样你鉴也好，赏也好，学也好，作也好，你对唐诗宋词的感情，认识理解，我想会一天比一天加深，而不是浮光掠影。

以下，也不妨举成篇的例子。刚才说，真正的诗人，看天地万物，他有独特的感受，不是指这个月亮在寒空当中高悬，特别明亮，那个境界，使人一看，想起很多事情来。古今咏月的诗，多得很了，只拿这个来证明我们中华民族看见月亮有他自己的审美感和艺术的联想，人人皆知的，大家管它叫神话了：说月中有广寒宫殿，有嫦娥，有桂树，有玉兔，这些东西，共同构成一幅很美丽的图画。传说中古代的那个后羿，他的妻子偷吃了长生不死之药，一直奔到月亮里去，变成了嫦娥。由此引出这么一篇文章来，这本身就说明中华民族是诗人的气质。为什么别的民族看见月亮引不出同样的美丽的神话，这原因何在？

说到这儿，我就想起若干年以前，在报上看见一段消息，说苏联的科学家正在考虑把月亮炸掉，因为地球自转的轴心斜着，是月亮吸引力造成的，四季太麻烦，把月亮炸掉，地球没有了斜度，就没有了四季，四季如春了。然后如果需要夜间照明，另造一个人造的月亮。并且这个消息还说，现在人类科技的能力完全可以把月亮炸掉。我看见这篇文章以后，就写了一篇小文发表我的感想，我说我完全相信有能力炸掉月亮，但过了若干世纪以后，大家看到咏月亮的这些好诗、好文、好境界，就想了：哎呀，真月亮多好呀！这个假月亮永远也发生不了那个境界的，你也不会想起广寒宫殿和美丽的嫦娥了。这就是我们中华民族的特点。所以唐诗宋词，不是个别的几个诗人的事情，是我们整个中华民族的事情，也就是整个民族文化的事情。这是我今天要强调的又一点。

　　昨天听一个朋友讲了这么一件事，说他认识了一个到中国来求学的韩国朋友，特别喜欢中华文化，就问他特别喜欢中国文化的什么。韩国人回答说诗词，并说在他看来诗词就是中华文化。听了这个话让我想了好久，为什么诗词就可以代表中华文化？恐怕有道理。就是说，语文审美里面包含着哲理思想，这个大结晶都融化在我们的诗词里，而这个诗词正是体现了中华文化。你看李义山李商隐，他看见月亮，说："嫦娥应悔偷灵药，碧海青天夜夜心。"他说这个嫦娥大概现在后悔偷了不死之药，跑到月亮里面去，多寂寞呀！碧海无边无沿，青天无边无沿，上下一个颜色，它是夜夜心，永恒的千千万万年的心的境界，是我们中华民族看见月亮那个心，月亮一个境界、他心里一个境界，产生这样一个美好的句子。

【一定要知人论世】

我刚才举孟子时说，你要诵其诗，读其书，一定要知人论世。西方有一种论调，说文学作品是私生子，没有父母。我体会，这个主张者，他的用意是很好的，很博大的，他是说一个真正有价值有意义的文学创作，它只属于全人类，而不是属于某一个人，所以你不必问张三是作者呀，李四是作者，那不就小了吗？那不就个人了吗？但是，我们的古人不这么想，跟他正针锋相对，知其人，要论其世，论世是指他为什么要写这一篇文章和这诗词。我们看文学史，首先要看他的时代背景，这个在我们看来不成问题。

我们讲辛稼轩辛弃疾，你不了解他，读他的词，很难得味。举一个最好讲的小令："少年不识愁滋味，爱上层楼。爱上层楼，为赋新词强说愁。"下半说："如今识尽愁滋味，欲说还休。欲说还休，却道天凉好个秋。"这个"说"不能念"说"，应念"烁"，是个入声字，你用仄声来念，音律美才能透出来。这里头包含着辛稼轩一生的巨大的感慨。辛稼轩少年的时候"壮岁旌旗拥万夫"，他带领着一大队人马，从北方金国硬是闯过江，回归到宋朝祖国。他抗了一辈子金，他的雄心壮志不下于岳爷爷岳飞，可是这个辛稼轩一生没能施展他的恢复山河的壮志。后来他被弄到了隆兴府，就是今天的南昌那里去做知府，一个小地方官。他表现出的一肚子感慨，不是个人的仇恨，你看看他的小令说的是什么呀？

古人一登楼就引起愁怀愁绪，这是一个普遍极了的主题。刚才说的李商隐李义山是最好的晚唐诗人，写了那么多美的诗。他有一首绝句，四七二十八个字："花明柳暗绕天愁"，柳暗花明，陆游陆放翁不是也引用了吗？"山重水复疑无路，柳暗花明又一村"，那个"柳暗花明"就是他学李义山的。"花明柳暗绕天愁"，这个巨大的愁，"上尽重城更上楼"，这一层眼界已经放宽了，看见这个柳暗花明，他还嫌不满足，还要吸取更大的愁，更上一层楼。仰天一看，见一只孤雁，"欲问孤鸿向何处"，为什么古人要把这个写入诗词？是有道理的：大雁是和书信、信息密切关联的，古人寄书信是拴在大雁的腿上，这就是信息、别离、怀念都在这只大雁上。李义山刚问完了孤鸿，然后他马上想："不知身世自悠悠"，我和它是一样的。当时的社会历史环境很不好，他是一人作嫁，给人家做幕客，满腹才华，无所事事，没有知音。孤鸿不知向何处归宿，而我，身世悠悠，跟它一模一样。这是真懂。我仅仅举这么一个例子。

为什么古人一登了楼，就发生这么巨大的感慨？我们讲诗词就是左右逢源，钩钩联联，这样可以启发鉴赏的兴趣和能力。初唐诗风巨变时，有一个陈子昂，他登幽州古台，写下这么几行诗句："前不见古人，后不见来者"，登高一望，仰视天，下视地，我们古代的六合，就是东西南北上下，六合同春，就是宇宙、时空，都包括在内。当时陈子昂是怎么一回事？他是一种什么感情？他觉得他小小的个人、自我，处于这个广大无边无际的时空当中，他万感齐生，独怆然而涕下。这大概就是人类有了心灵，看了这个大宇宙以后，这个小我，跟这个大，怎么去契合？我在哪里？人往哪归？我们中国的诗词，最高的境界就是这个。

【诗人多愁善感，其实就是体贴】

　　说诗人要多情，就是感情丰富。丰富的反面是什么？有一个成语叫"麻木不仁"。"麻木不仁"那个"仁"怎么写呢？那谁都知道：左边一个立人，右边两横，仁义道德的"仁"。你想过没有，怎么麻木跟这个仁义联系在一起？你想想这是什么道理、什么关系？仁就是孔子说的那个"仁"，儒学真正的核心之核心就是这个"仁"字。他用八个字解释这个"仁"字："己所不欲，勿施于人。"你不喜欢的东西、事物，不要加予别人。这两句话八个字其实就是一个"仁"字。己，八个字的开头；人，八个字的结尾。一个己，一个人，中国古来的圣贤主要考虑的就是这个。其实诗人考虑的也是这个。

　　己所不欲，勿施于人，换个名词，我可以用两个字——"体贴"来表现。设身处地，我如果是他，我又该怎么样？做人、人事、人缘、人事关系、人际关系、社会交往、家庭成员，无往而不发生这个问题，这是中华民族文化最伟大的精气神，灵魂之灵魂。诗人多愁善感，其实就是体贴。我今天讲了这么多，到这里画龙点睛，两个字——体贴。《红楼梦》中，贾宝玉最大的特点是体贴，替别人想。所以，警幻仙姑她说：你是在天分之中有一股真情来体贴别人……那不就是仁吗？汉字这个"仁"为什么两个人呢？这是人和人的关系：你、我、他，也包括物。

　　你说诗人、词人，他的本质到底是什么？多情，善感，真正的中心，他是一个仁人，是一个擅体贴之人，这样才是一个真正的诗人，不是舞文弄墨，凑几个美丽的词句。

289

【提问】

听众：请问周老先生，苏东坡之词，"十年生死两茫茫"创作的背景。

周：说老实话，我对这个主题没有真切的研究，但是我读了东坡这一首词，深受感动。这个说起来又简便又乏味，可是这是我的真实话。东坡这位大词人一生的创作只有这一首最悲痛，可是每一个主题都是千言万语的事情，我真不知道能够用什么样的简便语言回答。

东坡这位大词人有几篇有名的词，大家给他起了个名字，叫作豪放派，说这个人好像是太豁达，心胸广博，天地宽广，没仇没恨，什么事都看得开……哪里是这么回事！他是表达方式。我先不正面回答这个问题，我给你举个例子：

东坡在七岁的时候，听到一个九十多岁的老尼讲蜀主与花蕊夫人的故事。有一天夜里热极了，蜀主与花蕊夫人起来，作了一首词，只记得头两句。东坡听了这个故事，深刻地印在他的心灵上，四十年后，他运用天才的艺术本领，将只馀头两句的一首曲词补成了完篇，而且补得是那样的超妙。"冰肌玉骨，自清凉无汗"，他写这个花蕊夫人的本质的美、精气神，可是这个美人冰肌玉骨，她的本质是清凉的，没有汗。"水殿风来暗香满"，水殿盖在池子当中，风一吹，暗香来，微微地，似有如无的暗香来。这是什么香？是那美人身上发生的香？还是这个水殿里满池的红莲、荷花的香？还是宫殿里边焚烧的香？一时俱难"分析"。"绣簾开，一点明月窥人，人未寝，欹枕钗横鬓乱。"以下写簾开、写月照、写鼓枕、写钗鬓，总是为写大热二字。因大热天不能寐，及风来水殿，月到天中，再也不能闭置绣簾之内，于是起身来到中庭，仰头一看，那个月亮显得很小了，小得成了一点，好像是来看他们两人不眠的情景。"人未寝"，人没睡，人是谁？他不说。这个"人"字，在诗词里边的用法、作用特别有意思！"鼓枕钗横鬓乱"，鬓滚乱了，钗的位置也不正了，这就涉及古代妇女仪容：那头髪，那鬓，最要紧。你看那《红楼梦》里边，刘姥姥给贾宝玉讲故事，说乡村里有一个十六七岁的小姑娘，在夜里下雪天抽柴火，那小姑娘梳着油光的头，这是什么意思呢？就是头髪一丝也不能乱的。这些都是东坡的想象。上片全是交代"背景"，过片方写行止，写感受，写思索，写意境，写哲理。"起来携素手"，以其无人，乃携手同行，素手者就是我们民族描写古代妇女洁白的手。既起之后，来至中庭，时已深宵，寂无人迹，闻无虫鸟，唯有微风时传暗香之夜气。仰而见月，由看月而又看银河天汉，河汉亦愈显清晰。银河亦如此寂静无哗，时见流星一点，划过其间。"庭户无声"，宫殿庭院无声，寂静无声，写的是那个境界！"试问夜如何？夜已三更，金波淡"，金波是月亮，天要是越亮，月亮就越淡了。诗人最后似代言，似自语，而感慨系之："但屈指西风几时来，又不道流年暗中偷换。"当大热之际，谁不渴盼秋风早到，送爽驱炎？然而凉天一来，时间、年华已经偷偷过去了，即美境纵来，事亦随变。如此循环，永无止息。你说东坡是个豁达的人，什么也不计较、豪放？你看看他这感情，里面包含一层哲理。

"十年生死两茫茫"，是他挽吊他的结髪之妻。苏东坡因王安石变法，和他意见不合，苏东坡说，变法听起来好，底下一奉行，弊端百出，人民比没改革以前还苦，结果就得罪了宋神宗，一下子把他贬到南方去，而且是一贬再贬，最后贬到海南，那是生离死别呀！东坡作这首词的时候已经十年了，不知怎么一个背景机会，写了这首词，是他平生全部集子里最沉痛的、最感动人的。平平淡淡，朴朴素素，自然之极，没有任何修饰，那是真情的流露。"十年生死两茫茫"，生的和死的，谁都说不清是怎么回事，没法形容："不思量，自难忘"，忘，念 wāng，不念 wàng；"纵使相逢应不识，尘满面，鬓如霜"，不要说十年两茫茫，就是对面相逢也不认得了，为什么呢？十年前不这样啊！他现在看到的是什么呢？"明月夜，短松冈"，他看到这个景象，还豪放？还豁达？

听众：周先生，请您谈谈《红楼梦》中的诗词与唐诗宋词的关系和区别。

周：这个问题好像就是上次在本馆，有听众问过，我现在再重复一下，主要有两点：

第一点，《红楼梦》里的诗词和《三国演义》《西游记》这一类小说里边的诗词完全性质不同。《三国演义》里边的诗词是说明哪个故事情景，引了"古人有诗曰"，好像是胡曾的诗，一首七言绝句，就着这件事发挥读者的感想，这完全是读者反响而不是书里边的诗词；《西游记》这一类，又一个性质，它是从长安到西天取经，当中路上八十一难，这一难刚费了九牛二虎之力解决了，师徒四人骑上白龙马又往前走，抬头一看，这有一首诗，也许是四六句，什么样子的树林、什么样子的景，这个跟《三国演义》不同，它属于本文的组成部分，是起路程、时间的进展；《红楼梦》则完全不同，《红楼梦》的诗词除了很少数，几乎没有，都是书中角色的，是曹雪芹替书中的人物而代拟的诗词。这个性质十分之重要。在表面上看，他要模仿那些小姑娘、有高层教养的大家闺秀，她们都爱诗，组织结社，当时这个风气很盛。曹雪芹就替她们每人作，他要照顾不同人的性格。我要说的最重要的不在这儿，在那些诗里隐藏着更多一层的内容，永远是写这里，目的是写后文。

第二点，海棠结完社，史湘云和薛宝钗商量开诗社咏菊花，你是否认为这就是咏菊花？那还有什么意思？这十几首菊花诗是写后来贾宝玉和史湘云经过千难万苦，后来又重逢，结为夫妇。里边有很明显的几句话，你们回去再温习就明白了。

我用这么两点回答你这个问题，《红楼梦》里边的诗词是比组成部分还组成部分，不是可有可无的。曹雪芹代言，代那些角色说了至少两重的话——目前的、后来的。至于林黛玉的《葬花吟》和《秋窗风雨夕》《桃花行》这三首古体最精彩了。曹雪芹的才华在这三篇里边一步一步地流露，他是有意借这个机会露了一下。《葬花吟》名声最大，其实比不上后两首。《秋窗风雨夕》是仿唐初的《春江花月夜》，每个字都对应，秋窗对春江，风雨夕对花月夜。

我借这个机会说几句闲话。我们赏古人的诗词，主要的精神是学、佩服、赞叹，而不是挑毛病。要挑毛病，古人也不是每一个都是完美的、不可吹求的。我引两个例子，希望大家走走心：韩退之韩愈的最有名的五言诗，大家都记得，他说："李杜文章在，光焰万丈长。不知群儿愚，那用故谤伤。蚍蜉撼大树，可笑不自量。"可见在那个时候，连李、杜一流的，也有人说坏话。要不然的话，怎么引起韩愈这么大的愤慨？还有一个例子，就是杜甫的七言绝句，杜子美说："王杨卢骆当时体，轻薄为文哂未休。尔曹身与名俱灭，不废江河万古流。"王、杨、卢、骆为初唐四杰，王勃就是作《滕王阁序》的人，其中"落霞与孤鹜齐飞，秋水共长天一色"，为千古传诵。我想，那些嘲笑李、杜文章的和批评王、杨、卢、骆四杰的文章，今天还能读到吗？但是，那些不公平的鉴赏能够使得当时后世、千人万众都心服口服吗？一个杜子美，一个韩退之，写出这么两个例子，可见人情世态在唐代也如此，不是新鲜事，这个都值得我们做一番深长思。好了，我说的闲话太多了。谢谢！

（本文为作者二○○二年二月十七日，农历正月初六，在中国现代文学馆的讲座整理稿。周伦玲整理定稿）

千秋一寸心：周汝昌讲唐诗宋词

熏出一颗诗心

刘心武

古典诗词鉴赏类书籍不少，有以词典形式出现的，也有以一个诗人为对象的。周汝昌先生的《唐宋诗词鉴赏讲座》，从书名上看，似是一本配合唐宋诗史的注释选本，翻开细品，则发现并非循唐宋诗史脉络编就，而具有鲜明的个性化色彩。全书选讲了唐宋诗词计六十首（阕），不按作者生卒年及写作年代依次排列，亦不问其人其作在诗歌史上是否有"定评"，更不搞人选上、题材上的"平衡"，完全是依照周先生自己的兴趣感受。有话，则长短不拘，尽兴挥洒讲解；无话，则绝不因其"地位重要"而勉强发言。正因为是率性而出，肺腑之言，铭心之感，所以读来有棱有角，有香有色，有活泼之气，有独到之解。

诗词鉴赏，如只是逐句逐段逐阕地串讲其含义，最后归纳几句"主题思想""写作特点"，对读者而言，即使其味略胜嚼蜡，终究还是有严师正襟危坐于前的感觉。周先生的讲解虽然也大体逐句梳理，却把重点放在了把握"诗髓"上。比如讲秦观的《踏莎行》，末尾一句"夕阳回首青无限"，一般解说者会解为：山本无愁，是人愁而觉山愁——此乃"文艺理论"中的"移情说"是也。但周先生对这种动辄把西方的文艺理论拿来套我们中国古典诗词意境的做法很不以为然，他甚至这样说："掩耳掩耳，俗套俗套。倘皆如此赏词，

295

词之风流扫地尽矣。"他的理解是："下片由景入情，追念昔年同来踏青拾翠之游……抬头一望，乃见山来入目，一似有人教它特地供愁送恨者。"他又提及周美成有"烟中列岫青无数"，更早的唐人钱起有"曲终人不见，江上数峰青"，柳宗元有"烟销日出不见人，欸乃一声山水绿"，这些对山水青绿的咏叹，都不是西方式的"移情"，而是因为在东方人眼里，特别是中国古代诗人眼里心里，山水本来有情，大自然与人是融为一体的，不用"移"而天人合一情愫自在。这样的讲解，你说是不是很独到？很耐人寻味？

编者后记

参加《千秋一寸心》一书的编选出版是我第二次协助父亲工作，当然首先是我细读和理解领会其著作的过程。第一次是在父亲双目几乎失明的严峻情况下协助他修订和校对《红楼梦新证》，此事当俟另处追记，今不旁及。

世人一提到我父亲的名字，十有九个立即会联想到“红学家周汝昌”，以为只有红楼梦研究是他的专长。其实父亲的爱好与研究广泛得很。诸如：中国古代文学、文艺理论、诗词笺注鉴赏、书法、史地、语言、音韵等等，皆其治学的目标，父亲真正的爱好与专长却在诗词，包括创作和多种形式的探讨与阐释。

父亲从小酷好曲词。他十三四岁就开始舞弄笔墨、自习诗作、填写曲词。所见古今长短句，均细细留心玩索。很早即在报纸上发表小文。二十馀岁时，竟为著名词人顾羡季(随)先生所标赏器重，其后他以一青年为张伯驹先生的《丛碧词》作跋，使当时词社中诸多耆宿大为惊异。因为他对张先生的旧作中的音律提出数十条评议，而张先生虚怀若谷，竟欣然接受修正，并从此凡有新作，必先写示与他，听取意见。我曾见过父亲的一本破旧诗作原稿《细雨簷花馆词》，有学友张友鸾先生在序言中如此评价父亲：“……君生而颖慧，美丰神。既长，秀雅清高，迥与常人异。凡六艺中，上自书画金石，中而博戏歌弦，下至医卜星相，稍经涉猎，靡不探微入妙，出人一头。知之者未有不羡而叹者也。……课馀之暇，君尤喜以小诗词自娱。……君今词已能若此，将来又当如何？超越古人是意中事，意外事，读君词者必能答云也。君今才弱冠耳，十年廿年后，以君之材将立丰功伟业于国于世。"

燕京大学期间，父亲虽然读的是西语系，但选修的全是中国古代文学课，受知于名师顾随先生。顾老先生集词人、诗人、剧曲作家、文论诗论、鉴赏批评家、书法大家、禅学家于一身。先生一生治学严谨、服古通今、学贯中西、博闻强记，而且门门超群出尘，事事真知灼见（亦是西语系毕业）。父亲受顾先生影响极深，他最崇敬顾先生的五种精神：一曰精进不息；二曰破除俗障；三曰不盲从于权威；四曰喜胜于己；五曰"勿参死句"，务识"活龙"。父亲平生作文、作诗、做人都严格遵循先生之教导。

父亲写作的诗词数量极大，"文革"中历经浩劫已经千不存一了。但现存者仍数量可观，均散落于诸位名家、学者、同行手中，其中多与《红楼梦》、曹雪芹相关，成为古今诗域独一无二的特色。

父亲有关的诗词研作，一部分是名家诗词笺注鉴赏，如《范成大诗选》《白居易诗选》《杨万里选集》《诗词赏会》等。他的作品不拘一格，似与读者闲聊对话，读来琅琅上口，清新爽目，却将知识见解、才华灵智融会贯通；如涓涓流水，冉冉行云，毫无滞相。

父亲的另一部分有关著作就是为各诗词辞典或诗家、词人的集子作序。比如，他先后为《三李诗鉴赏辞典》《中国古典小说卷中诗词鉴赏》《宋百家词选》《苏辛词说》《诗词典故辞典》《诗词曲赋名作鉴赏大辞典》等撰有序言。据传他曾为唐诗、宋词两大鉴赏辞典撰文时，文章被著名刊物《名作欣赏》获得，想要先发表，而《辞典》舍不得割爱。他又曾为天津名家寇梦碧先生的《梦碧词集》、著名词人张伯驹先生的词集及《丁羲元诗集》等作序。每一篇序文里，都包涵着他对诗词曲赋的深刻见解，言人所未能言。

本书《千秋一寸心》包括新旧著作两大部分。一部分旧作虽早已发表过，现今又加修订。新作系历年积存的精品。今将两部分合并为一编，总计诗词欣赏讲解文章六十篇，约二十万字。

今年二月二十日，为在全社会倡导良好的学习风气，文化部专此举办了一台风格新颖的唐宋名篇音乐朗诵会。国家主席江泽民观看了演出，并指出：中国的古典诗词博大精深，有很多传世佳作，它们内涵深刻，意存高远，也包含很多哲理。学一点古典诗文，有利于陶冶情操，加强修养，丰富思想，增强民族自信心与自豪感。

今天我们出版《千秋一寸心》这本书，正是为了弘扬中华民族的优秀传统文化，有利于全民族的修身养性、精神净化，增强中华民族自立于世界民族之林的自信心与自豪感，让勤奋学习之风吹遍祖国大地。——倘能如此，我为本书的编辑整理尽了一点儿微力，也将感到十分的欣慰与荣幸。

周丽苓

一九九九年六月三十日

校后记

　　我有一部新书刚刚问世，朋友读了，竟有三十几处错字（个别是漏字），因而颇有"微词"，这不怪人家讥笑，而该自责。但那责任是多方的：写、抄、排、校，至少四五道工序都会出毛病，而责任编辑、责任校对的未尽职也是一大原因（许多常识性的、稍稍细心上下文"串读"就能发现的小问题公然让它们"存留"）。有鉴于此，本书的校对由我与两位女儿助手共同参互协作，自觉尽了很大努力，当然也还难保"完美无疵"。讲我们中华诗词，更禁不住出错字错句，那将是"闹笑话"。仍盼读者多多审辨纠正。

　　正在校毕之时，忽然在破书堆中检得了一本中华书局的《活页文选》，一九九八年的第八册，第二篇是冰心老人的《我的中学时代》，接着的就是我讲杜牧之《清明》绝句的那一篇，看一下，竟无错字，排校质量可喜。

　　再一细看，这是"初中版"，因悟此篇的写法与文词语句，原是一个应中央电台的讲稿，是为了"听"的，与为了"看"的文字便不尽同。那是尽量以求通俗易懂，选入"初中版"确是很合适。这就让我又想本书的六十篇，却没有"讲稿"了，都是为了"看"的文字了，写作时间又很分散，那笔致风格随之而大有变化。

　　我想，这却未必不好，反倒可以让读者常换文境而不致有"千篇一律"之感。个别的几篇，为了表达的需要，采用的"文言"成分较强。依我想来，初中学生或不习惯，高中、大学，应无问题——文字浅深，也不宜一味迁就"低浅"，还要适当引导青年学子多懂一些中华汉字文学的优长之处。我的意旨是要扩展读者、学子们的语文、文化视野和境界。如若他们只看从外文译成的"洋式中文白话"，对本民族的语文之美一无所知所会（领会），那恐怕不一定是最好的事情。

上文叙及《活页文选》收入了拙讲《清明》绝句，其下还紧跟有一篇署名"村夫"的反响文章。他称赞了拙讲，并表示自己少时能背诵多篇古诗佳作，但只能"囫囵"接受，倘若能得像拙讲那样逐篇为之解说，那该多好。

因而又想起早年所收读者投函，都说读我讲诗，与别家不同，十分"得味"，望我多讲。看来还是受到了欢迎与鼓舞。本书集新旧诸讲于一编，贡献给热爱诗词的"素心人"。

"村夫"的文章结束处有这样几句话："……说也奇怪，也就是从那时起，我便深深地爱上了古文，也更深深地爱上了这个民族。"我读了深受感动。我希望拙讲还能在这方面起一点微小的作用，倘如此，何其幸也。

己卯十月初五

图书在版编目（CIP）数据

千秋一寸心：周汝昌讲唐诗宋词 / 周汝昌著 . -- 北京：作家出版社，2023. 3

ISBN 978-7-5212-2030-8

Ⅰ.①千… Ⅱ.①周… Ⅲ.①唐诗—诗歌欣赏②宋词—诗歌欣赏 Ⅳ.① I207.2

中国版本图书馆 CIP 数据核字（2022）第 174054 号

千秋一寸心：周汝昌讲唐诗宋词

作　　者：周汝昌

出版统筹策划：刘潇潇

责任编辑：单文怡

装帧设计：孙惟静

插画支持：书游记

出版发行：作家出版社有限公司

社　　址：北京农展馆南里 10 号　　邮　　编：100125

电话传真：86-10-65067186（发行中心及邮购部）

　　　　　86-10-65004079（总编室）

E-mail:zuojia @ zuojia.net.cn

http://www.zuojiachubanshe.com

印　　刷：北京盛通印刷股份有限公司

成品尺寸：142×210

字　　数：210 千

印　　张：10.25

版　　次：2023 年 3 月第 1 版

印　　次：2023 年 3 月第 1 次印刷

ISBN 978-7-5212-2030-8

定　　价：79.00 元